DREAM 드림버스터 BUSTER

DREAM BUSTER 2
by MIYABE Miyuki

DREAM BUSTER

드림 버스터

2

미야베 미유키 지음 | **김소연** 옮김

손안의책

대체 너는 누구냐, 음울하고 창백한 얼굴이여.
검은 옷을 입은 어두운 초상이여.
너는 내게 무엇을 원하느냐, 슬픈 철새여.
이 거울에 비치는 것은
허무한 꿈인가, 나 자신의 모습인가.

—뮈세 〈12월의 밤〉

DREAM BUSTER

CONTENTS

◆

셴
행성 '테—라'에 사는
열여섯 살의 소년.
지구인의 꿈속으로 도망친
흉악범을 쫓는 현상금 사냥꾼,
드림 버스터.

마에스트로
고아였던 셴을
어릴 때부터
키워준 양부모.
드림 버스터의
스승이기도 하다.

〈드림 버스터〉의 세계

옛날옛날, 또는 먼 미래.

지구와는 전혀 다른 위상에 존재하는 행성 '테—라'에서는 의식을 육체에서 분리해 자유자재로 보관, 이동하는 극비 실험 '프로젝트 나이트메어'가 이루어지고 있었다.

궁극적으로 인류의 불사화(不死化)를 목표로 하는 이 계획은 다섯 번째 실험기인 '빅 올드 원'이 완성됨으로써 마침내 성공한 것처럼 보였다.

그러나 어느 날, '빅 올드 원'은 대규모 폭주사고를 일으키고, '테—라' 전역에 이상기후와 천재지변을 가져온다. 인체 실험에 제공되고 있던 흉악한 사형수 쉰 명은 의식만 남은 존재가 되어 시공의 구멍을 통과해, 다른 세계로 도망쳐 갔다.

어디로? 그렇다, 현대의 지구에서 살고 있는 인류의 꿈속으로…….

드림 버스터(D · B)란 우리 지구인들의 꿈속에 들어와 현상금이 걸린 흉악범들을 사냥하는, 현상금 사냥꾼들을 말한다. '대재앙'에 의해 고아가 된 소년 셴은 마에스트로를 만나, 드림 버스터로 키워진다. 현재 나이 16세. 사실 셴의 어머니는 그들의 타깃인 흉악범 중 한 명이었는데…….

목격자

DREAM
BUSTER

1

아무래도 나는 만원 전철 안에 있는 것 같다. 아니면 여기는 도시의 번화가일까. 시부야? 신주쿠? 빌딩 사이――스크램블 교차로일까. 이렇게 사람이 많다니 무슨 일일까?

어깨가 맞닿을 정도의 거리에, 낯선 사람들이 빼곡하게 서 있다. 아니, 걷고 있나? 모두 이동하고 있지만, 그 이동속도가 일정해서 멈춰 서 있는 것처럼 느껴지는 것뿐일까?

앞뒤 좌우, 여기에도 저기에도 얼굴, 얼굴, 얼굴. 희끄무레한 피부색. 커다란 머리. 빵빵하게 분 풍선처럼, 흔들흔들 흔들리는 것도 똑같다. 내 얼굴도 저런 모습일까. 손을 들어 올려 뺨을 만져 보았다. 하지만 몸이 움직이지 않는다. 팔다리를 움직이고 있다는 실감이 나지 않는다. 하지만 움직이고 있다. 흐느적, 흐느적. 발밑이 불안정하다. 머리 위로 푸른 하늘이 통과해 간다. 솔로 빗은 듯한 구름이 흘러간다. 몹시 예쁘다. 너무나도 예뻐서, 진짜 푸른 하늘과 진짜 하얀 구름으로는 보이지 않는다. 마치 화면보호기 같다.

술렁술렁 소리가 들린다. 바람 소리? 아니, 아니다, 사람의 목소리다. 풍선 머리를 한 군중이 중얼거리고 있는 것이다. 하나의 말. 하나의 질문.

——사람을 잘못 봤어.

사람을 잘못 봤다. 우리는 모두 똑 닮았기 때문에, 너는 구별할 수 있을 리가 없다. 오른쪽도 왼쪽도 똑같은 얼굴. 앞도 뒤도 똑같은 얼굴.

——사람을 잘못 본 거야.

그럴 리는 없다. 이 눈으로 똑똑히 봤으니까, 본 그대로 증언했을 뿐이다. 시민으로서의 의무를 다했을 뿐이다. 누구에게 책망을 들을 이유는 없다.

——넌 거짓말을 했어.

거짓말은 하지 않았다. 어째서 그럴 필요가 있단 말인가? 이 마음 어디에, 거짓말을 해야 할 이유가 있단 말인가?

그렇다, 간신히 깨달았다. 이건 꿈이다. 이 얼마나 엉터리 꿈인가. 스트레스 때문이다. 피곤해서 그렇다. 경찰 사태에 휘말리는 등 힘든 일을 겪었기 때문이다. 이런 불쾌한 꿈에서는 빨리 깨어나 주면 좋을 텐데. 빨리 일어나자. 하나, 둘, 셋! 자, 잠에서 깨어나자. 그리고 잊어버리는 것이다.

그때, 풍선 머리를 한 군중이 일제히 나를 주목했다. 반쯤 투명한 그림자 같은 몸을 움직여, 나를 향해 손가락을 들이댔다. 제각기 공허한 눈을 부릅뜨고, 입을 빠끔 벌리고 외치기 시작한다. 넌 거짓말을 했어! 넌 거짓말을 했어!

넌 거짓말을 했어!

"아니야!" 하고, 나는 있는 힘껏 소리를 질렀다. "난 거짓말 같은 건 하지 않았어!"

외치고, 또 외치고, 필사적으로 외치고 있는데, 아무리 해도 잠에서 깨질 않는다. 이건 꿈인데, 현실로 돌아갈 수가 없다. 아아, 어째서, 어째서 어째서——.

2

"우와!"

소리를 지르며 벌떡 일어나다가, 요란하게 소리를 내며 침대에서 굴러떨어졌다. 잠에서 깨어났다기보다 잠 속에서 긴급 탈출 장비로 튀쳐나온 것 같았다. 숨이 가빴다. 심장이 공중제비를 넘고 있다.

이건 뭐지? 머리가 쾅쾅 울린다. 무슨 말이든 해 보고 싶은데 목소리가 나오지 않는다.

자신의 방이라는 사실은 틀림이 없다. 가구다운 가구라면 이 침대 정도밖에 없는 살풍경한 방 안에, 벗어 던진 신발이나 옷이 적당한 색채를 더하고 있다. 현창(舷窓)에서는 밝은 햇빛이 비쳐들고 있다. 눈부시다. 날씨를 보아하니 적어도 지금은 아직 아침이고, 늦잠을 잔 건 아닌 모양이다.

갑자기 방 입구의 문이 덜컹 열렸다.

"셴, 일어났니?"

그 목소리를 알아듣자마자, 셴은 펄쩍 뛰어 한달음에 침대로 돌아와서 구깃구깃해진 모포를 몸에 감았다.

"뭔데!"

문가의 여자는 열어젖힌 방수문에 한 손을 대고, 멋있게 한쪽 다리에 체중을 싣고 서 있었다. 오늘 아침에도 평소와 똑같은 차림새다. 반짝반짝 빛나는 권총집과 검은 가죽바지. 그 위에 발목까지 오는 길이의 하얀 앞치마를 걸치고 있다.

"잘 잤어?" 하며, 여자는 한껏 웃음을 띠었다. "뭐야, 또 파자마 안 입고 잤어?"

"시끄러워. 내 맘이잖아."

"모포가 더러워지니까 그러지. 빨래하는 사람 마음도 좀 생각해봐라."

아침부터 셴은 본격적으로 열 받는다. "누가 당신한테 부탁했어? 자기가 멋대로 쳐들어와 놓고 난리야."

"어——머, 마에스트로는 좋아하던데. 나보고 역시 요리 솜씨가 좋대."

"색골 영감."

"아침 댓바람부터 말버릇이 고약하네. 밥 먹어라."

여자는 지저귀듯이 말하고 나서, 갑자기 얼굴에서 웃음을 지웠다.

"왜 그러니? 땀에 흠뻑 젖었잖아."

그 말에 셴도 비로소 깨달았다. 자신의 얼굴과 몸이 끈적끈적하다는 것을.

"몸이라도 안 좋은 거니?"

여자가 성큼성큼 침대로 다가오자, 셴은 모포를 더욱 꼭 둘렀다.

"아무것도 아니야."

"하지만 안색도 새하얘."

여자는 불쑥 팔을 내밀어 셴의 이마를 만졌다. 셴으로서는 최대한 뒤로 물러났지만, 침대가 창가에 붙어 있어서 바로 붙잡히고 말았다.

"열은 없는 것 같은데……."

여자는 또렷하게 그린 눈썹을 찌푸렸다. 햇빛이 정면에서 여자의 얼굴을 비추어, 눈가와 뺨의 자잘한 주름을 잔혹할 정도로 또렷하게 드러낸다.

"식은땀을 흘렸네."

여자가 앞치마 자락으로 셴의 얼굴을 닦으려고 하자 셴은 손으로 뿌리쳤다.

"아무것도 아니라니까."

"나쁜 꿈이라도 꿨나 보구나. 아, 딱 맞혔다. 그렇지?"

여자는 다시 웃는 얼굴로 돌아와 팔짱을 끼고 셴을 내려다보았다.

"그렇게 부끄러워할 거 없어. D · B도 살아 있는 인간이니까, 꿈 정도는 꿀 수도 있지."

셴은 흥, 하며 얼굴을 돌렸다. "누가 부끄러워했다고 그래?"

"어머나, 그래? 그럼 당장 옷 갈아입고 식당으로 와. 수프가 식어 버리겠다."

여자는 손을 뒤로 돌려 가볍게 문을 닫고 나갔다. 셴과 마에스트로가 사는 이곳은, 원래는 레저용 고속정이었다. 즉, 배였다. 그래서 현창도 있고, 공간을 나누는 문 중 몇 개는 물이 새지 않는 방수문이다. 셴의 방문도 그렇다. 보통의 여자 같으면 저렇게 여닫을 수 있는 문이 아니다.

괴력의 할망구. 그러나 확실히 요리 실력은 좋아서 더욱 화가 난다. 식당이라고? 웃기고 있다. 할망구가 굴러들어오기 전까지는, 그 방은 부엌 옆에 있는 단순한 저장실이었다. 거기에 식당용 가구를 들이고, 식기장을 사고, 심지어 꽃까지 장식하더니 자기 맘대로 '식당'이라고 부르는 것이다.

식은땀은 흘렸지만, 울컥울컥하는 기분은 땀과 함께 쉽사리 증발해 주지 않았다. 오히려 더 짙어진 것 같았다.

꿈——. 그렇다, 분명히 셴은 악몽을 꾸었다. 지금까지도 그런 적이 몇 번 있었다. 당연하다. 살다 보면 가끔은 꿈도 꾼다. 할망구가 굳이 말하지 않아도 그 정도는 알고 있다.

다만, 조금 전의 악몽은 셴의 악몽이 아니었다. 어제 처음으로 탐사한 D · P의 '필드'에서 본 광경이 그대로 똑같이 꿈으로 재현된 것이었다. 다시 말해 셴은 D · P의 악몽을 그대로 가지고 돌아와 버린 것이다.

이런 일은 처음이었다. 그리고 D · B인 셴으로서는, 이 사태에 크게 동요하지 않을 수 없었다. D · P의 '필드'에서는 아름다운 것에서부터 끔찍한 것까지, 어떤 것과도 마주칠 가능성이 있다. 그때마다 일일이 놀라거나 무서워해서는 D · B 노릇을 할 수 없다. 아니, 말을 고치도록 하자. D · B도 살아 있는 인간이니까 그때그때 놀라거나 무서워한다 해도 어쩔 수 없는 일이지만, 그것을 언제까지나 질질 끌고 돌아온다면 실격이다. 왜냐하면, 다음 미션에 직접적으로 지장이 생기기 때문이다.

셴은 양손으로 얼굴을 비비고, 그대로 눈을 손으로 지그시 눌렀다. 눈꺼풀 속에서 되살아난다. 그 기묘한——군중. 부풀어 오른 풍선 머리와 나무 인형 같은 몸. 반쯤 투명해서 마치 유령 같다. 그런 놈들이 빽빽하게 서 있다. 그리고 천천히 흔들리고 있다. 이윽고 놈들이

외치기 시작하면 두 개의 눈과 하나의 입이, 서툰 솜씨로 뚫은 세 개의 검은 구멍처럼 보인다——.

센은 머리를 마구 흔들고, 머리카락에 달라붙은 쓰레기를 털어내듯이 꿈의 잔해를 털어 버렸다. 얼굴을 씻고 상쾌해지자. 돼먹지 못한 하루의 시작이지만, 오늘도 해야 할 일은 산더미처럼 쌓여 있다.

미쿠바의 창고가에는 바닷물과 중유가 뒤섞인 독특한 냄새가 피어오르고 있다. 익숙하지 않으면 금세 속이 안 좋아지지만, 리프는 이 냄새가 좋다고 했다.

리프의 집주인은 약속 시간에 그가 빌려 살고 있던 집 앞에서 기다리고 있었다. 키도 체격도 센의 절반 정도밖에 안 되는 자그마한 할아버지로, 나이도 상당히 많다. 아마 하느님과 동급생일 것이다. 그는 셀 수 없을 정도로 많은 방 열쇠를 커다란 고리에 꿰어 목에 매달고 있다. 양손도 등에 둘러 허리에 대고 몸을 앞으로 굽히고 있어서 더욱 작아 보였다.

"그래, 넌 언제부터 여기서 살 거니?"

집주인은 열쇠를 내밀면서 센에게 물었다. 이번이 그렇지——벌써 열 번째다. 이 할아버지는 귀가 먹은 건지, 건망증이 심한 건지.

"나는 여기서 안 살 거예요, 할아버지."

"오오, 그러냐?"

"리프가 두고 간 짐을 정리하고 방만 청소할 거예요. 그리고 정리한 짐은 내가 맡아둘 테니까, 만약에 리프가 돌아오면 나한테 좀 알려주세요."

"호오, 그러냐?"

셴은 옆구리에 골판지 상자를 안은 채 몸을 굽히고, 집주인의 귓가에 얼굴을 가까이 대고는 소리를 질렀다.

"오늘까지 나온 집세도 내가 대신 낼게요. 미리 계산서 좀 만들어 두시라고 말했었죠? 내가 나중에 가지러 갈게요. 집주인 할아버지 집으로 가면 되죠?"

"나는, 집에 없어."

집주인 할아버지는 울음을 터뜨리기 전의 미아처럼 순진하게 말했다.

"그럼 어디로 가면 돼요?"

"오늘은 집세를 걷는 날이라 여기저기 돌아다니거든. 저녁때, 내가 너희 집으로 가마."

"저녁때라면, 난 독에 있을 거예요. 12번 부두. 문을 지키는 경비실에서 호출해 주세요."

그래, 그래 ── 하고 느긋한 대답을 남기고, 집주인은 비척비척 계단을 내려갔다. 셴은 한숨을 쉬었다. 정말 제대로 알아들은 걸까?

리프가 했던 말이 있다. "우리 집주인은 참 귀여워. 노인은 어린아이랑 똑같다는 말이 사실인가 봐."

그 말이 사실일지도 모른다. 하지만 셴은 귀여운 것을 싫어해서, 리프처럼 상냥한 기분은 들지 않았다. 귀여운 것들은 만사에 손이 가기 마련이라 귀찮을 뿐이다.

문을 연다. 방의 주인이 없어진 지, 오늘로 꼭 한 달이다. 그래도 공기에 먼지 냄새가 없고 곰팡내도 나지 않는 것은, 집주인이 부지런히 창문을 여닫아 환기를 시켜 주고 있었기 때문일 것이다. 그 할아버지, 이런 일에는 꼼꼼한 편인 모양이다.

별다른 생각도 없이 양손을 허리에 대고, 셴은 실내를 둘러보았다. 침대나 테이블 등의 가구는 처음부터 이 방에 딸려 있던 것이다. 리프의 개인적인 짐이라면 생활용품이 약간 있을 뿐. 정리를 한다 해도, 상자 한 개면 충분하다.

리프는 셴의 친한 친구였다. 독의 화물용 부두에서 일하고 있었다. 파워로더를 조종하는 실력은 확실해서, 작업 책임자도 마음에 들어 했다.

그가 이 미쿠바 시의 다운타운에 흘러들어온 것은 겨우 7개월 전의 일이다. 리프는 기억장애인 데다, 복잡한 실어증도 안고 있었다. 그래도 차분하고 온화한 기질과 유창하게 다루는 손가락 글씨 덕분에 주위에 녹아드는 속도는 빨랐다.

D · B들이 모이는 곳인 이 도시에는 10대의 젊은이는 아주 극소수밖에 없다. 여자도 적은데 그도 그럴 것이, 도시에서 간선도로를 따라 남쪽으로 내려간 곳에 있는 산간에 통칭 '홀스래디시'라는 악명 높은 환락가가 있고, 그쪽에서 얼마든지 욕망을 채울 수 있기 때문이다. 돈만 많으면 핑크색 놀이 상대는 부족하지 않다는 건, 무뢰한들이 모이는 지방에서는 당연한 일이다. 하지만 동년배의 동성 친구는 찾기 어렵다. 셴에게 리프의 존재는 그래서 더욱 소중했다.

그런데 한 달 전 밤, 그는 갑자기 모습을 감추고 말았다. 쪽지도 없고 전언도 없다. 정말로 갑자기 사라졌고, 그 후로 소식이 없다. 갈 만한 곳이라고는 전혀 짐작도 가지 않는다.

여태껏 셴은 자세한 신상 이야기를 물어본 적이 없었다. 설령 리프에게 기억장애나 실어증이 없었다 해도, 이 도시에서는 그런 것을 꼬치꼬치 묻지 않는 것이 암묵적인 룰이기 때문에 본인이 스스로 이야기하지 않는 한, 셴은 아무것도 묻지 않았을 것이다. 리프 역시 셴에 대해서 꼬치꼬치 알고 싶어 한 적이 없었다. 여기는 그런 곳이다.

그래도——조금은 물어봐 둘 걸 그랬다고, 셴은 씁쓸한 마음으로 후회를 곱씹고 있었다. 뭔가 물어봐 두었다면, 그가 갈 만한 곳을 추측할 단서 정도는 얻을 수 있었을지도 모른다.

"여기는 원래 누군가가 불쑥 흘러들어 왔다가 또 불쑥 떠나가지. 자주 있는 일이야. 왜 그러느냐는 둥, 어디로 가느냐는 둥, 그런 것을 신경 쓰는 건 현명한 방식이 아니라고."

마에스트로는 그렇게 말하며, 너무 집착하지 말라고 셴을 타이른다. 셴도 물론 잘 알고 있다. 하지만 리프의 경우는 내버려 두면 좋지 않을 것 같은 막연한 느낌이 요동을 쳐서, 가만히 있을 수가 없는 것이다.

셴이 리프가 사라진 사실을 안 것은 그가 이곳을 나간 다음 날 오후의 일이었다. 독 쪽에서 문의가 왔었다. 아무런 연락도 없이 리프가 일을 쉬었는데, 너는 친구이지 않느냐, 뭐 아는 거 없느냐며. 셴은 걱정이 되어서 곧 집으로 찾아가 보았다. 그런데 문이 잠겨 있고 주인은 안에 없었다. 어지간히 급한 일이 생겼나 보다고 생각하며, 그날은 그냥 내버려 두었다. 하지만 다음 날도, 그다음 날도 리프는 돌아오지 않았다. 연락도 없다. 결국 걱정이 더해져서, 셴은 또 이곳에 와서 이번에는 꼼꼼하게 이웃 사람들을 만나 보았다. 그러자 대각선으로 맞은편에 있는 방을 빌려 살고 있는 남자가 사흘 전 밤, 새벽 2시경에 허겁지겁 집을 나서는 리프를 보았다고 가르쳐주었다.

"굉장히 당황한 것 같았어. 게다가 다친 것처럼 옆구리 쪽을 손으로 누르고 있더라고. 틀림없어."

그날 밤에 이 근처에서 싸움이 있었던 것은 아니다. 그렇다고 리프의 방에서 소동이 일어난 것 같지도 않았다. 그렇다면 리프는 어째서 다친 걸까. 그 옆구리 부상과 그가 허겁지겁 모습을 감춘 것은 관련이 있는 것일까.

셴은 생각해 보았다. 그날 밤, 어쨌거나 무슨 일이 있어서 리프는 다쳤다. 그리고 그 바람에 잃어버렸던 기억의 일부를 되찾은 건지도 모른다. 그리고 되찾은 그 기억 속에 아주 급박한 사태가 숨겨져 있어서, 그는 다급히 어딘가로——과거와 관련이 있는 어딘가로 가지 않을 수 없었던 것은 아닐까.

"그렇다면 말이다" 하고 마에스트로는 말한다. "더더욱 네가 상관할 일이 아니지."

분명히 그렇다. 그 말이 맞다. 리프가 셴에게 아무 말도 하지 않은 것은——즉, 도움을 청하지도 않은 것은, 처음부터 그럴 필요가 없었거나, 또는 셴에게 도움을 청해 봐야 소용없는 일이었기 때문일 것이다.

친구란 그 정도밖에 안 되는 존재다.

그래도 셴은 집주인에게 얘기해서, 어쩌면 리프가 돌아올지도 모르니까 한 달 동안은 방을 손대지 말고 놔둬 달라고 했다. 독의 작업 책임자에게도 만일 리프에게서 무슨 소식이 들어오면 곧 알려달라고 부탁했다. 그리고 기다렸다. 오늘까지 기다렸다. 하지만 사태는 전혀 변하지 않은 채 한 달의 기한이 지났고, 오늘은 집주인에게 방을 넘겨주기 위해서 정리를 시작하게 된——것이다.

리프의 소지품에 대해서는 그가 사라진 후 곧바로 대강 조사해 보았다. 하지만 그간의 사정을 짐작할 단서가 될 만한 것은 아무것도 없었다. 셴도 물건에 집착하는 타입은 아니지만, 리프는 특히 더 무감했다. 의미심장한 메모나 일기도 없다. 사진 한 장도 없다. 마치 리프라는 인간은 어느 날 땅바닥에 구멍이 뻥 뚫리고 거기에서 불쑥 튀어나왔다가, 또 어느 날 다른 곳에 구멍이 뚫리고 거기로 쏙 뛰어들어 사라져 버린——그런 느낌이 들었다.

약 한 시간 만에 정리는 끝났다. 셴은 올 때보다 조금 더 무거워졌을 뿐인 골판지 상자를 안고 방을 나섰다. 문을 닫을 때, 고동 소리가 들렸다. 이곳의 창문에서는 바다와 항구가 보인다. 그 광경이 굉장히 마음에 든다고, 리프는 입버릇처럼 말하고는 했었다.

셴은 집으로 곧바로 돌아가지 않고 '피트'에 들렀다. D · B들이 많이 모이는 가게다. 리프하고도 몇 번이나 같이 온 적이 있다.

어중간한 오전 시간이었지만 가게는 열려 있었다. 주인장인 노인이 혼자서 개업 준비를 하고 있다. 단골손님들은 모두 그를 '마스터'나 '할아버지'라고 부르지만 어느 누구도 진짜 이름은 들어 본 적이 없다.

"이게 누구야?" 마스터는 셴의 얼굴과 옆구리의 골판지 상자를 보며 말했다. "그렇구나. 오늘로 한 달째로구나."

셴은 반지하로 이어지는 계단을 내려가 카운터에 걸터앉았다. "뭐, 그리 걱정할 건 없겠지만——."

"음. 나한테도, 리프한테서 온 연락은 전혀 없었단다."

기분 탓인지 마스터도 걱정스러운 얼굴을 하고 있다.

"있을 리가 없겠죠."

"그 여자한테서도 소식은 없구나."

"그쪽도 처음부터 별로 기대하지 않았어요."

리프가 사라진 그날, 셴은 작은 트러블 해결을 도와주었다. 사람을 찾아 이 도시로 흘러들어 온 한 여자를 도와 탈출시킨 것이었다. 그 일에는 마스터도 깊이 관련되어 있었다.

그 탈출행에는 리프의 도움도 있었다. 게다가 여자가 찾고 있넌 사람은 —— 아는 사람의 아들이라고 하는데 —— 10대의 남자아이였고, 그래서 그녀가 셴과 리프를 보는 눈에는 특별한 감정이 담겨 있었다.

리프는 그런 그녀의 탈출을 뒤쫓기라도 하듯이 곧바로 모습을 감추었다. 단순한 우연일지도 모른다. 우연히 타이밍이 비슷했을 뿐인지도 모른다. 하지만 뭔가 관련이 있을지도 모른다. 그래서 셴은 이 가게의 노인에게도 사정을 이야기하고, 만에 하나 무사히 탈출한 그 여자로부터 무슨 소식이 있으면 곧 알려 달라고 부탁해 두었던 것이다.

"역시 지나친 생각이었을까요?" 셴은 카운터에 뺨을 괴고 중얼거렸다. "리프가 그 아줌마를 쫓아갔을지도 모른다는 건 —— 단순한 어림짐작일 뿐 근거라고는 없으니까요."

"그 여자는 상급 시민이라고 했어." 마스터는 잔을 닦으면서 말했다. "남편은 수도 고리아테의 무역상이라고. 자기 이름은 하나. 찾고 있는 아이한테서는 '하나 아줌마'라고 불렸다더군. 찾으려고 하면 못 찾을 것도 없지."

셴은 표정 없이 노인을 올려다보았다. "할아버지, 진심으로 하는 말이에요?"

"왜, 그러면 안 되니?"

"고리아테에 사는 상급 시민한테는, 여기에서 무슨 짓을 한다고 해도 손이 닿질 않잖아요. 누구한테 부탁해서 조사해 달라고 하려고요?"

마스터는 야위어서 뼈가 불거진 어깨를 으쓱해 보였다. "'롯지'에 부탁해 보면 어떨까? 드레크슬러 박사도 괜찮을 것 같은데. 그 사람도 상급 시민이잖니."

현재의 신연방정부는 대재앙으로 괴멸된 구연방정부에는 없었던 제도를 여러 가지 신설했다. 그중에는 황폐한 국토를 재생시키기 위해 필요한 것도 있고, 그런 미명하에 다른 꿍꿍이로 설치된 것도 있다. '시민계급제'라는 것은 후자의 필두로 꼽히는 것이다.

단순노동력, 지적 생산력, 납세나 자산 제공에 의한 자금력, 고용개발에 드는 기업 운영력 등으로 국가에 대해 어느 정도의 공헌을 하고 있는가——거기에 따라 신연방국가의 국민은 한 명도 남김없이 20단계로 나뉘는 계급 중 어딘가에 속하게 된다. 이것이 시민계급제의 골자다. 물론 그 계급의 순위에는 특전이 있거나 제한을 두는 등 여러 가지의 플러스마이너스가 붙어 있다. 원칙적으로 성인, 다시 말해 열여덟 살이 되었을 때 처음으로 계급이 정해지기 시작하고 노력 여하에 따라 얼마든지 위로 올라갈 수가 있지만, 이것은 정말로 원칙일 뿐이다. 상위 계급인 상급 시민이나 특별 시민의 자녀는 태어날 때부터 어느 정도의 점수가 보장된다.

덧붙여 말하자면, D · B는 처음부터 이 계급제도 밖에 있는 존재다. 이 나라에 살긴 하지만, 나라에서 정한 권리를 보장받고 의무를 지는 '시민'이 아닌 것이다. 얼핏 보기에는 납세 의무가 없고 병역도 면제되어 좋아 보이지만, 사회구조 그 자체에서는 완전히 따돌림을 받고 있다. 분별 있는 시민들에게 다짜고짜 무뢰한 취급을 받는 것도, 나라에서 그렇게 정한 것이라 어쩔 수 없다.

그러나 마스터는 잘못 생각하고 있다. 드레크슬러 박사는 과학자고 ── 본인은 천재 과학자라고 자칭하고 있다 ── 신연방국가 직속 연구 기관에서 일하고 있기 때문에, 상급 시민 정도가 아니라 특별 시민 중에서도 특A급, 연방의회의 정치가와 같은 대우를 받고 있을 것이다.

"그 난쟁이 반(半)대머리한테 그런 일로 빚을 지다니 절대로 그럴 수는 없어요. 게다가 '롯지'도 움직여 주지 않을 거예요. 리프는 D·B가 아니니까요."

"그럼 어쩔 수 없지. 그 아이한테서 소식이 오기를 조용히 기다릴 수밖에."

마스터는 그렇게 말하고, 행주를 빨기 시작했다.

"너, 꽤 지쳤구나."

"그래 보여요?"

"응. 울적한 얼굴이야. '홀스래디시'에라도 가 보면 어떻겠니? 기분전환이 될 거다."

셴은 낄낄 웃었다. "가 봤어요. 어느 가게에서나 '어머, 오늘은 리프랑 같이 안 왔어?'라는 질문을 받았을 뿐이에요."

마스터는 웃었다. "그 아이는 인기가 좋았지."

"맞아요. 인기 짱이었어요."

문득 마음이 동해서, 셴은 흠집투성이 카운터에 시선을 고정한 채 물었다. "할아버지, 할아버지도 꿈을 꿀 때가 있어요?"

노인은 손을 멈추었다. "꿈이라면, 잘 때 꾸는 그 꿈 말이냐?"

"그거 말고 꿈이 또 있어요?"

"미래에 대한 전망이라는 의미의 꿈도 있잖니."

"내 사전에는 없어요."

"내 사전에도 없다." 노인은 시원스럽게 말했다.

"어젯밤에 이상한 꿈을 꿨어요" 하고 셴은 말했다. "울적해 보이는 것도 그것 때문일 거예요. 리프 때문에 그런 게 아니라."

"이상한 꿈이야 가끔은 꾸는 법이지. 마음에 둘 것 없다."

노인이 특별히 위로하는 말투로 말한 것은 아니지만, 셴은 갑자기 겸연쩍어졌다.

대재앙에 의한 국가 붕괴라는 사회적 상황에 특수한 개인적 사정도 더해져서, 셴은 지금까지 약한 소리를 하는 방법이라는 것을 배울 기회가 없었다. 아니면 마에스트로를 향해 '욕지거리'를 함으로써 발산할 뿐이었다. 따라서 리프에 관해서도, 기왕 불평을 늘어놓을 거라면 마에스트로에게 늘어놓아야 한다. 지금까지는 그래 왔으니까.

하지만 현재 마에스트로에게는 그 할망구가 있으니까——.

"꿈이라면, 나도 자주 꾼단다."

마스터는 빤 행주를 널고, 카운터 밑에서 뭔가 뚜껑이 덮여 있는 용기를 꺼내면서 말했다.

"아내나 아들 부부나 손자의 꿈이지. 다들 건강한 모습으로 웃거나 일하거나 싸우거나 울고 있어. 손자를 무릎에 올려놓고 있는 꿈도 자주 꾼단다. 잠에서 깬 후에도 손자의 무게가 무릎 위에 남아 있고는 하지."

셴은 살짝 고개를 저으며 끼어들었다. "죄송해요. 할아버지한테 괴로운 기억을 떠올리게 하려고 꺼낸 얘기는 아니었어요."

“알아. 나도 너한테 동정을 사려고 꺼낸 얘기는 아니란다.” 마스터는 입가에 희미한 웃음을 지었다. “얼마 전까지는 그런 꿈을 꿀 때마다 가슴이 답답해서 견딜 수가 없었어. 그런 날은 온종일 일이 손에 잡히지 않을 때도 있었지. 하지만 요즘에는 안 그렇게 되었단다. 뭐라고 할까——이 꿈을 소중히 여기는 게 좋겠다는 기분이 들기 시작했거든.”

“꿈을 소중히 여긴다고요?”

괴로운 기억이 되살아날 뿐인데도? 잃어버린 것, 두 번 다시 찾을 수 없는 것들이 코앞에 들이대어질 뿐인데도?

“왜, 이상하다고 생각하니?”

“네.”

“그건, 네가 아직 어려서 그래.” 노인의 입가에서는 엷은 미소가 사라지지 않는다. “난 이제 늙었어. 기억력도 점점 쇠퇴해 가지. 그러다 보니 어느 날 아연해지는 거야. 아내와 손자의 얼굴이나 목소리를 일부러 떠올려보려고 했는데 되질 않았거든. 전부 엷어지기 시작했어. 초조해져서 떠올리려고 하면 할수록, 안개를 손으로 휘젓는 것처럼 되어 버리고.”

그러니까 꿈은 귀중한 거라고, 노인은 말한다.

“꿈속에서는 모든 게 분명해. 아무리 오래된 추억이라도 엷어지거나 흐릿해지지 않거든. 깨어 있을 때의 나는 도저히 보존할 수 없는 중요한 것을 꿈이 대신 보존해 주는 거야. 그리고 가끔 내게 보여주지. ‘자, 이것 봐, 이렇게 잘 보존되어 있어, 걱정하지 마’ 하고. 그래서인가 지금은 오히려 옛날 꿈을 꿀 수 없게 되는 게 훨씬 더 무섭구나. 옛날 꿈을 꾸다가 잠에서 깨면 역시 눈물이 나. 하지만 그건 가슴이 답답해서 눈물이 나는 게 아니라, 아아, 다행이다, 또 이 꿈을 꿀 수 있다니 고마운 일이다——그런 생각이 들기 때문이야."

마스터는 온화한 눈으로 셴을 보고 있었다. 셴은 힐끗 그 눈을 올려다보고는 작게 웃었다.

"잘 알겠어요. 하지만 그건 나이하고는 상관없어요. 할아버지의 과거가 행복했기 때문이겠죠."

"네 과거는 행복하지 않았니?"

"네."

셴의 대답이 너무나도 빨랐기 때문에 미처 받아들이지 못한 것처럼, 노인은 침묵했다. 그는 뭔가 말하는 대신, 꺼낸 용기의 뚜껑을 열고 안을 들여다보았다.

"이제 된 것 같군" 하며 마스터는 얼굴을 들고 말했다. "작은 생선이 많이 들어와서 튀김을 만들었단다. 바삭바삭하게 튀겨서 특제 소스에 담갔지. 내 입으로 말하는 것도 좀 뭣하지만, 이거 참 맛있어. 점심때인데 먹고 가지 않겠니?"

맵고 고소한 냄새가 난다. 하지만 셴은 카운터에서 몸을 떼었다.

"오늘은 사양할게요. 이제 미쿠바 타워에 가야 하거든요."

"그것도 리프랑 관련된 일이냐?"

"아뇨, 내 본업과 관련 있는 일이에요. 이달의 갱신 데이터가 나와서요."

"파커가 포획 미션 중에 큰 건을 해결한 거 같더구나."

수배 중인 도망범을 한꺼번에 둘이나 잡았다. 이제 남은 흉악범은 스무 명이 되었다.

"12년에 걸친 D · B의 역사 중에서도 그런 일은 처음이래요. 대박 난 거죠."

"파커는 상금을 목돈으로 벌었다며 이제 손을 씻겠다고 하더구나."

셴은 그 이야기는 처음 듣는다. "본인한테 직접 들은 기예요?"

"응. 여기서 그러더라. 네가 앉아 있는 그 자리에서. 이제 물러날 때가 됐다고."

파커는 '시커' 출신의 고참 D · B다. 그래도 나이는 마에스트로보다 젊을 것이다.

"그 사람의 눈이 꽤 망가졌거든" 하고 마스터는 말했다. "'구멍' 속의 빛 때문이야. 여기에 와서 늘 같은 자리에만 앉는 것도 그 때문이고. 이제는 주위가 흐릿하게 보인다더라."

그저 우울해지기만 하는 이야기다. 셴은 골판지 상자를 안고 계단을 올라가면서 내뱉었다. "고글을 제대로 안 쓰니까 그렇죠."

거기에 대해서 마스터는 아무 대꾸도 하지 않았다. "또 오렴" 이라는 말을 등지고, 셴은 밖으로 나갔다.

3

"재탐사라니, 어째서?"

하룻밤이 지나고 이른 아침. 12번 부두, 바렌 쉽이 파도에 흔들리고 있다. 출동 등록을 마치고 지부에서 돌아온 마에스트로는 그저께의 탐사와 똑같은 지령서를 들고 왔다.

셴은 바닷바람을 얼굴에 맞으면서 입술을 삐죽거렸다. “그저께는 결국 꽝이었잖아. 어째서 또 똑같은 곳으로 가야 하는 거야? ‘롯지’도 너무하네. 자기들의 패턴 인식 미스 때문인데.”

그저께 탐사한 D · P에게는, 명백한 갓싱 뇌파의 흔적이 있었던 것은 아니었다. 다만 광각검사에서 걸린, 탐사를 요하는 D · P가 발하는 생체전파의 패턴 중에, 극히 드문 빈도이기는 하지만 흐트러짐이 발생하고 있어서 만약을 위해 탐사하고 오라는 명령이 내려졌던 것이다.

그래서 그들은 가 보았지만, 아무것도 없었다. 풍선 머리를 한 군중이라는, 그 기묘한 ‘필드’가 펼쳐져 있을 뿐이었다. 바렌 쉽에서 내려 탐사해 봐도 거기에 도망범 중 누군가가 숨어 있는 기척은 찾을 수 없었다.

광각탐사에는 실로 기가 막힐 정도로 많은 D · P가 걸린다. 원인 중 하나는 물론 도망범들이 이동하고 있기 때문이다. 또 하나는, 애초에 D · P가 발하고 있는 생체전파 그 자체에 불규칙이나 흔들림이 있어서 실제로 잭 인 해서 탐사해 보지 않으면 그게 D · P 개체 본래의 생리적 요인 —— 병의 존재나 약물의 영향 —— 에 의한 것인지, 아니면 외부로부터 어떤 간섭이 있어서 생겨난 것인지 구별이 되지 않을 때가 있기 때문이다.

그리고 또, 이 ‘외부로부터의 어떤 간섭’이 곧 ‘탈주범의 침입’이라고 단정할 수도 없다. 오히려 다른 원인이 있는 경우가 압도적으로 많다. 이를테면 D · P들이 살고 있는 환경에 존재하는 전자파나 방사선, 저주파 소음. 그리고 외상(外傷). 그래도 직접 확인하지 않으면 알 수 없으니까 갈 수밖에 없다.

요컨대 D · B의 탐사 출동이 백 번 있으면 그중 아흔아홉 번은 꽝이라고 생각하는 게 좋다. 그것을 귀찮아한다면 이 일은 할 수 없다.

그래서 마에스트로는 셴의 험악한 기세에 그야말로 놀란 얼굴을 했다.

"왜 그러냐, 너답지 않게." 마에스트로는 울퉁불퉁한 어깨 근육을 뚜둑뚜둑 풀면서 어깨끈을 탁 튕기며 말했다. "그저께의 D · P 같은 경우에도 두 번의 탐사는 표준적인 절차야. 뭘 그렇게 뾰족하게 구는 거지?"

그 기분 나쁜 '필드'에 가고 싶지 않다고 솔직하게 자백할 수 있다면 편하겠지만, 공교롭게도 셴은 그렇게 순수한 아이가 아니었다.

"내가 생각해 봤는데" 하고, 셴은 팔짱을 끼고 마에스트로에게 등을 돌린 채 바렌 쉽 바로 옆을 노려보면서 말했다. "밈 머신 변경 신청을 하면 안 돼? 아무리 생각해 봐도 역시 우리가 맡고 있는 '일본'이라는 지역은 불리해."

마에스트로는 아무런 대답을 하지 않는다. 셴이 돌아보니 눈을 동그랗게 뜨고 우두커니 서 있었다. 오른손의 손가락으로 잡고 있는 지령서가 강한 바람에 찢어질 듯 펄럭거리고 있다.

"네가 잊고 있는 것 같으니까 생각나게 해 주마." 마에스트로는 바닷바람에 지지 않을 정도의 낭랑한 목소리로 말했다. "우리는 과거 4년 동안 두 명의 도망범을 포획했고, 거기다 두 명의 포획 미션을 지원했어. 이건 톱클래스의 성적이다. 우리가 너와 나 2인조로 구성된 팀이라는 점을 생각하면, 비용면에서도 아주 뛰어난 거지. 분명히 파커 쪽은 화려한 성적을 올렸지만, 그 녀석들은 다섯 명이 한 팀이잖아."

그런 건 이미 알고 있다고 말하려는 셴을, 마에스트로는 커다란 손을 휘휘 저으며 가로막았다.

"게다가 파커 쪽은 D · B 제도가 시작된 직후부터 이 일을 해 왔어. 다시 말해서 다섯 명의 팀이 10년 걸려서 겨우 두 명을 포획했을 뿐이란 말이지. 녀석들, 바로 얼마 전까지는 포획 미션의 후방 지원이나 탐사 활동밖에 안 했잖아. 아니, 그것밖에 못했던 거지."

"파커한테 상당히 집착하네."

마에스트로는 전혀 동요하지 않았다. "집착하는 건 너지. 녀석들이 북미 지구에서 큰 수확을 올렸으니까, 너도 그쪽으로 옮기고 싶어진 거 아니냐?"

"내가 생각하는 건 다 안다 이거야?"

"아니, 몰라. 그냥 추측할 뿐이다. 파커 쪽 성공 이후로, 나는 어딜 가나 똑같은 헛소리를 듣고 있거든. 나도 북미 지구로 옮길까. 아니면 중동이 좋으려나. 하나같이 자기 발밑을 다지는 건 잊어버리고 옆집 잔디만 쳐다보고 있어. 그래서 너도 그 병에 걸린 건 아닌가 해서 말이야."

셴은 다시 바렌 쉽 쪽으로 몸을 돌렸다. 양동이를 뒤집어 놓은 듯한 애교 있는 기체(機體). 온통 용접 자국투성이인 허름하고 낡은 기체. 그래도 이것이 마에스트로와 셴의 요새다.

"……난 그런 말을 하고 있는 게 아니야."

셴이 작은 목소리로 말했다.

"그럼 문제는 없군. 나가자."

마에스트로는 성큼성큼 다가오더니 셴의 옆을 지나서 바렌 쉽으로 향했다. 지나갈 때 셴의 어깨를 가볍게 두드렸다.

"한 가지 더 생각나게 해 줄까? 네가 D · B로 데뷔했을 때는 열두 살이었어. 지금으로부터 4년 전이니까. 단순한 뺄셈이지. 열두 살. 사람에 따라서는 아직 자다가 오줌을 쌀 나이다. 넌 잘하고 있어. 공을 세우려고 서두르지 마라."

뭔가 아주 엉뚱한 오해를 근거로, 마에스트로는 센을 격려하려고 하고 있다. 센은 말없이 바렌 쉽의 난간을 넘었다.

다시 계산하여 산출한 잭 인 포인트는 그저께의 포인트와 약간이지만 차이가 있었다. 그 때문에 둘 다 작업하느라 바빠서, 콘솔의 표시가 모든 기능 정상 · 자동 항행 온(on)을 나타내는 올(all) 그린으로 바뀔 때까지는 서로 말을 하지 않았다.

그러는 사이 바렌 쉽의 창문에서 보이는 풍경이 온통 하얀 안개로 뒤덮이고 있었다. 잠들어 있는 D · P 속으로 뛰어든 것이다. 은밀하게, 조용히. 마에스트로 식으로 말하자면 '신발을 벗어 손에 들고' 말이다.

센은 안전벨트를 풀고, 고글을 벗고 일어섰다. 바깥 갑판에 나가 보려고 한 것이다. 지금은 아직 보이는 것이라고는 안개뿐이지만 마음의 준비를 해 두고 싶었고, 그러고 있는 것을 마에스트로에게 들키고 싶지도 않았으니까.

그때, 마에스트로가 물었다. "너, 에믈린이 싫으냐?"

센은 양 눈썹을 치켜세웠다. 순간적으로 무슨 말을 들은 건지 알 수가 없었던 것이다.

"내가 멋대로 에믈린을 우리 집에 들인 게, 네 기분이 저조한 이유 중 하나냐고 묻고 있는 거야."

셴은 그렇게 덧붙이는 것을 듣고서야 '에믈린'이라는 것이 그 할망구의 이름이라는 게 생각났다.

"좋지는 않아."

"뭐, 그야 그렇겠지. 지당한 감정이야." 조종석에 털썩 앉은 채, 마에스트로는 배를 움직이며 웃었다.

"그럼 어째서 안 쫓아내는 거야?"

"옛날에 알고 지내던 사람이 곤란해하고 있는데 못 본 척할 수는 없지."

벌써 열흘쯤 지난 일이다. 그 할망구가 갑자기 찾아왔을 때도 마에스트로는 똑같은 말을 했다. 이 사람은 내가 옛날에 알고 지내던 사람이다. 지금 당장 일거리가 없고, 갈 곳도 없어서 곤경에 처해 있다. 그녀가 이 도시에서 자리 잡을 곳을 찾을 때까지는 우리 집에서 재워줘야겠다――고. 그러자 그 할망구는 아예 마에스트로와 셴의 집을 그대로 '자리 잡을 곳'으로 삼아 버린 것이다.

"나도 촌스런 소리는 하고 싶지 않아. 그래서 한 가지 묻겠는데, 그 할망구는 마에스트로의 옛날 이거야?" 하며 셴은 새끼손가락을 세워 보였다.

"할망구라고 부르지 마. 분명히 나이는 할망구지만, 그 사람도 이름이 있어."

"그럼 여쭙지요. 에믈린 씨는 마에스트로 씨의 옛날 여자입니까?"

"아니야" 하고 마에스트로는 맥 빠질 정도로 간단히 대답했다. "에믈린은 내 옛날 동료의 아내야. 그러니까 난 그 여자랑 잔 적도 없고, 앞으로도 그럴 마음은 없어. 에믈린 쪽도 그럴 거다. 우리는 친구야. 너랑 리프가 그랬던 것처럼."

하나를 물었더니 열을 대답해 준다.

"나랑 리프는 둘 다 남자야."

"좋은 친구가 되는 데에 남자냐 여자냐는 상관이 없다——고 말해 봐야, 아직 넌 모르겠지. 어쩔 수 없군."

훗훗훗 하는, 신경에 거슬리는 웃음소리가 났다.

"에믈린은 옛날부터 그런 성격이었어. 좀 거칠지. 그래서 네 신경을 거스르는 거야. 그건 미안하게 됐다."

"끈적끈적하게 굴어서 싫은 거야."

"널 아들처럼 생각하는 모양이더라."

우웩.

"그 사람한테 아이가 있어?"

"아니, 없어." 마에스트로의 눈에 약간 그늘이 졌다. "계속 갖고 싶어 했지만 결국 생기질 않았지."

"남편은 어떻게 됐는데?"

"죽었어. 그래서 에믈린은 날 찾아온 거야."

그리고 셴이 설명을 요구하기 전에, 또 길게 말했다.

"에믈린의 남편은 나랑 같은 '시커'였어. 신연방 초기 2년 동안은 D · B 노릇도 했지. 나와 한 조가 된 적은 없었지만. 늘 부부가 함께 다녔거든."

"그건——마에스트로가 날 거둬 주기 전의 얘기지?"

"그래."

셴은 스스로는 깨닫지 못했지만 매우 당황한 듯한 얼굴을 하고, 한편으로는 호기심에 쫓겨 눈을 빛내고 있었다. 마에스트로는 셴과 만나기 전의 옛날 일을 얘기해 준 적이 없다. 당연히 셴도 물어본 적이 없었다. 과거를 캐묻지 않는다는 암묵적인 약속은 이 두 사람 사이에서도 유효했던 것이다.

“지금까지 그런 얘길 들을 기회가 없었어” 하고 셴은 정직하게 말했다.

“넌 너 자신의 신상 이야기만으로도 배가 잔뜩 불렀잖냐.”

분명히 그 말이 맞다.

안 그래도 살기 힘든 인생이었다. 무엇보다 셴은 교도소의 부속 의료 시설에서 태어났던 것이다. 그의 어머니가 임신 3개월 때 수감되었기 때문이다. 그 수감은 그녀의 기나긴 전과 기록 리스트에 마침표를 찍는 것이 될 예정이었다. 죄목은 강도상해와 영리유괴, 그리고 여러 건의 살인. 어머니는 공범자들과 함께 세 건의 흉악사건을 일으켰고, 열세 명의 인간을 살해했다. 그중 일곱 명은 어머니가 직접 죽인 것이었다.

재판은 고속접속탐사정도 저리 가랄 정도의 스피드로 이루어졌고, 사형이 확정되었다. 그래도 배 속의 아기는 달을 채워서 무사히 태어났다. 곧바로 아기는 어머니 곁에서 떨어져 교도소 밖으로 내보내졌고, 아버지의 손에 넘겨졌다. 셴의 아버지는 그럭저럭 실력이 좋은 요리사로, 아기를 키우면서 착실하게 살며 한 달에 한 번은 반드시 담장 안에 있는 아내를 면회하기 위해 교도소로 발길을 옮겼다.

그 무렵에는 아무것도 몰랐지만, 지금 생각하면 셴의 아버지는 세상 사람들에게 엄청난 웃음거리였을 것이다. 셴의 어머니가, 정식으로 결혼한 ‘남편’인 이 남자를 구두 뒷굽에 달라붙은 진흙 정도로밖에 생각하고 있지 않았던 것은 누가 봐도 분명했다. 그녀가 정말로 자신의 파트너라고 생각하고 있던 인물은 함께 강도나 유괴라는 흉악범죄를 저질렀으며 함께 연방정부로부터 가장 중요한 지명수배범으로 지정되어, 최종적으로는 그녀가 체포되는 결과가 된 당국과의 대규모 총격전 속에서 죽은 봅 라이브스, 통칭 '블러디 봅'이라는 거구의 남자였다. 과거에도 미래에도 그녀에게는 오로지 그 사람 한 명밖에 없었으니까.

셴의 어머니. 그녀의 이름은 로즈. 파트너를 잃고 혼자 재판을 받은 그녀를 세상 사람들은 곧 이렇게 부르게 되었다. 블러디 봅의 과부. 그의 이름을 잇는 블러디 로즈. 칠흑 같은 머리카락에 검은 눈동자의 그녀는 자신에게 주어진 그 호칭을 기꺼이 받아들였고, 사형 선고를 받을 때에는 피고석에 진홍색 드레스를 입고 등장했다. 그 드레스는 그녀가 졸라대는 바람에 셴의 아버지가 어쩔 수 없이 넣어 준 것이었지만.

"우리 엄마는 어디에 있어?"

아버지와 살면서, 어린 셴은 몇 번인가 그렇게 물었다. 그때마다 아버지는 이렇게 대답했다——셴의 기억으로는.

"엄마는 먼 곳에 있어. 하지만 언제나 널 사랑한단다. 언제나 널 지켜보고 있어."

이들 부자에게는 그 이상의 깊은 이야기를 나눌 시간이 없었다.

셴의 네 번째 생일에, 연방정부로부터 아버지 앞으로 한 통의 결정서가 도착했다. 블러디 로즈가 '프로젝트 나이트메어'의 피험자가 되었음을 알리는 서장이었다. 아버지는 연방정부에 항변하지도, 설명을 요구하지도 않고, 곧 짐을 꾸려 로즈가 보내지게 될 연구 도시 아스라로 옮겨가서 거기에서 일자리를 구했다. 자신이 일하고 있는 사이에 셴을 맡아줄 탁아소도 찾았다. 거기에서 만난 탁아소의 경영자, 뚱뚱하게 살이 찌고 늘 생글생글 웃으며 달콤한 냄새를 풍기던 선생님이 지금까지 살아온 셴의 16년 인생 속에서 어머니 같은 역할을 해 준 유일한 여성이었다.

셴은 탁아소의 마당에서 '빅 올드 원'의 폭주가 만들어 낸 눈부시고 강렬한 빛을 보았다. 그 빛 속에서 아버지가, 죽었다기보다는 증발해서 지상에서 사라졌다는 것, 그 빛이 만들어낸 에너지에 의해 어머니가 '테—라'에서 위상이 어긋나 있는 다른 세계, '지구'라는 곳으로 도망쳤다는 얘기는 곧 들었지만, 그렇게 쉽게 이해할 수는 없었다. 다만 자신이 정말로 외톨이가 되었다는 사실은 충분히 알았고, 로즈의 피를 물려받은 아이인 자신에게 정부의 연구 기관이 중대한 관심을 기울이고 있다는 사실도 어렴풋이 눈치채고 있었다. 눈치채지 않을 수 없을 정도로 자주 정부 시설에 불려가 이런저런 검사를 받았기 때문이다.

그 일에 대해서는 어린 셴 자신보다도 선생님이 더 위기감을 품고 있었다. 정부는 이 아이를 어디론가 데려가려고 하는 것은 아닐까. 어딘가에 가두고, 어머니에게 했던 것과 똑같이 어떤 실험에 이용하려는 것은 아닐까. 범죄자의 아이, 그것도 그 유명한 '블러디 로즈'의 아이다. 어차피 제대로 된 어른이 될 리가 없으니 정부가 이용하고 싶은 대로 이용하는 게 뭐가 나쁘단 말인가? 그렇게 생각하고 있는 건 아닐까 하고.

선생님의 탁아소는 고아원으로서의 경영 자격도 갖추고 있었기 때문에 셴은 거기에서 여섯 살을 맞았다. 그해, 구연방정부가 붕괴되었다. 후에 신연방정부가 되는 잠정 정권은 긴급국가치안유지법을 발동하고, 그 일환으로 보호자가 없는 아동을 수도의 보호시설에 모은다는 제령을 내놓았다. 이 제령 자체는 대재앙으로 가족을 잃은 아이들을 보호하는 것이 목적이었고 실제로 그 목적을 틀림없이 다하며 기능했지만, 무슨 일에나 의심이 많아진 선생님의 위기감은 당시에 최고조에 달해 있었다. 그녀의 탁아소는 구연방정부 아동국으로부터 보조금을 받아 운영되고 있었기 때문에 그곳에 있는 아이들의 수와 신원도 정확하게 파악되어 있어, 셴을 숨길 수도 없었다. 이번에야말로 이 아이는 은근슬쩍 어디론가 끌려가 버릴 게 뻔하다고, 그녀는 생각했다.

결국 셴을 도망치게 해야겠다고 생각하기 시작했다.

당시의 국내는 대혼란 상태여서 배급 식량조차 충분히 지급되지 않았고 교통망은 곳곳에서 단절되었으며, 집이나 직장을 잃은 많은 사람이 주위에 온통 넘쳐나고 있었다. 치안 유지라는 것은 수도의 극히 제한된 구역을 제외하고는 모두 그림의 떡에 지나지 않았다. 하물며 대재앙의 제로 지점이 된 연구 도시 아스라 주변에서는, 누구나 그날그날을 살아가는 것만으로도 버거웠다. 선량하고 부지런한 시민인 선생님은 정부의 어떤 기관과도, 뒷세계의 어떤 인물과도 아무런 끈을 갖고 있지 않았다. 여섯 살짜리 어린아이 하나를 어떻게 도망시킬 수 있을까. 결국 자신이 안고 함께 달아날 수밖에 없었다.

그러나 선생님에게는 가족이 있었다. 당연한 일이지만, 가족들은 셴과 함께 갈 곳도 없이 도망치려는 그녀의 계획에 크게 반대했다. 셴을 숨겨 주는 것에도 반대했다. 저 아이는 블러디 로즈의 아이다. 어째서 그렇게 편을 들어 줄 필요가 있단 말인가? 관리들에게 넘겨줘라. 저 아이는 정부에서 돌보면 된다.

지당한 의견이다. 셴은 선생님이 그녀의 남편이나 아이들과 말다툼을 벌이고는 눈물짓는 것을 몰래 바라보고 있었다.

그리고 여섯 살의 나이에도 대찬 성격만은 살아 있었던 이 어린아이는, 혼자서 탁아소에서 도망치기로 마음먹었다. 정부의 제령에 따라 수도에서 아동보호 담당자가 탁아소로 찾아오기 바로 전날의 일이었다.

공교롭게도 혼란에 빠진 사회는 이 고집 세고 대차며 빈틈없는 어린아이에게 절호의 숨을 곳을 얼마든지 제공해 주었다. 셴은 무임승차나 히치하이크를 되풀이하며 이동했다. 목적지는 없어도 끊임없이 이동하다 보면 당국에——왠지는 모르겠지만 셴을 붙잡거나 보호하려고 하는 어른들에게——들킬 가능성이 낮아진다는 것을 금세 깨달았다. 먹을 것은 훔치거나 구걸해서 조달했다. 잠은 아무 데서나 잤다. 다리 밑, 폐공장, 자갈 더미 그늘. 1년도 채 되지 않아서, 셴은 훌륭한 떠돌이가 되어 있었다.

그렇게 떠돌다 현재 있는 이 미쿠바 시의 연안 지구에 흘러들어온 것이다.

야윈 얼굴에 눈만 번쩍번쩍 빛나고, 손을 대면 으르렁거리며 물어뜯을 듯한 들개 같은 어린아이에게 왜 마에스트로가 흥미를 품었는지, 셴은 모른다.

"넌 혼자냐?"

"응."

"배고파?"

"응."

"나는 이제부터 밥을 먹으러 갈 참이야. 같이 갈래?"

그런 대화를 기억하고 있다. 그리고 셴은 그 후 이렇게 물었다.

"밥을 먹여 주는 대신 아저씨가 나한테 무슨 일을 시킬 셈인지 듣고 나서가 아니면, 갈 수 없어."

마에스트로는 그 말이 매우 유쾌했던 모양이다.

"그렇군. 우리 쉽을 청소하는 일을 거들어 주겠니?"

"쉽이라는 게 뭔데?"

"나는 D · B다. 얼마 전까지는 '시커'라는 비공인 일을 하고 있었는데, 이번에 정부에서 허가를 받았거든. 뭐, 정식으로 비공인 업종으로 성립됐다고 해야 하려나. 너한테 그럴 마음만 있으면 나랑 같이 일해도 돼."

마에스트로는 그렇게 말했다.

"그런데 넌 몇 살이냐?"

"아마 여덟 살."

마에스트로는 이 말도 유쾌했다고 한다.

"그래? 이름은 뭐냐? 이건 '아마'를 빼고 말할 수 있겠니?"

셴——이라고, 셴은 대답했다.

단, 이것은 부모로부터 받은 이름이 아니었다. 선생님이 탁아소에서 불렀던 이름도 아니었다. 떠돌이 생활 중에 스스로 지은 이름이었다.

"그럼 셴, 갈까?"

이 무렵의 마에스트로는 자신의 쉽이 없어서 다른 D · B의 쉽에 지원하는 역할로 승선하고 있었다. 셴은 마에스트로의 가건물에 살면서 여러 가지를 배웠다. 가사도 배우고, 읽고 쓰기도 배웠다. 그러다가 쉽 청소뿐만 아니라 정비나 조종에 대해서도 배우게 되었다.

그리고 센이 열두 살이 될 무렵, 마에스트로는 결단을 내렸다. 꼬박꼬박 모은 저금을 자금으로 상당한 빚을 지고 바렌 쉽을 구입해, 센을 조수로 팀을 결성한 것이다.

"어떠냐, 우리는 드디어 우리 배로 날아다니는 거야. 심장이 두근거리지 않니?"

이때 D · B 등록을 위해 '롯지'에 갈 필요가 있다는 말을 듣고, 센은 처음으로 자신의 신상 이야기를 밝혔다. '롯지'에서 신원 조회 등 정해진 절차를 밟아야 한다면, 직원 중 누군가가——아니면 그곳을 통해 연구 기관의 누군가가——센이 블러디 로즈의 아들이라는 사실을 알아차릴지도 모른다. 그럼 또 숨바꼭질을 시작해야 한다. 그러니까 자신은 D · B 등록은 할 수 없다고 마에스트로에게 말했다.

하지만 마에스트로는 다른 견해를 갖고 있었던 모양이다. 검지를 세우고는, "하루만 어떤 곳으로도 도망치지 말고 기다려라"라는 말을 남기고 정말로 하루 종일 어딘가 나가 있더니, 해가 지고 나서 많은 서류를 들고 돌아왔다.

"결론부터 말하면, 정부 기관에서는 너를 쫓고 있지 않아."

드레크슬러 박사에게 직접 물어보고 왔으니까 틀림없다고, 마에스트로는 말했다. 이때 처음으로 센은 '프로젝트 나이트메어'의 중심인물이었던 과학자의 이름을 알게 된 것이다.

"대재앙 후 몇 년 동안은 확실히 정부도 네게 흥미를 갖고 있었어. 다만 그것은 딱히 실험 재료로 쓰려고 했기 때문이 아니야. 네 어머니가 너 있는 곳으로 돌아오지 않을까——어떤 형태로든 접촉해 오지 않을까, 하고 기대하는 부분이 있었던 거지."

"하지만 난 정말로 여러 가지 검사를 받았어."

"그건 네가 확실하게 로즈의 아이인지 아닌지 조사하기 위해서였다더라. 네 출생 기록 같은 것도 대재앙 이후의 혼란으로 조사할 수 없게 되어 버렸으니까. 하긴, 뇌파는 몇 번이나 조사한 모양이더구나."

대재앙으로부터 몇 년이 지나, 간신히 D · B 제도가 생길까 말까 할 무렵에는 아직 상황이 정리되지 않아 혼란스러웠다. 그래서 에너지체가 되어 도망친 자들이 귀환하기 위해 테―라에 살고 있는 자의 몸을 빼앗을 수도 있다――는 가설이 세워졌던 것이다. 현재는 도망범들이 에너지체인 상태 그대로 테―라로 돌아와, 빼앗을 수 있는 숙주를 찾을 위험성은 거의 없다고 여겨지고 있다.

"그러니까 네 선생님이 널 도망시키려고 한 것도, 네가 도망친 것도, 그 시점에서는 그렇게 성급한 행동은 아니었다고 할 수 있지. 도망치지 않았다면 넌 아마 어느 시설에 구속되어 있었을 테니까. 뭐, 조만간 풀려났겠지만 한동안은 죄수 같은 생활을 해야 했을 거야."

도망치길 잘했다고 셴은 생각했다.

"그 많은 서류에 겨우 그 정도 얘기밖에 안 씌어 있어?"

셴의 물음에 마에스트로는 머리를 쓰윽 어루만졌다. 그렇다, 이 무렵부터 이미 마에스트로의 머리는 반들반들했던 것이다.

"네 친자 감정 결과도 실려 있어."

"나랑 어머니의?"

"여자 혼자서는 아이를 낳을 수 없거든." 마에스트로는 온화하게 말했다. "당국은, 어쩌면 네가 '블러디 봅'의 아이가 아닐까 생각하고 있었던 모양이야."

셴은 천천히 고개를 끄덕였다. "누구라도 그렇게 생각하겠지. 내가 알고 있는 한, 그럴 가능성에 대해서 잠깐이라도 생각해 본 적이 없었던 건 죽은 아버지뿐이야."

선생님의 가족도 예외는 아니었다.

"그래서, 뭐래? 녀석들이 조사했을 것 아냐?" 셴은 서류 쪽을 턱짓으로 가리켰다. "거기에는 뭐라고 적혀 있어?"

"넌 로즈와, 로즈가 결혼한 남자 사이에서 생긴 아이다."

마에스트로는 특별히 긴장한 기색도 보이지 않고 말했다.

"즉, 블러디 봅의 아이가 아니라는 말이지."

잠시, 두 사람 다 침묵했다.

"특별히 감개무량한 건 아니로군" 하고 셴이 말했다. "하지만 딱 한 가지 확실한 게 있어."

"그게 뭔데?"

"아버지는 엄마랑, 최소한 한 번은 했던 거지?"

마에스트로는 이번에는 턱을 어루만지며 말했다. "좀 더 고상하게 말해야지, 안 그러면 여자아이들이 너 싫어한다."

그다음 날, 정식으로 D · B 등록을 했을 때, 셴은 '롯지'에서 드레크슬러 박사를 만났다. 작달막한 키에 약간 대머리인 그는 셴의 손을 양손으로 잡고 마구 흔들며, "기쁜 일이야!" 하고 새된 목소리로 말했다. "네가 D · B가 되어 저쪽으로 가게 되면, 그 말을 듣고 로즈가 모습을 나타낼 가능성이 보다 커지겠지."

드레크슬러 박사가 사라진 후, 셴은 마에스트로에게 말했다. "저 박사가 책임자였다니, 프로젝트가 실패한 게 당연해."

"머리는 좋단다, 저 사람은."

"그럼 글씨를 못 읽는 건가? 어제 그 서류에 쓰여 있었다면서."

마에스트로가 모은 서류 중에는 로즈가 수감되어 센을 낳자마자 곧 아버지가 누구인지 조사하기 위한 감정을 신청했다는 사실이 명기되어 있었다. 세 번 신청했지만 기각되었고, 네 번째에 간신히 허가가 나왔다. 로즈에게 사형 판결이 내려진 직후의 일이니까, 당국 나름의 온정 어린 조치였을 것이다.

거기에서 어떤 결과가 나왔는가 하는 것은, 당시 로즈와 로즈의 담당 변호사밖에 몰랐다——그래서 대재앙 이후, 센은 다시 조사를 받아야 했던 것이다——하지만 그 결과를 본 로즈가 '친권 포기' 서류에 냉큼 사인한 것을 보면, 그녀의 심중을 추측하기는 쉬운 일이다.

블러디 봅의 아이라면 원하지만, 그렇지 않다면 필요 없다.

아, 그러셔?

"그 서류를 읽었으면서, 어떻게 이제 와서 '블러디 로즈'가 나랑 만나길 바라고 있을 거라고 기대할 수가 있지?"

"드레크슬러 박사는 애정이 풍부한 가정에서 자랐거든."

마에스트로는 진지한 얼굴이었지만, 비꼬는 말인지 아닌지는 알 수 없었다.

"어쨌든, 드디어 D · B가 되었으니 선생님을 만나러 다녀와라. 현재 소재지는 여기야."

마에스트로는 다른 서류를 내밀며 덧붙였다.

선생님은 수도 교외로 이사한 상태였다. 남편은 죽고 가족은 뿔뿔이 흩어졌다. 선생님은 노인보호시설의 신세를 지고 있었다.

그녀는 병에 걸려 약해진 몸으로 휠체어에 앉아 있었다. 센의 얼굴을 보자마자 선생님은 울기 시작했다. 울면서 웃고, 웃다가 울고. 그녀는 셴이 무사하다는 사실에 기뻐하면서, 옛날 일과 지금 일을 듣고 싶어 했다. 말하는 내내 셴의 손을 움켜쥐고 놓지 않았다.

면회 종료 시각이 가까워지자 선생님은 매달리듯이 부탁했다.

"언제까지 여기 있을 수 있니? 최소한 하루라도 어디서 자고 가면 안 될까?"

선생님이 그러기를 바란다면.

그리고 다음 날 셴은 다시 한 번 선생님을 찾아갔다.

"간호사한테 휴대용 재봉틀을 빌려서 급하게 만들었단다. 너, 호세를 기억하니? 그 아이가 죽었을 때 입고 있던 빨간 셔츠, 기억나? 나는 그 옷을 계속 갖고 있었단다. 소중한 유품이니까."

그 셔츠를 풀어서 자른 후 다시 꿰매서 만든 거야——.

선생님은 셴에게 빨간 머리띠를 내밀었다.

"셔츠는 작고 넌 이제 컸잖니. 머리띠 정도밖에 만들 수 없었어."

셴은 그것을 받아들었다. 늘 몸에 지니고 다니겠다고, 소중히 간직하겠다고 약속하며.

그런 선생님도 작년에 죽었다. 잠들듯이 죽었다고 한다. 선생님께 성 크리스티아나의 가호가 있기를.

돌아보면 모든 것이 너무나도 빨리 지나온 것 같은 기분이 든다.

"네가 등장하기 이전의 내 인생에, 에믈린과 가프로——그녀의 남편이지——는 꽤 큰 자리를 차지하고 있었어." 마에스트로는 그리운 듯이 눈을 가늘게 뜨며 그렇게 말했다. "나 같은 인간에게도 그런 부분이 있단다. 그걸 봐서, 너무 화내지 말아 줬으면 좋겠구나."

화내는 척하기도 어려워져서, 셴은 시간을 벌기 위해 빨간 머리띠를 고쳐 맸다. 그리고 결국, "알았어" 하고 대답했다.

"고맙다" 하고 마에스트로는 말했다.

이런 제대로 된 감사 인사를 듣는 것은 꽤 오랜만이라고 셴은 생각했다.

4

그저께와 똑같이 '경계' 바로 안쪽에 바렌 쉽을 착륙시키자, 상공보다 훨씬 엷어진 하얀 안개의 커튼 너머로 그 풍선 같은 머리를 한 군중이 '필드' 안을 어슬렁어슬렁 돌아다니고 있는 것이 보였다.

사소하긴 하지만 잭 인 포인트에 오차가 생겼던 것을 생각하면, 신경 쓰이는 변화이긴 하다. 셴은 바렌 쉽의 승강구 바로 옆에 서서 저도 모르게 주먹을 꽉 움켜쥐고 있었다.

돌아다니고 있다. 그 풍선 같은 머리들이. 셴은 더욱 기분이 나빠진다.

"이렇게 빌딩이 많이 늘어서 있는 모습은 수도 고리아테 중심부의 광경과 비슷하군."

마에스트로가 옆에 나란히 서서 탐사 헬멧의 턱 끈을 잡고 이리저리 흔들어대면서 말했다. "나도 오늘은 좀 돌아다녀 봐야겠다. 그저께는 D · P의 기척조차 느끼지 못했으니까. 너도 헬멧 쓸래?"

마에스트로가 팔꿈치로 찌르는 바람에 셴은 제정신으로 돌아왔다.

"응? 뭐라고?"

마에스트로는 눈을 휘둥그렇게 뜨고 있다. "뭐야, 정신이 딴 데가 있구나."

"좀 —— 머리가 멍해서. 난 이 D · P의 필드랑 궁합이 별로 안 좋은가 봐."

"속이 안 좋으냐?"

"아니, 괜찮아."

"나 혼자 나갔다 오마. 넌 쉽을 띄우고 위에서 한 번 내려다봐라."

"나도 갈래. 그저께도 위에서 봐서는 아무것도 알 수 없었잖아. 이 D · P는 숨바꼭질이 특기인가 봐."

'필드' 안에 있는 D · P의 기척을 탐지하기 어렵다는 것은, 대부분의 경우 D · P 자신이 이 꿈에 겁을 먹고 어딘가에 숨어 있다는 사인이다. 자신의 꿈속에서 숨는다는 것도 묘한 얘기지만, D · P가 자면서 '아아, 이건 꿈이야, 빨리 깨자'라고 생각하고 있다 —— 다시 말해 꿈을 꿈이라고 인식하고 거리를 두려고 하는 거라고 바꿔 말할 수도 있다. 가끔 D · P가 병으로 고열에 시달리고 있을 때도 D · P 자신의 꿈속에서 자기 인식 능력이 현저하게 저하되어 '필드' 안에서 이동하지 못하고, 그 결과 숨어 버리는 경우도 있지만.

"헬멧을 쓰면 시야가 좁아지니까 싫어. 덥기도 하고." 셴은 앞장서서 걷기 시작했다. "남북으로 나뉘어서 조사하다가, 쉽의 대척점에서 만나지 뭐. 난 빌딩에 들어가 볼게. 안이 어떻게 되어 있는지, 그저께는 조사해 보지 않았으니까."

빌딩 안에까지 저 풍선 머리들이 우글거리고 있다면 —— 셴은 그렇게 생각하니 팔에 소름이 돋았지만, 다행히 마에스트로는 이미 멀어져 그것을 눈치챌 수 있는 거리에는 있지 않았다.

"컴퍼스를 확인해라. 복잡한 필드야."

마에스트로가 말을 걸었다. 알았어, 알았어 하며 손을 흔들고, 셴은 먼저 나아갔다.

비척비척 이쪽으로 다가오는 풍선 머리가 하나, 둘 지나쳐 간다. 가능하면 제대로 보지 않도록 눈을 내리깔고 있어도 그 얼굴이 눈에 들어오고 만다. 그저께 보았을 때보다 더 밋밋하고 창백하다. 머리카락다운 머리카락도 없고, 마치 어린아이가 만든 종이 점토 인형 같다. 복장은 제각기 다르고 남녀 차이가 있지만, 술에 취한 듯한 발걸음과 걸을 때마다 앞뒤 좌우로 이리저리 흔들리는 머리의 움직임은 모두 똑같다.

정면에서 또 하나가 다가왔다. 셴은 피하면서 문득 팔을 뻗어 그것을 밀어 보았다. 얇은 종이를 손으로 후려치는 듯한 감촉이 나더니, 그것의 가슴 부분, 셴의 팔이 닿은 부분이 부러졌다. 종이를 접는 것처럼 깨끗하게 부러져서 머리가 등 쪽으로 거꾸로 늘어져 있다. 그러나 발걸음은 변함이 없다. 그 모습 그대로 흔들흔들 비척비척 계속 걸어간다. 스쳐 지나자, 거꾸로 된 머리에 뚫린 두 개의 구멍 같은 눈이 아래쪽에서 셴을 올려다보는 모양새가 되었다.

오싹했다.

급히 몸을 돌리다가 앞쪽에서 걸어오던 또 다른 그것과 부딪힐 뻔했다. 순간적으로 뒤로 물러나자, 그것은 멈춰 섰다. 종이 점토 인형에 뚫린 검은 구멍이 셴을 뚫어지라 바라보고 있다. 눈알도 없고 눈동자도 없는 그냥 구멍인데, 그 어둠 속에서 쏘아지는 시선을 똑똑히 느낄 수 있는 것은 왜일까?

그것은 천천히 팔을 들어 올려 셴을 가리켰다.

"뭐야?"

셴은 저도 모르게 물었다.

그것은 셴을 가리킨 채, 바다 밑바닥에 뿌리를 내린 잘 알 수 없는 식물이 해류 사이에 끼어 있는 것처럼 오른쪽으로, 왼쪽으로 흔들리기 시작했다.

문득 정신이 들어 보니 주위에 있는 다른 풍선 머리들도 똑같이 셴을 가리키고 있었다.

셴은 달리기 시작했다. 오른쪽 전방에 회색 빌딩의 입구가 보인다. 고층 빌딩이다. 꼭대기는 '필드'를 덮고 있는 안개 속에 숨어 있다. 달려서 입구로 다가가자, 양쪽으로 밀어 열게 되어 있는 유리문이 귀에 거슬리는 소리를 내며 열렸다.

깔끔한 로비다. 인텔리전트빌딩이라고 하는 그것인가 보다. 다른 D · P의 '필드'에서도 이런 광경을 본 적이 있다. 그 D · P는 회사원이었다. 자신이 일하는 회사의 꿈을 꾸고 있었던 것이다. 그렇다면 이 D · P도 회사원일까?

정면에 안내대가 있다. 넓고, 아무도 없다. 들여다보니 의자가 세 개 나란히 놓여 있다. 안내하는 아가씨가 세 명이나 있는 걸 보면 상당히 큰 회사다.

안내대 옆쪽으로는 각각의 통로가 있다. 이쪽에서 보면 왼쪽은 엘리베이터 홀로 통해 있고, 오른쪽은 짧은 복도로, 양쪽으로 밀어서 여는 문이 또 하나 있다. 역시 유리문으로, '응접실'이라는 팻말이 걸려 있다.

셴은 응접실로 향했다. 이 문도 자동문이었지만, 이번에는 매끄럽게 소리도 없이 열렸다.

셴은 실내에 머리를 집어넣었지만, 곧 도로 뺐다. 넓은 응접실에는 응접세트가 몇 개 설치되어 있고, 전부 풍선 머리들이 점거하고 있었던 것이다. 놈들은 다리를 가지런히 모으고 양손을 단정하게 무릎에 올려놓은 채 물건처럼 앉아 있었다. 그리고 역시 모두 머리를 천천히 흔들고 있었다.

안내대로 돌아가, 의자에 기대어 한숨을 쉬었다. 이런 식으로 빌딩 안의 모든 층, 모든 방이 풍선 머리들로 가득한 걸까. D · P는 도대체 어디에 숨어 있는 걸까?

이 D · P는 대체 어떤 놈일까? 제정신인 걸까? 어째서 이런 꿈을 꾸는 거냔 말이다.

셴은 빌딩에서 밖으로 나가고 싶었다. 이 '필드'에서 떠나고 싶었다. 하지만 자신의 그런 기분을 스스로 인정하기는 죽어도 싫었다. 그래서 셴은 엘리베이터 홀로 향했다.

엘리베이터의 수는 여섯 대. 세 대씩 서로 마주 보고 있다. 표시등을 올려다보니 지하 3층에서 지상 20층까지 있다. 하지만 어느 층의 램프도 켜져 있지 않다. 시험 삼아 버튼을 눌러 보아도, 어느 것도 반응하지 않는다.

D · P의 필드에 존재하는 기계류의 작동은 변덕스럽기 때문에 믿을 게 못 된다. 특히 엘리베이터는 심하다. 탐사 매뉴얼의 첫 번째 페이지에도 그 사실이 명기되어 있다. 따라서 처음부터 탈 마음은 없었지만, 일단 모든 버튼을 눌러 어디에선가 뭔가 움직이는 소리는 나지 않는지 귀를 기울여 보고 나서, 셴은 계단을 찾았다. 다행히 엘리베이터 홀 바로 앞쪽에 '비상계단' 표시가 되어 있었다. 방화문으로 가로막혀 있는 밀폐식 계단실이다.

문을 연다. 쥐 죽은 듯 조용하다. 층계참에는 '1/2' 표시. 단숨에 2층까지 뛰어 올라가서 방화문을 밀어 보았다. 우선 손바닥만큼 열고 바깥을 살핀다.

단조로운 리듬으로, 뭔가 금속질의 물건을 던지는 듯한 소리가 들려온다. 찰캉, 찰캉.

총성은 아니고, 뭔가를 부수는 듯한 소리도 아니다. 살그머니 몸을 반만 내밀고 내다보니 그곳은 넓은 복도로, 좌우의 벽을 따라 연한 파란색 로커가 질서정연하게 늘어서 있었다.

그 로커 중 한 개 앞에 풍선 머리가 하나 서 있었다. 그리고 로커 문을 계속해서 여닫고 있다. 찰캉, 찰캉. 이것은 그 소리다.

풍선 머리는 매우 열심히 그 작업에 몰두하고 있었다. 셴이 방화문에서 복도로 미끄러져 나와도 돌아보지 않는다. 복도를 따라 몇 개의 문이 있지만, 오른쪽을 보니 바로 앞쪽에서 복도가 꺾여 있어서 우선 그쪽으로 가 보기로 했다.

복도 모퉁이를 돌아가 보아도 비슷한 풍경이 펼쳐져 있었다. 매끈매끈하게 천장의 조명을 반사하는 복도와 양쪽의 문과 로커들. 하지만 셴이 복도를 따라 꺾은 순간, 누군가가 재빨리 숨으려고 한 것처럼 한 로커의 문이 확 닫혔다.

잠시 숨을 삼키고 나서, 셴은 발소리를 죽여 그쪽으로 다가갔다. 셔츠 소매로 손을 문지른 후 로커 손잡이를 잡는다.

열리지 않는다. 하지만 분명히 기척을 느꼈다. 안쪽에서 누군가가 필사적으로 손잡이를 잡아당기고 있다.

셴은 로커를 가볍게 두드렸다.

"거기 있지? 숨을 거 없어. 난 도우러 온 거니까."

그 말에 로커 문이 살짝 덜컹거렸다. 손잡이를 잡아당기고 있는 누군가가 당황한 모양이다.

셴은 그제야 안도했다. D · P다. 겨우 찾아냈다.

"어떻게 된 일인지 알 수 없어서 혼란스러운 건 알겠지만, 어쨌든 난 당신 편이야. 당신이 이 기묘한 꿈에서 빠져나가는 걸 도우러 왔어. 그러니까 나와 줘."

덜컹, 하는 소리가 났다. 로커가 살짝 열린다. 셴은 그 틈 쪽으로 몸을 내밀고 손을 가볍게 흔들었다.

"자, 보여? 난 주위를 어슬렁거리고 있는 그 기분 나쁜 괴물과는 달라."

로커 문이 활짝 열렸다. 그제야 셴에게도 보였다. 젊은 여자다. 하얀 블라우스에 핑크색 조끼와 한 쌍을 이루는 치마. 이 회사의 유니폼인가 보다. 여자는 양손을 가슴 앞에서 꼭 움켜쥐고 있다. 자그마한 얼굴은 블라우스만큼이나 하얗게 질려 있다.

그녀가 입을 열자, 상태가 안 좋은 서브 머신 건처럼 말이 튀어나왔다.

"다, 다, 당, 당, 당."

"당신은 누구냐고 묻고 싶은 거지?"

이번에는 그녀 자신이 망가진 서브 머신 건처럼 몇 번이나 고개를 끄덕인다.

"그 설명은 나중에. 어쨌든 지금은 여기서 나가자. 어서."

셴은 손을 내밀었다. 그녀는 반사적으로 로커 안쪽으로 물러난다. 아직도 가늘게 고개를 흔들고 있다. 두 눈은 당장에라도 튀어나올 것 같다.

"무서워하지 않아도 된다니까. 나와. 계속 여기에 있을 수는 없잖아. 여기에 있으면 깰 잠도 깨지 않는다고."

젊은 여자는 또 삐걱거리며 말하기 시작했다. "당, 당신, 여, 여, 여, 여기."

"여기는 어디냐고 묻고 싶은 거라면, 당신의 꿈속이야. 당신은 누구냐고 묻고 싶은 거라면, 그건 내가 묻고 싶다고."

"내, 내, 꿈?"

"그래."

"그렇다면, 어째서 깨어나지 않는 거야? 어째서 매일 밤 똑같은 꿈만 꾸는 거야?"

"여러 가지 사정이 있어. 좀 더 편한 곳으로 옮겨서 천천히 설명해 줄게."

그녀가 부들부들 떨면서 오른손을 내밀자 센은 그 손을 꽉 잡아주었다. 그녀는 비틀거리며 로커에서 나왔다.

"오케이. 당신, 신발은 신고 있어? 좋아. 걸을 수 있겠어?"

젊은 여자는 센과 비슷한 키에, 비슷하게 마른 몸집이었다. 그래도 전체적인 몸의 선은 여자답게 부드럽고, 품위 있는 옅은 화장이 썩 잘 어울리는 상당한 미인이다. 그렇지 않으면 걸을 수 있겠냐는 질문은 하지 않았을 것이다. 못 걷겠다고 우기면 몰라도, 업어 줄 생각이 없는 여자에게 그런 질문 따위는 하지 않는다는 것이 센의 신조다.

"아, 당신, 영업 2과 사람이지?" 그녀는 턱을 떨면서 말했다.

여자는 어떻게든 웃으려고 하는 모양이지만, 잘되지 않는 것 같다.

"화, 환송환영회, 가장 파티, 할 거라고 했으니까."

센의 옷차림을 두고 하는 말이었다.

"뭐, 그렇다고 해 두지."

센은 그녀의 손을 잡고 계단 쪽으로 되돌아가기 시작했다. 그러다가 걸음을 딱 멈추었다.

복도 모퉁이에 풍선 머리들이 모여 있었다. 어느새 모여든 것이다. 그들은 우뚝 서서 흔들흔들 머리를 흔들고 있다.

그리고 센이 그들을 알아차림과 동시에 일제히 풍선 머리들이 손을 들어 두 사람을 가리켰다.

"저, 저거. 어째서 저거 —— 저거, 뭐야?"

젊은 여자는 울음 섞인 목소리를 냈다. 센은 그녀를 뒤로 밀었다.

"반대쪽으로 돌아가자. 괜찮아, 당황할 거 없어."

믿음직스럽게 들렸으면 좋겠는데 —— 팔에 소름이 돋아 있는 것을 들키지 않았으면 좋겠는데.

"이, 이쪽." 젊은 여자는 센의 손을 잡아끌었다. "사무실을 지나가면 더 빨라."

그녀가 숨어 있던 로커 바로 앞쪽에 '시스템관리실'이라는 표시가 되어 있는 문이 있었다. 그녀는 그 문을 열었다. 줄줄이 늘어선 책상과 캐비닛. 그 위의 모니터가 눈에 들어왔다. 그리고 회전의자 여기저기에 풍선 머리들이 앉아 있다. 여자는 꺅, 하고 소리를 질렀다.

방을 가로지르면 바로 반대쪽에 문이 있다. 센은 그녀를 재촉했다.

"저 문이지? 좋아, 뛰어!"

두 사람은 달렸다. 젊은 여자는 목표였던 문을 할퀴듯이 열었다. 그곳은 조금 전까지 있던 복도보다 훨씬 좁아서, 파티션으로 나누어진 통로처럼 보였다. 다행히 풍선 머리는 눈에 띄지 않는다.

"이쪽!"

기운을 차렸다기보다 더욱 혼란에 빠졌는지, 젊은 여자는 통로를 무조건 달리기 시작했다. 또 문을 열고, 또 책상이 늘어서 있는 사무실을 통과한다. 셴은 그녀의 뒤를 따라 달리면서 어떻게든 위치 관계를 파악하려고 애썼지만, D · P의 무의식이 작성하는 엉망진창의 지도에 따라 구성된 이곳에서는 그런 노력은 곧 허무해지고 말았다.

"잠깐 기다려! 계단을 찾아야 해."

"계단?" 숨을 헐떡이며 새로운 복도의 모퉁이를 돌면서, 그녀는 앞쪽을 가리켰다.

"저게 엘리베이터인데?"

앞쪽에서는 엘리베이터가 입을 빠끔히 벌리고 있다. 순간, 셴의 목덜미에 소름이 돋았다.

"바보야, 타지 마!"

외쳐도 이미 늦었다. 젊은 여자는 엘리베이터 안으로 뛰어들었다. 그 기세에 넘어지고 만다. 그러자 그 순간, 기다리고 있었다는 듯이 문이 닫히기 시작했다. D · P를 버리고 도망칠 수는 없기에, 셴도 엘리베이터로 뛰어들었다. 셴의 머리띠 끝이 아슬아슬하게 스치며 문이 닫혔다.

엘리베이터가 덜컹, 하며 움직이기 시작했다.

"어, 어째서 닫히는 거야? 어째서 움직이는 거야? 버튼도 안 눌렀는데."

늘어선 버튼들이 깜박거리고 있다. 엘리베이터 상자는 상승하고 있는 것 같다.

"악몽 속에서는 대부분 이렇게 돼. 사물이 우리에게 불리하게 움직여 버린다고."

셴은 한 손을 허리에 대고 머리 위의 표시 램프를 올려다보았다. 이쪽도 모든 램프가 요란하게 깜박거리고 있다. 마치 덫으로 뛰어든 셴 일행을 비웃는 것 같다.

"이상해." 젊은 여자는 주저앉은 채 말했다. "이 엘리베이터, 정말 이상해."

"이상하다는 건 처음부터 알고 있었어."

"그게 아니야. 디지털 패널일 텐데. 어째서 이렇게 낡은 표시 램프인 걸까. 이 빌딩, 새로 지은 건데."

그때, 아래에서 쿵, 하고 충격이 오더니 엘리베이터 상자가 정지했다.

"머, 멈췄다." 젊은 여자는 엘리베이터 상자 벽에 등으로 기댄다. "어째서 멈추는 거지?"

"부탁이니까 그 어째서, 라는 공격 좀 멈춰 줘. 그래 봤자 아무 의미도 없으니까. 응?"

젊은 여자는 셴의 얼굴에서 시선을 떼지 않은 채, 등으로 벽을 타고 엘리베이터 상자 모서리 쪽으로 이동했다.

"당신, 이름은?" 하고 셴은 물었다.

"나? 내 이름? 어째서 이름을——."

거기까지 말하다가 그녀는 입을 다물었다.

좋다. 이해는 빠른 것 같다.

"리, 리에코. 무라노 리에코."

그러고 나서 이건 아주 중요한 일이라는 표정으로 "총무부 인사국의 신입입니다" 하고 덧붙였다.

신입이라는 것은 신입사원이라는 뜻일 것이다.

"나이는 몇 살이야?"

"스, 스, 스무 살." 그리고 역시 아주 중요한 일이라는 말투로 "아직 생일이 안 지나서"라고 덧붙였다.

셴은 그녀에게 고개를 끄덕여 보이고 나서 엘리베이터 문에 손을 댔다. 힘껏 잡아당겨 보았지만 꼼짝도 하지 않는다.

"이거 안 되겠는데."

"안 열려……?"

"그런 것 같아. 그럼, 미스 리에코."

셴은 검지를 세워 엘리베이터 상자 천장을 가리켰다.

"탈출로는 저쪽이야."

엘리베이터 상자 천장의 거의 중앙에 금속으로 테두리가 쳐진 네모난 패널이 보인다.

"내가 발판이 돼 줄 테니까, 당신이 내 등을 밟고 올라가서 저 패널을 밀어 열어 줘."

리에코는 허둥거렸다. "저런 곳으로는 나갈 수 없어."

"나갈 수 있어. 별거 아니야."

"조금만 더 기다리면 다시 움직일지도 모르잖아?"

"아니면 영원히 움직이지 않을지도 모르지."

"하지만 이거, 내 꿈이잖아? 그렇다면 조만간 깰 거야. 깰 때까지 여기 있으면 되잖아. 응?"

"이렇게 좁고 답답한 곳에?"

"잘래. 자 버리면 괜찮을 거야."

셴은 웃음을 터뜨리고 말았다.

"꿈속에서 또 잘 거야?"

리에코는 자신 없다는 듯이 시선을 피하며 머리를 천천히 움직였다. 센은 흠칫 놀랐다. 그녀의 그 동작이 그 풍선 머리들의 동작과 똑같았기 때문이다.

"당신, 원래 그렇게 머리를 흔드는 버릇이 있지?"

리에코는 머리를 흔들던 것을 멈추었다. 그냥 멈추었다기보다 양손을 턱에 대고 억지로 멈추는 것 같았다.

"그 이상한 괴물들도 똑같은 행동을 하고 있지?"

그녀도 눈치채고 있었을까.

"그렇군. 하지만 이제 알았어. 그 녀석들은 당신의 무의식이 만들어낸 거니까 당신의 버릇을 따라 한다 해도 이상하지 않아."

"내 꿈속이니까——."

"그런 거지. 속이 조금 후련해졌어."

리에코는 조금도 속이 후련하지 않은 것 같았다. 눈꺼풀 가장자리에 순식간에 눈물이 고인다.

"보기 흉한 버릇이지? 나도 알아" 하고 떨리는 목소리로 말을 꺼냈다. "어릴 때부터 계속 이랬어. 항상 야단을 맞았어. 부모님한테도 선생님한테도. 보기 흉하니까 그러지 말라고, 어째서 그렇게 소심한 거냐고. 모르면 모른다, 못하겠으면 못하겠다고 똑똑하게 말하라고, 그렇게 머뭇머뭇 고개만 젓고 있어서는 아무것도 통하지 않는다고."

리에코는 이성을 잃고 점점 말이 빨라진다.

"친구들한테 매일 놀림당하고, 바보 취급만 받았어. 학교에서 나는, '용수철 머리'라거나 '꾸벅꾸벅 인형'이라고 불리고는 했어. 굉장히 싫었어. 그래서 정말 조심하고 조심했지만, 그래도 소용없었어. 어른이 되어도 고쳐지지 않더라. 연수 때도 트레이너한테 불려 나가서, 모두가 보는 앞에서 야단을 맞았어. 조금도 달라지지가 않아. 그래서 이런 이상한 꿈을 꾸는 건가 봐."

그녀는 그 자리에 주저앉아 머리를 끌어안고, 결국은 울음을 터뜨리고 말았다.

이런, 이런……. 셴은 한숨을 쉬었다. 이거 또 손이 많이 가는 D·P로군.

약골은 싫다. 울기만 하는 여자도 귀찮다. 평소 같으면 한 대 걷어차서라도 일으켜 세웠을 것이다. 하지만 지금은 그럴 수가 없었다. 흐느껴 우는 그녀를 보고 있자니 자신의 마음도 아파지는 기분이 들었다. 셴 자신도 그 풍선 머리들이 무서웠다. 기분이 나빴다. 그래서일지도 모른다. 두려운 마음을 안고 살아가야 한다는 기분을 조금은 맛보았기 때문일지도 모른다.

셴도 같이 쪼그려 앉았다. 리에코는 얼굴을 덮고 계속 울고 있다.

"있잖아" 하고 말을 건다. "어쨌든 나는 당신을 바보 취급하거나 야단치지 않아. 아까도 말했지? 난 당신을 도우러 온 거야, 미스 리에코."

리에코는 손으로 얼굴을 닦으면서 시선을 들었다. 셴은 그 눈을 들여다보며 말을 이었다.

"당신이 소심해도, 겁쟁이라도, 그걸 두고 이러니저러니 할 생각은 없어. 누구든지 늘 그렇게 용감할 수 있는 건 아니니까."

리에코는 울음 섞인 목소리로 고지식하게 정정했다. "저기, 나, 나는, 언제, 언제나, 겁쟁이야."

셴은 그 모습에 웃어 버렸다. "그럼, 누구든지 늘 그렇게 겁쟁이일 수 있을 리는 없다——고 바꿔 말할까요, 미스 리에코?"

리에코는 눈을 깜박이면서 물었다. “아까부터, 어째서 날 미스 리에코라고 부르는 거야?”

“미스 아니야?”

“아니, 미스야. 지금은 아직.” 말하고 나서, 다시 고지식하게 정정한다. “아니지, 틀림없이 영원히 미스일 거야. 난 연애에서도 미스만 하니까.”

“말장난도 할 줄 아네. 그 정도 기개면 괜찮겠어.”

성대하게 눈물을 흘린 탓에 원래 옅었던 화장이 완전히 지워져 버렸다. 얼굴을 씻은 거나 마찬가지다. 그래도 리에코가 상당한 미인이라는 사실에는 변함이 없었다. 아름다운 여자는 대개의 경우 자신만만하다. 미인의 종류나 정도에 상관없이, 그저 미인이라는 이유만으로 자신감의 정도가 엄청나게 높은 것이다. 지금까지 센은 그렇게 생각해 왔지만, 오늘만큼은 거기에도 예외가 있는 건지도 모르겠다는 기분이 들기 시작했다. 정정할 정도는 아니라 해도 예외 사항을 둘 필요가 있을지도.

“패널을 열어 줘. 여기서 나가자.”

리에코는 엘리베이터 상자의 천장을 올려다보았다. “손이 닿을까?”

“닿을지 안 닿을지, 어쨌든 한 번 해보자고.”

“저 패널, 안 열릴지도 몰라.”

“그것도 확인해 보지 않으면 알 수 없잖아.”

센은 그녀가 등에 오르기 쉽도록, 등에 메고 있던 장검을 풀어 벽에 세워 놓았다. 그리고 바닥에 양손과 두 무릎을 짚었다.

“너무 오랫동안 이런 자세를 하고 싶진 않으니까, 빨리 좀 부탁해.”

리에코는 머뭇거리며 일어서서 다가왔다.

"정말 올라가도 돼?"

"응."

"나 무거울지도 모르는데."

"괜찮다니까."

"그럼——."

"잠깐 기다려! 구두는 벗어야지."

미안하다며, 리에코는 허둥거렸다. 양말만 신은 채로 천천히 셴의 등에 발을 올려놓는다.

"와, 와, 와, 어머, 미안해."

우와우와 하면서 간신히 두 다리로 섰다.

"지금, 뭔가 뚜둑 하는 소리가 나지 않았어?"

"내 등에서 난 거 아니야. 미스 리에코, 당신이겠지. 운동 부족인 거 아니야?"

셴은 최대한 고개를 비틀어 보았지만, 옆까지밖에 보이지 않는다. 그래도 등 위에서 리에코가 머리를 아까처럼 이리저리 흔들며 당황하고 있는 것을 기척만으로도 알 수가 있었다.

"고개를 흔들 게 아니라, 손을 뻗어. 위로. 패널에 닿아?"

괴로운 듯한 목소리가 들렸다. "아, 안 닿아."

"발돋움을 해 봐."

셴의 등 한가운데쯤에 점점 압력이 가해진다. 휘청휘청. 그래도.

"아, 다, 닿았어."

"그럼 들어 올려."

덜컹, 하는 소리가 들렸다. "열렸어. 꺅, 먼지가 엄청나!"

리에코는 손을 부들부들 움직이고 있는 모양이다. 그러는 동안 센의 등은 발끝으로 하는 서툰 지압을 즐겼다.

"패널을 치웠어."

"좋아, 이제 됐어."

리에코는 폴짝 뛰어내렸다. 센은 저도 모르게 꾸엑, 하는 소리를 냈다. "이봐, 미스 리에코."

"아, 미안해."

센이 일어서서 손을 탁탁 털며 올려다보니, 머리 위에는 네모난 구멍이 뻥 뚫려 있었다.

"이제 어떻게 하는 거야?" 리에코도 천장을 올려다보며 고개를 흔들기 시작했다. 센은 점프해서 네모난 구멍의 가장자리를 붙잡았다. 그대로 몸을 끌어올린다.

확실히 먼지가 엄청났다. 기계기름 냄새도 풀풀 난다. 엘리베이터 샤프트의 네모난 직사각형 구멍이 머리 위 높은 곳에 뻗어 있다. 서로 얽힌 케이블은 발밑의 상자 속에서 새어 들어오는 조명의 불빛으로, 그래도 5, 6미터 정도 위까지는 확인할 수 있었다.

빙글 몸을 돌려 올려다보니, 하얀 도료로 '7F'이라고 크게 적혀 있는 문이 오른쪽 벽 위쪽, 2미터 정도의 높이에 있었다. 이 엘리베이터 상자는 6층의 문에서 아주 약간 올라간 곳에 정지해 있는 모양이다.

문에 면해 있는 쪽에서는 샤프트의 벽과 엘리베이터 상자의 간격이 10센티미터도 되지 않지만, 다른 삼면에서는 50센티미터 가까이 떨어져 보인다. 발판이 될 만한 튀어나온 부분도 있다——그뿐만 아니라 점검용 사다리가 보인다. 다행이다.

"저기, 왜 그래?"

리에코가 패널의 구멍 바로 아래에 서서 셴을 올려다보고 있었다.

"이 위가 7층 문이야" 하고 셴은 그녀에게 말했다. "벽에 사다리가 있으니까 올라가서 문을 열고 올게. 그러고 나서 당신을 끌어올려 줄게."

다행스럽게도 7층의 문은 쉽게 열렸다. 셴이 사다리에 달라붙어 있는 사이에 엘리베이터가 움직이지도 않았다.

"좋아, 그럼 당신 차례야." 셴은 구멍에서 아래로 손을 내밀었다. "그 전에, 내 칼을 좀 집어 주겠어?"

리에코는 휘어진 장검을 양손으로 받쳐 들고 내밀었다. "꽤 무겁네, 플라스틱으로 만든 게 아니야?" 아직도 가장 파티 의상 중 하나라고 생각하고 있는 모양이다.

셴이 구멍 가장자리를 잡고 몸을 반쯤 내밀어 한껏 뻗은 손을, 리에코는 괴물이라도 보는 듯한 눈으로 바라보았다. 그리고 고개를 흔들흔들하기 시작했다.

"잡아" 하고 셴은 명령했다. "끌어올려 줄 테니까."

"모, 못해." 역시나 고개가 흔들흔들.

"할 수 있어."

"못해, 못한다고." 또 흔들흔들흔들.

"그렇게 고개를 흔들고 있다간, 그 풍선 머리들을 불러모으게 될지도 몰라."

"풍선 머리? 그 괴물들 말이야?"

"그래. 그 녀석들과 당신은 싱크로하고 있으니까. 그 문이 열리고, 녀석들이 줄줄이 침입해 오면 어쩔 거야?"

리에코는 보고 있는 센의 눈이 어지러워질 정도로 계속 고개를 흔들어 댔다.

"빨리 손을 내밀라니까!"

"어느 쪽 손?"

"어느 쪽이든 상관없어!"

리에코의 손은 땀에 젖어서, 센이 꽉 잡아도 여전히 떨리고 있었다. 그녀가 마른 체격이라 다행이다. 하지만 그래도 팔이 빠질 것만 같았다. 그녀가 발을 마구 버둥거리기 때문이다.

"거봐, 할 수 있지?"

리에코는 두 팔로 몸을 끌어안고 샤프트의 어둠을 둘러보았다. 그리고 갑자기 몸집에 어울리지 않는 커다란 재채기를 했다. 먼지 때문이다.

"재채기만은 기운이 넘치네."

센은 7층 문을 가리켰다. "저게 출구야. 그리고 저쪽이 사다리."

벽에 달라붙어 있는 사다리를 보고, 리에코는 또 고개 흔들흔들 모드에 들어갔다.

"나, 나, 나."

"이번엔 뭐야?"

"고, 고, 고고고고고고소공포증이야."

"그럼 잘됐네. 여기에서 저 문까지는 고소도 아니지 뭐. 작업용 사다리를 타고 유리 창문을 닦는 거라고 생각하면 돼."

"아니, 그렇게 생각할 수는 없어."

한순간, 센은 짜증스러운 마음이 들어 그녀를 아래 엘리베이터 상자 속으로 차서 떨어뜨려 버릴까 생각했다.

"사다리 같은 건 올라가 본 적도 없고."

셴은 상대해 주지 않고 그녀의 손을 사다리에 올려놓았다.

"아까 내다봤는데 7층에는 아무도 없었어. 그러니까 당신이 먼저 올라가. 나는 바로 밑에서 따라갈 테니까. 만일 당신이 다리를 헛디뎌도, 내가 받쳐 줄게. 그렇게 하면 괜찮겠지?"

리에코가 고개를 흔들흔들할 것 같았기 때문에, 셴은 얼른 손을 뻗어 그녀의 목덜미를 잡아 주었다. 그녀는 경직됐다.

"어때, 멈췄지?"

"응, 멈췄어" 하고 곁눈질을 하며 대답했다.

"그럼 문제없어. 올라가자."

7층의 밝은 플로어로 올라가자, 두 사람 전부 먼지와 기계 기름투성이가 되어 있다는 것을 알 수 있었다. 리에코의 콧등이 까매져 있었다.

"당신이야말로 가장 파티에 나가는 것 같아" 하며 셴은 웃었다. 하지만 리에코는 웃지 않았다. 뒤늦게 찾아온 여러 가지 쇼크 때문에 표정이 사라지고 없었다.

"계단으로 내려가서, 얼른 이 빌딩에서 나가자. 내 숍까지 가면 한숨 돌릴 수 있으니까. 알겠지?"

리에코는 몇 번이나 고개를 끄덕였다. 멈추지 않을 것 같으면 다시 한 번 목덜미를 잡아 줄까, 하고 셴이 생각하고 있는데, 또 눈물을 뚝뚝 흘리면서 그녀가 말했다.

"저기, 손을, 잡아 줄래?"

이렇게까지 불안하고 슬프고, 어쩔 줄 몰라 하는 부탁이 아니었다면 셴은 막 웃음을 터뜨릴 판이었다.

셴은 손을 내밀었다. 그녀의 손이 너무 심하게 떨리고 있어서 제대로 잡을 수가 없었다.

"이거면 되겠어?"

"……응."

걷기 시작하자, 리에코는 울면서 물었다.

"당신 이름은 뭐야?"

셴이 대답하려고 하자, 갑자기 재채기가 튀어나왔다. 뭐, 상관없으려나. 어차피 재채기 소리와 비슷한 이름이니까.

"이상한 이름이네."

간신히 발견한 계단을 내려가는 동안에도 리에코는 계속 울고 있었다. 셴은 미아가 된 어린 여자아이를 데리고 있는 듯한 기분이 들었다. 그래도 아주 조용한 울음이었기 때문에 그대로 울게 내버려 두었다. 적어도 울고 있는 동안에는 고개 흔들흔들을 멈춰 주었으니까.

5

무라노 리에코는 바렌 쉽을 보고도, 맨살 위에 직접 멜빵 작업복을 입은 마에스트로를 만나고도 놀란 얼굴을 하지 않았다. 오히려 흥미를 품은 것 같았다. 어느새 눈물도 말라 있었다.

"말하지 마세요, 맞혀 볼 테니까. 그 가장은, 만화 캐릭터예요. 나 알아요. 제목은——음, 그러니까, 잠깐만요, 꼭 생각날 거예요. 그건 그렇고 스케일이 크네요. 이 탈것은 대체 어디서 빌려왔어요?"

마에스트로 쪽도 기뻐했다. "귀여운 세뇨리타이시구려."

"실실 쪼개지 마, 영감."

그녀를 바렌 쉽 갑판에 올려보내고, 늘 그렇듯이 연설을 한바탕 늘어놓는다. 하지만 셴이 보기에 이 리에코는 집중력이 부족한 구석이 있고——아니, 그렇다기보다 타인의 말을 그다지 열심히 듣지 않는다——이쪽이 무슨 말을 해도, 셴 일행이 변장한 거라고 착각하고 있는, 캐릭터가 등장하는 만화에 대해서만 생각하고 있어서 듣는 게 건성이다.

"조금 전까지 그렇게 훌쩍훌쩍 울고 난리였으면서." 결국 발끈해서 셴이 말했다. "당신한테는 근본적인 위기의식이라는 게 없군."

"하지만 이거……, 꿈인걸."

리에코는, 그렇지 않아? 하고 되묻더니, 갑자기 불안해하는 표정이 되었다.

"꿈은 꿈이외다, 세뇨리타. 하지만 당신의 꿈이라는 게 문제지요."

"하지만 내 꿈이라면, 어째서 당신들이 여기에 있는 거죠?"

"그러니까 아까부터 설명했잖아!"

초등학생보다 더 품이 든다. 같은 소리만 되풀이하다가 안개가 내려오면, 오늘은 끝이다. 그리고 다음에 날아왔을 때는 다시 또 처음부터 설명해야 할 것이다.

"이 여자, 바보야."

리에코가 신기한 듯이 주위를 둘러보면서 바렌 쉽의 갑판을 돌아다니기 시작하자, 셴은 작은 목소리로 내뱉었다.

"지금까지 만난 D·P 중에서도 최고로 바보라고."

마에스트로는 싱글싱글 웃는다. "그래도 귀여운 건 틀림없지. 말이 난 김에 말하자면, 네 타입 아니냐."

"절대로 아니야."

"아니, 네 타입이야. '홀스래디시'에서 네가 돈을 쏟아붓고 있는 여자아이랑 닮았잖냐."

그리고 대꾸할 틈을 주지 않고 싱글벙글 웃으며 리에코에게 말을 걸었다. "바렌 쉽을 만져 봐도 상관없소이다, 세뇨리타. 만져도 사라지지 않고, 부서지지도 않소이다. 원하면 조종석도 보시겠소?"

"그 세뇨리타라는 건 대체 뭐야? 마에스트로야말로 엉뚱한 데다 눈길 돌리고 있는 거 아니야?"

서로 대화하는 두 사람을 아랑곳하지 않고 완전히 자신의 페이스를 지키며 갑판을 한 바퀴 돈 리에코는, 천천히 말을 꺼냈다. "그럼 당신들이 내 마음속에 말을 걸어주는 사람들인가요?"

셴과 마에스트로는 서로 얼굴을 마주 보았다.

"누군가가 당신의 마음속에 말을 걸고 있소이까?" 하고 마에스트로는 물었다.

"네." 리에코는 온순한 눈을 하고 있다.

"꿈속에서?"

"아뇨. 깨어 있을 때요. 내가——쓸쓸해지거나 우울해하고 있으면요."

"위험해" 하고 셴은 더욱 작은 목소리로 말했다. "이 여자, 단순한 바보가 아니야. 위험하다고."

마에스트로는 말없이 셴의 머리를 호되게 때리고는 리에코에게 한 발짝 다가갔다. "그럼 그 목소리는 당신에게 우호적인 셈이군요, 세뇨리타?"

하지만 리에코는 대답 대신 눈을 동그랗게 뜨고 셴을 쳐다보고 있었다. "안 아파?"

"아파" 하고 셴은 대답했다. "그래서, 어때? 그 목소리의 주인은 당신의 친구야, 아니야?"

"모르겠어."

"당신, 누군가가 자신의 친구인지 아닌지도 몰라?"

"응."

리에코는 고개를 떨어뜨렸다.

"친구가——있었던 적이 없으니까."

리에코는 조금 지쳤는지 그 자리에 앉았다. 단정하게 치맛자락을 가다듬고 두 팔로 무릎을 안는다. 그리고 무릎 끝을 바라보며 말을 이었다.

"나, 어릴 때 개를 키웠어."

지금 누가 개 이야기를 하고 있느냐고 셴이 따지며 덤벼들기 전에, 마에스트로는 재촉했다. "그래서요?"

"진짜 개가 아니에요. 상상으로——만든 개였어요. 우리 엄마는 개를 싫어했지만 난 개를 기르고 싶어서, 그래서 만들어 버렸죠. 머릿속에서."

"세뇨리타가 혼자 보살피고, 귀여워해 주셨던 거로군요?"

"네. 다른 누구의 눈에도 보이지 않아요. 그야 당연히 그렇겠죠. 하지만 내 개였어요. 웃기죠?"

굉장히 웃기다고 셴이 대답하기 전에, 또 마에스트로가 가로막았다. "아니, 아니. 자주 있는 일이외다."

이런 이야기를 다른 사람이 진지하게 들어주는 것은 리에코에겐 아마 처음 있는 일일 것이다. 그녀는 기쁜 듯이 뺨의 긴장을 풀었다.

"산책도 데리고 가고, 밥도 주고, 용돈을 모아서 목걸이도 샀어요. 개집은 만들 수는 없었지만, 내 방 침대 발치에 있을 곳을 마련해 주었지요. 이름은 포피라고 했는데."

"당신이 그 포피를 예방접종에 데리고 갔다면, 보건소 녀석들은 깜짝 놀랐겠지. 나도 보고 싶다, 그 현장."

셴은 또 머리를 얻어맞았지만, 빠른 말투로 끝까지 말할 수 있었기 때문에 그나마 속이 후련했다. 그 모습을 보고 또 눈을 동그랗게 뜨는 리에코에게 셴은 가볍게 손을 펼쳐 보이며 말했다.

"그래, 아파. 하지만 익숙하거든. 그러니까 난 신경 쓰지 마. 계속 하시죠, 미스 리에코"

그녀는 언뜻 미소를 지었다. "보건소에는 데려가지 않았어요. 상상으로 만든 개인걸요. 정말로 있는 게 아니니까."

"그렇군요. 이 녀석은 아무것도 모른다오."

마에스트로는 더욱 리에코에게 다가가 그녀와 똑같이 갑판에 앉았다.

"그렇게 저는, 늘 친구를 만들어 왔어요. 제 머릿속에서요. 포피 외에도 작은 새나 고양이, 그리고 요정 같은 것도. 언제나 누군가를 만들고는 했지요."

셴은 갑판 난간에 허리를 기댄 채 고개를 비틀어 리에코의 얼굴을 뚫어지라 바라보았다. 그 빌딩 안에서 만났을 때는 지나치게 겁이 많고 울보인 D · P라고만 생각했는데, 아무래도 그것은 틀린 생각이었던 모양이다. 이상한 사람이다. 나사가 풀린 듯하다.

"미스 리에코, 한 가지 물어봐도 돼?"

"응."

"당신에게 친구가 생기지 않는 건 당신이 그런 짓만 하고 있기 때문이라고 생각해 본 적은 없어?"

잠깐 동안 끊임없이 눈을 깜박거리고 나서, 리에코는 대답했다.

"그렇구나."

"그럼 그만둬 보면 어때? 그——상상의 친구를 만드는 거."

또 생각에 잠기듯이 입을 다물고 나서, 리에코는 셴에게 되물었다.

"당신, 친구 있어?"

리프가 셴의 뇌리를 스쳤다가 곧 어디론가 숨었다. 마치 나갈 차례도 아닌데 실수로 무대에 나와 버린 배우처럼 부끄러워하면서.

"그게 무슨 상관이 있어?"

"아니. 그냥, 친구가 있는 사람은 좀처럼 이해할 수 없을 거라는 생각이 들어서."

"저는 이해가 가외다." 마에스트로가 진지한 얼굴로 끼어들었다.

"그러면 세뇨리타, 당신은 어릴 때부터 그렇게 스스로 친구를 만들어 오셨소이다. 그래서 그런 친구를 당신의 마음속에 살게 하는 데에 익숙하시군요. 그래서 아까부터 하던 얘기로 돌아가자면, 그 때문에 당신에게 말을 걸어온다는 그 인물에 대해서도 아무런 수상함을 느끼지 않으셨던 거지요?"

리에코는 눈에 띄게 안도하는 것 같았다.

"아, 맞아요. 그랬어요."

"그 말을 걸어오는 인물도 당신이 스스로 만들어낸 존재라고 생각하셨소이까?"

"네. 하지만 지금까지의 친구와 다른 것은, 제가 의식해서 만든 게 아니라 자연스럽게 생겨났다는 점이라고 할까요."

리에코는 조심스럽게 고개를 움츠리고 두 사람을 보며 말했다.

"그러니까 당신들도 그런 게 아닌가 하고요."

"그렇군요, 그렇군요."

"하지만 우리는 당신이 만들어낸 친구가 아니야." 센은 끼어들었다. "가장 파티를 한다는 당신의 회사 동료도 아니야. 둘 다 아니라고. 우리는 독립된 존재란 말이야. 알겠어?"

꾸물거리며 대답을 하지 않는 리에코에게 마에스트로가 웃음을 지었다.

"알고 계시지요? 이미 이해하셨을 것이외다. 그럼, 여러 번 말씀드리는 것 같아 미안하지만, 다시 한 번 여쭙겠소이다. 그 인물은 당신이 모르는 사이에 당신 안에 있었고, 당신에게 말을 걸었다. 이것은 확실하지요?"

"네."

"언제부터 그랬소이까?"

"언제라……, 그렇지……, 그 사건 후에."

마에스트로는 대머리 한가운데까지 닿을 정도로 눈썹을 치켜세웠다.

"사건이라니요?"

질문이 들리지 않았는지, 또다시 자신만의 생각에 빠져들어 버렸는지, 리에코는 중얼거렸다. "왜냐하면, 그 사람은 사건에 대해서 알고 있으니까요. 내가 그 일을 떠올리고 우울해하면 격려해 주고는 해요. 그래서 난, 그 사건이 너무 괴로웠기 때문에 무의식중에 새로운 친구를 만들어 버린 거라고 생각했어요. 그 사람, 굉장히 다정하고."

그리고 센과 마에스트로를 번갈아 바라보았다.

"하지만 그 사람의 목소리는 별로 젊지 않으니까 —— 그러니까 당신은 아닐 것 같아요" 하며 센 쪽을 향해 고개를 갸웃거린다.

"마에스트로 씨일 거라고 생각했어요. 하지만 아니군요, 아니었어요. 마에스트로 씨라니, 이름이 그러신가요?"

두 사람이 잠자코 있자 리에코는 자신의 독주(獨走)를 깨달은 모양이다.

"내가 이상한 말을 했나요? 혼란에 빠진 걸까요?"

"그래" 하고 센은 대답했다. "아마 엄마 배 속에 있을 때부터 혼란에 빠져 있었을 거야."

"세뇨리타." 마에스트로는 끈기 있게 웃는 얼굴을 유지한다. "그 사건이란 어떤 사건이지요? 얘기해 주실 수 있겠소이까?"

살인사건이라고 한다.

"음, 그러니까……. 벌써 여덟 달 정도 지난 일이에요."

심야의 길 위에서 젊은 두 남자가 말다툼을 벌이다가 그게 몸싸움으로 발전하여, 한쪽이 다른 쪽을 살해하고 말았다고 한다.

"잭나이프로 찔렀어요."

사건 현장은 리에코의 집 바로 근처였다. 마침 가로등이 서 있는 곳이라서, 그 불빛 아래에서 전개된 일을 그녀는 우연히 2층 창문에서 목격하고 말았다.

"밤중이라서 이미 침대에 들어가 있었어요. 자고 있었죠. 하지만 바깥이 너무 시끄러워서 잠이 깨어 버리는 바람에, 창문을 열고 내다봤던 거예요."

리에코의 집이 있는 동네는 아직 택지가 적고, 집도 드문드문 서 있는 곳이다. 그래도 시끄러운 소리에 그녀와 마찬가지로 소동을 알아차린 다른 주민이 경찰에 신고를 했다. "그래서 곧 순찰차가 왔지만 찔린 사람은 이미 죽어 있었어요."

피해자는 대학생으로, 학생증과 운전면허증을 소지하고 있었다. 그래서 신원은 금방 알 수 있었다. 경찰이 교우 관계를 조사해 보니 성실하고 평판이 좋은 청년이어서, 인간관계의 트러블은 발견되지 않았다. 심야 시간에 길거리에 있었던 것은 주점에서 아르바이트를 마치고 혼자 사는 아파트로 돌아가는 길이었기 때문이라고 한다.

"불행한 사건이외다" 하고 마에스트로가 한탄했다. "젊은이가 그런 일로 목숨을 잃다니."

길거리에서 일어난 말다툼이 살인으로 이어진다. 이건 분명히 불행한 일이지만, 그리 드문 일도 아니다. 그러나 귀찮은 사건이긴 하다.

"범인이 그냥 길 가던 사람이라면, 수사는 어려웠겠군요. 그래서 세뇨리타는 협조를 하신 거로군요? 목격자로서."

리에코는 갑자기 풀 죽은 얼굴이 되어 머리를 흔들흔들하기 시작했다.

"협조한 거야, 안 한 거야?" 곁에서 센이 엄격하게 따져 물었다. "어느 쪽이냐고."

"큰 소리 내지 마라. 세뇨리타가 무서워하시잖아."

"이 녀석은 아까부터 계속 이렇단 말이야. 가만히 내버려 두면 시간이 아무리 있어도 모자라."

"혀, 협조, 해, 했는데요." 리에코가 흔들흔들 대답했다.

"훌륭한 행동이외다. 그렇게 두려워할 것 없소이다. 구체적으로는 어떤 일을 하셨소이까?"

경찰은 리에코의 목격 증언을 근거로 범인의 몽타주를 만들었고, 그것은 매스컴을 통해 널리 공개되었다. 그리고 보름도 지나지 않아, 수배 몽타주와 닮은 인물이 발견된 것이다.

"곧 대질이라고 하나요, 그런 걸 해야 했어요. 여섯 명 정도의 사람들이 주욱 늘어서 있고, 나는 숨어서 그 사람들의 얼굴을 보는 거예요." 리에코는 왠지 몸을 작게 웅크리고 말했다. "이 중에 당신이 목격한 인물이 있느냐고 묻더군요. 있다고 생각했어요. 그래서 있다고, 가키모토를 가리켰죠."

"그거 대단한 공을 세우셨군요." 마에스트로는 과장되게 칭찬했다. "세뇨리타의 정확한 기억이 어려운 사건을 조기에 해결할 수 있게 한 것이외다."

"그, 그, 그건, 그렇, 지만, 하지만." 고개 흔들흔들. "하, 하지만 그 사람, 자기가 아니래요. 자기는 안 했다고."

체포된 인물의 이름은 가키모토 히토시라고 한다. 21세의 무직 청년으로, 현장에서 도보로 20분 정도 떨어진 곳에 살고 있었다. 가족은 부모와 누나 한 명. 그는 가족들에게도 처치 곤란한 존재였다. 이웃에서도 그의 평판은 매우 나빴다.

"스무 살, 때에, 상해 전과가 있고." 리에코는 흔들흔들 말을 잇는다. "그 이전에도, 몇 번이나 사건을 일으킨, 모양이지만, 그건, 알 수 없고요."

"그런 정보는 공개되지 않는 법이지요" 하고 마에스트로가 서포트한다. "하지만 전과 기록이 있고 평소의 행실이 불량하다는 것 이외에도, 그를 용의자로 인정할 수 있을 만한 요소가 무엇인가가 더 있었겠지요?"

우선 누나의 증언이 있었다. 사건이 있었던 날의 다음 날 아침 일찍, 가키모토 히토시가 자택 마당에서 옷을 태우고 있었다——그 옷은 그가 전날 입고 있던 것인데, 피가 묻어 있었다는 내용이다. 게다가 가키모토와 놀러 다니는 동료 중 몇 사람이, 아직 몽타주가 공개되기 전에 "그건 내가 한 일이야"라며 그가 사건에 관해서 이야기하는 것을 들었다고 경찰에 증언했다. 그들의 이야기에 따르면 가키모토와 동료들은 피해자가 아르바이트를 하고 있던 주점에 몇 번이나 들어간 적이 있고, 그때 저 점원은 마음에 들지 않는다며 눈여겨보고 있었다는 것이다. 피해자는 가키모토 일행을 몰랐지만, 가키모토 일행은 피해자를 의식하고 있었다는 것이었다.

——그 점원을 만나서, 좀 위협해서 돈을 뜯어내려고 했는데 저항하기에 찔러 버렸어.

가키모토 히토시는 그렇게 이야기했다고 한다.

"동료에게 밀고당하는 것으로 봐서는 대단한 놈은 아니군." 센은 말했다. "경찰과 무슨 거래가 있었던 건지도 모르지만. 어쨌든 동료 녀석들도 악평이 자자한 놈들뿐일 테니까."

"가키모토 히토시에게, 소위 말하는 알리바이는 없었겠지요?" 하고 마에스트로는 물었다.

"어, 없었대요."

"밤중에 혼자 돌아다녔으니 당연히 없겠지."

"흉기인 나이프는 가키모토의 소지품이었소이까?"

"그게, 확실하지 않아요." 지쳤는지, 리에코는 고개 흔들흔들을 잠시 쉬었다. "사건 다음 날, 현장 부근의 수풀 속에 버려져 있는 게 발견되었지만, 그게 가키모토의 것인지 아닌지는……."

"지문은?"

"묻어 있지 않았대요."

마에스트로는 통통한 턱을 어루만지기 시작했다. "그렇다면 물증은 매우 빈약하군요. 증언도 확실한 것은 세뇨리타의 목격 증언으로 만든 몽타주뿐이고. 그 외에는 모두 전해 들은 말뿐이니까요."

그녀의 고개 흔들흔들이 다시 시작되었다. "마, 맞아요."

그래도 가키모토는 즉시 체포되었고, 기소되었다. 취조 단계에서 전면 자백한 탓이 컸다고 한다.

"인정한 것이로군요. 자신이 했다고."

"네, 그때는."

그러나 공판이 시작되자 가키모토는 자백을 철회하고 억울함을 호소하기 시작했다. 동료들의 증언은 거짓말, 목격 증언은 잘못 본 것이고 누나의 증언 역시 그녀의 착각이라는 주장이다.

마에스트로도 셴도 생각에 잠겼지만, 리에코는 혼자서 고개 흔들흔들을 계속하고 있다. 그녀의 머릿속에서 혼돈이 소용돌이치고 있는 모습이 보이는 것만 같았다.

"세뇨리타는 공판에 불려갔소이까?" 마에스트로가 자비로운 아버지 같은 표정을 띠며 몸을 앞으로 내밀었다. "검찰 측은 세뇨리타의 목격 증언이 확실하다는 것을 강조하고 싶었을 테고, 변호사 측은 그것을 깨부수고 싶었을 테지요."

"나, 나, 증언했어요."

마침내 참을성이 다해서, 셴은 난간에서 몸을 뗐다. 성큼성큼 리에코 옆을 지나 등 뒤로 돌아가서, "증언한 건 당신 혼자야?" 하고 물으면서 그녀의 목덜미를 잡았다. "경찰에 신고한 놈도 있었잖아?"

리에코는 곁눈질을 했다. "노, 노, 노."
"머리는 내가 잡고 있어서 움직이지 않으니까 그냥 얘기해."
"범인의, 얼굴을 본 건, 나뿐이야."
현장의 위치상, 경찰에 신고를 한 인물은 도망치는 범인의 뒷모습밖에 목격하지 못했다는 것이다.
"숙녀에게는 좀 더 상냥하게 굴어야지." 마에스트로는 센을 노려보았다. "그 버릇없는 손 치워."
"하지만 이렇게 잡고 있지 않으면 이 녀석의 머리, 떨어져 나가서 어디론가 굴러가 버릴지도 모른단 말이야."
"괜찮아요, 마에스트로 씨." 리에코는 곁눈질을 하면서 살짝 웃었다. "멈춰 주면 저도 고마운걸요. 어깨가 결리거든요."
마에스트로는 정말로 그렇게 느끼고 있는지 아닌지는 수상하지만, 그렇게 보이도록 억양을 주며 감탄한 듯이 말했다. "세뇨리타는 정말로 순수하고 마음씨가 고운 분이군요."
리에코에게는 마에스트로가 진심으로 그렇게 말하는 것처럼 들린 모양이다. 이런 연기는 나이를 먹지 않고서는 할 수 없는 짓이라고 센은 생각했다.
"그래서, 공판은 어떻게 됐어?"
"가키모토는 유죄 판결을 받았어. 징역 10년인가——그 정도."
"당연히 항소는 했겠지요?"
"네. 그러니까 아직 정해진 건 아니죠……. 가키모토는, 지금은 교도소에 들어가 있지만, 공판에서 주장했던 얘기를 계속 반복하고 있어요."
흠흠, 하고 납득한 듯 고개를 끄덕이고 나서 마에스트로는 물었다.

"그리고 세뇨리타는 고민하기 시작하셨소이다. 그렇지요?"

리에코는 얌전히 고개를 끄덕였다.

센은 그녀의 목덜미에서 손을 떼고 마에스트로의 얼굴을 보았다.

"왜 고민해?"

마에스트로는 센이 아니라 리에코를 향해 말했다. "자신감이 흔들려 버린 것이외다. 그렇지요?"

"……맞아요."

"그러니까 무슨? 무슨 자신감이 흔들렸다 거야?"

"이해가 느린 놈이로군. 세뇨리타는 자신이 목격한 게 정말로 가키모토 히토시였는지 아닌지 자신이 없어져서 곤란해하고 계시는 거다."

센은 어이가 없어졌다. 위에서 그녀를 내려다보며, "정말이야?"라고 물었다.

"응."

"어째서? 재판에서도 당신의 증언이 인정됐잖아? 아니야?"

"인정됐어."

"그럼 어째서 이제 와서 끙끙 앓는 거야?"

리에코는 자신의 손가락을 비비 꼬기 시작했다. 이번에는 마에스트로도 앞질러 말하지 않고, 그녀가 입을 열기를 기다렸다.

"가키모토의 나쁜 평판, 그런 건 나는 몰랐어" 하고 리에코는 더듬더듬 말하기 시작했다. "이웃들하고는 거의 교류가 없거든. 쉬는 날에도 혼자 집에 있을 때가 많으니까. 정말로 나는 아무것도 몰랐어. 그러니까……, 그 사람에 대해서 뭔가 꿍꿍이가 있다거나, 오해 같은 건 전혀 없었어."

그녀는 목격했으니까 그 목격한 것을 증언했을 뿐이다.

"공판이 끝나고, 이웃 사람들이 안심하고 있다, 기뻐하고 있다고 엄마가 얘기해 주었어. 말하자면 그……, 그 사람을 무서워하지 않고 용케 증언해 주었다면서."

"분명히 그건 용기 있는 행동이었소이다" 하고 마에스트로가 격려한다.

"이웃 사람들은 물론 모두 가키모토가 범인이라고 믿고 있어요. 전부터, 조만간 그런 사건을 일으킬 거라고 생각하고 있었대요. 하지만 가끔……, 그런 게 느껴져요. 정말로 100퍼센트 그가 범인인지 아닌지는 알 수 없지만, 결과적으로는 이렇게 돼서 다행이라는, 사람들의 본심 같은 게. 그러니까 그, 설령 가키모토가 그 학생을 찔러 죽인 게 아니라 해도, 어차피 언젠가는 비슷한 짓을 했을 게 틀림없으니까, 이번 일로 그를 교도소에 집어넣을 수 있었던 건 잘된 일이라는."

셴은 어깨를 으쓱하며 그녀 옆에 끙차, 하고 앉았다. 조금씩 피곤해지기 시작했다.

"뭐 어때. 누가 뭐라고 생각하든, 너와는 상관없어."

"그렇지만 그……, 가키모토는, 지방 경찰서에서도 유명했어. 그러니까, 그."

"아, 답답해. 무슨 말이 하고 싶은 거야?"

코로 한숨을 내쉬며, 마에스트로가 말했다. "세뇨리타는 지금 경찰 측이 처음부터 가키모토 히토시에 대해 미리 판단해 놓고, 자신은 그 의혹을 뒷받침하기 위해 교묘하게 유도된 것이 아닌가 생각하고 계시는 거야."

마에스트로는 셴의 얼굴을 보며 '알겠어?'라는 듯이 눈짓으로 묻자, 리에코가 말했다. "맞아, 지역사회를 위해서 말이야."

"하지만 당신이 봤잖아, 그 녀석의 얼굴을."

"봤어. 누군가의 얼굴을 본 건 확실해. 하지만 그게 정말로 가키모토의 얼굴이었는지 아닌지……."

그 사람, 필사적으로 호소하고 있는 걸. 자신은 하지 않았다고――또 목소리를 약간 떨면서 리에코는 말했다. 고개 흔들흔들이 시작될 것 같았지만, 셴이 손을 번쩍 들자 그것만으로도 효과가 있었는지 그녀는 멈추었다.

"하지만 몽타주도 당신의 증언을 기초로 만들어졌잖아? 대질했을 때도 당신은 가키모토의 얼굴을 정확하게 가려낼 수 있었다며? 그렇다면 문제없잖아."

"아니, 문제가 있어. 아직 뭔가 더 있는 거지요, 세뇨리타?"

리에코는 손가락을 비틀던 것을 멈추고 양손을 세게 깍지꼈다. 그 손을 입가에 대고는 말했다. "몽타주를 만들기 전에 나한테 사진을 보여주었어요."

"경찰에서?"

"네. 굉장히 많은 사진. 오십 장 정도 있었나? 이 중에 당신이 목격한 인물이 있냐고."

"그중에 가키모토가 있었어?"

"응. 하지만 그때는 확실하게 구분할 수 없었어. 아니, 확신이 없었던 거지. 느낌이 비슷한 사람을 가르쳐 달라고, 몇 명이든 좋다고 해서, 세 장쯤 골라냈을 뿐이야. 다만, 그 속에는 가키모토가 섞여 있었어."

"그럼 틀린 거 아니잖아."

"하지만 그 후에 몽타주를 만들었단 말이야." 리에코가 갑자기 초조해하기 시작했다. 센은 놀랐다. 마에스트로는 알겠다는 얼굴로 고개를 끄덕이고 있다. 나만 얘기를 못 따라가는 거야?

"세 장의 사진을 골라냈을 때, 당신의 기억에 혼란이 일어나고 말았다——정말로 목격한 얼굴과 사진으로 본 얼굴이 뒤섞여 버린 건 아닐까. 세뇨리타는 그렇게 생각하신 거로군요."

그 말은 즉, 경찰의 유도에 넘어가 버린 것이 되는 건지도 모른다는 뜻이다.

"이런 것은 저어, 공판이 시작된 후에 깨달았어요. 변호사에게 당신의 기억은 확실한 것인가요, 라는 질문을 수차례 받고 나서요."

"하지만 경찰이나 검찰 측에서는 무슨 말을 듣더라도 동요하지 마라, 당신의 기억을 믿으라는 충고를 했겠군요——."

"나도 그럴 생각이었어요. 정말로. 나 자신을 의심하지 않았어요. 많은 격려를 받았고, 나도 누군가의 도움이 될 수 있다, 수사를 도울 수 있다는 느낌이 들어서 굉장히 기뻤고."

나는 지금까지 그런 적이 한 번도 없었으니까, 하고 리에코는 변명하듯이 덧붙인다.

"하지만 그……, 얘기를 들었어요, 검사님한테. 경찰한테도요. 가키모토의 변호사는 당신의 목격 증언의 신빙성을 줄이기 위해 몽타주를 만드는 순서에 잘못이 있었지 않느냐고 파고들 테니까, 처음에 사진을 봤다는 말은 하지 않는 게 좋다고요. 사진을 봤다는 건 아예 없었던 일로 해 두라고. 그게 나쁜 게 아니다. 다만 그 부분을 파고들면 일이 복잡해지니까 그렇다면서요."

"그래서 공판 때, 세뇨리타는 그 지시에 따른 것이로군요."

리에코는 머리를 앞으로 떨어뜨리듯이 고개를 끄덕였다.

"변호사는 질문했어요. 통상 이럴 경우 경찰에서는 전과자 등의 얼굴 사진을 보여 주는데, 당신에게는 경찰들이 그런 사진을 보여 주지 않았습니까? 하고요."

"당연히 세뇨리타는 보지 못했다고 대답하셨고요."

거짓말을 한 거라고, 리에코는 말했다. 그러고 나서 다급히, 움켜쥔 주먹을 작게 흔들면서, "하지만 그렇게 하는 게 좋다고 했어요. 그러는 게 옳다고. 가키모토가 범인이라는 사실에는 틀림이 없으니까, 아무것도 걱정할 필요는 없다고!"

"하지만 세뇨리타의 마음속에는 의심이 생겨나고 말았소이다" 하고 마에스트로는 조용한 말투로 말했다. "검찰 측으로서는 공연히 긁어 부스럼을 만들었군요."

셴은 아직도 무슨 소리인지 감이 오지 않았다. 마에스트로와 리에코가 '둘만의 세계'에 들어가 버린 게 달갑지 않다.

"잘 알겠소이다, 세뇨리타."

셴의 기분은 아랑곳하지 않고, 마에스트로는 가볍게 손뼉을 쳤다.

"이제야 본론에 들어갈 수 있겠군요. 당신 안에 어느샌가 존재하고 있던 '어떤 인물'은 당신이 그런 일로 고민하고 있으면 격려하고, 기운이 나는 말을 해 주는 것이지요?"

리에코의 눈동자가 활짝 개었다 "네, 그래요. 맞아요. 너는 잘못하지 않았다, 고민하거나 괴로워할 필요는 없다, 너는 옳은 일을 한 거다, 라고 말해 줘요."

"아주 상냥하게?"

"네." 리에코는 미소를 지으려고 하다가 잘 안 되었는지 그만두었다. 그 대신 고개 흔들흔들을 시작했다. "늘 있는 일인걸요. 또 저지른 거라고 생각했어요. 내 형편에 맞춰서 상상의 친구를 만들어 버린 거라고."

마에스트로는 일어서서 리에코에게 다가가, 쪼그리고 앉아서 그녀의 두 어깨에 손을 올려놓았다.

"그 인물은 만들어낸 것이 아니외다. 틀림없이 누군가가 있는 것이오. 당신 안에, 당신이 아니고 당신의 창조물도 아닌 인격이 숨어 있어요. 그리고 그 인물은, 아마 우리가 추적하고 있는 인물 중 한 명일 것이외다."

"그래서, 누가 있다는 거야?"

셴은 말하며 일어섰다. 이제야 이쪽 일 얘기가 나온 것이다.

"아직 몰라. 갓싱 뇌파를 관측할 수 없는 이상, 개체 식별을 하려면 이력 쪽에서부터 더듬어 가야지."

마에스트로는 주위를 한 바퀴 둘러보았다. 셴도 따라서 시선을 돌리다가 놀랐다. 어느새 하얀 안개가 머리 바로 위까지 내려와 있었다.

"우리는 이만 물러갈 때가 되었소이다. 사정은 잘 알았소, 세뇨리타. 나와 이 꼬마는 가능한 한 빨리 이곳으로 돌아오겠소이다. 그때까지는 이 일을 생각하지 말고, 마음을 편히 갖고 지내 주시오. 꽤 어려운 일이겠지만, 뭔가 즐거운 일을 생각하면 좋을 것이외다."

리에코는 눈에 띄게 당황했다. "어떻게, 어떻게 하면 되는데요? 어떡하지?"

"엘리베이터 탈출의 대모험이라도 떠올리고 있도록 해." 옆에서 셴이 말했다. "영화 같았잖아. 당신, 여주인공이야."

오랜만에 리에코의 뺨에서 긴장이 풀렸다. "그러네. 응, 정말 그래."

마에스트로는 리에코의 손을 잡아 바렌 쉽 갑판에서 '경계'의 땅바닥으로 내려놓았다. "이제 곧 저 안개가 세뇨리타를 감싸고, 세뇨리타는 기분 좋게 잠들어 버릴 것이외다. 그리고 아침이 되면 상쾌하게 잠에서 깨실 거요."

마에스트로는 단, 하고 손가락을 세우며 말했다.

"그 인물은 아마 틀림없이, 우리가 이곳을 찾아와서 세뇨리타와 이야기를 나눈 것도 눈치채고 있을 것이외다. 지금까지와는 다른 말을 할지도 모르지요. 하지만 세뇨리타는 태도를 바꾸지 않도록 주의해 주시오. 이상한 꿈을 꾸었다는 정도로 하고, 그놈이 무슨 말을 하더라도 대충 얼버무리시도록."

"얼버무린다." 리에코는 마치 아크로바트를 하라는 명령을 받은 듯한 얼굴을 했다. "그런 거, 내가 제일 못하는 건데요."

"그렇다면 기분이 별로 안 좋다, 조용히 쉬고 싶으니까 말 걸지 말아 달라고 말씀하시면 됩니다. 괜찮소이다. 그 인물이 세뇨리타에게 위해를 가하는 일은 없을 테니까요."

지금은 아직——이라는 보충의 말을, 셴은 삼켰다.

리에코가 너무나도 불안한 얼굴로 당장에라도 울음을 터뜨릴 것 같았기 때문에, 그녀가 하얀 안개에 완전히 둘러싸일 때까지 마에스트로는 얼른 떠나지 않고 바렌 쉽을 제자리에서 비행시켰다. 셴은 총좌가 있는 곳에서 리에코를 바라보고 있었는데, 그녀는 떠나는 배를 전송하는 것처럼 계속 손을 흔들고 있었다.

이상한 여자다. 엄청나게 이상한 여자다.

이상하지만, 왠지 내버려 둘 수 없는 기분이 드는 건 어째서일까? 저 녀석과 이야기하다 보면 짜증이 나서 때려눕히고 싶어지는 것과 동시에, 어깨를 안고 위로해 주고 싶은 기분도 드는 것은 어째서일까.

"뭐야." 셴은 총좌를 걷어차며 중얼거렸다. "나까지 '어째서' 병에 걸린 것 같잖아."

6

"나는 잠깐 '감옥'에 다녀오마."

다음 날 아침 일찍, 마에스트로는 셴을 두들겨 깨우더니 그렇게 말했다.

셴은 크게 하품을 했다. "고생이 많으셔."

'롯지'의 지부는 이 미쿠바 시를 포함해서 신연방 내의 세 도시에 설치되어 있다. 세 군데 모두 '제로 지점'을 둘러싸고 인접해 있는 곳이다. 그리고 규모의 차이는 있지만 세 도시 모두 미쿠바 시와 비슷한 분위기의, D · B들의 본거지가 되어 있다.

하지만 가장 중요한 '롯지' 본부는 아득히 먼 수도 고리아테에 있다. D · B의 일상 업무는 물론이고 자격시험을 보거나 등록을 하는 것도 지부에서 가능하기 때문에, 셴은 물론이고 D · B들은 아무도 본부에 간 적이 없다. 아니, D · B는 수도에 들어갈 수 있는 허가증이 없으므로 원래부터 들어갈 수가 없는 것이다.

가만히 생각해 보면, 이것은 좀 이상한 이야기다. 일반적인 기업에 비유해서 생각해 보면, 현지 채용된 사원도 한 번 정도는 본사에 불려

가서 연수를 받거나 사장의 훈화를 듣고는 할 것이다. 하지만 D · B의 경우에는 그런 것이 없다. 현지에서 고용해서 실컷 부려먹다가 버린다.

셴은 그 성립 경위를 잘 모르지만 '룻지'의 여명기에, 국민들에게 이 수상쩍은 현상금 사냥꾼 총괄단체가 완전히 신연방의회의 관리하에 놓여 있다는 사실을 보여 주기 위해서는 본부를 수도에 두어야 한다 ―― 는 논리를 누군가가 펼친 모양이다. 그래서 이런 형태가 되었다고 한다. 들은 이야기로는, 수도의 '룻지' 본부에는 실제로 '제로 지점'을 방문한 적이 있는 직원이라고는 단 한 명도 없다고 한다. 그래도 회계 관리는 할 수 있겠지만.

하지만 '룻지'가 통솔하는 D · B들의 필수품인, 갓싱 뇌파를 비롯한 각종 데이터는 '룻지'가 소유하고 있는 것이 아니다. 구연방정부의 과학개발단체에서 '프로젝트 나이트메어'를 물려받은, '제로 지점 대책본부 내 특별관리과'라는 곳에서 쥐고 있는 것이다. 그리고 이 '제로 지점 대책본부 내 특별관리과'라는 기다란 이름의 정부 기관의 통칭이 '감옥'이다. 도로 끌려온 도망범들을 수감하는 의료 연구소가 병설되어 있고, 이 기관의 건물 자체가 커다란 감옥 속에 쏙 들어가 있는 것처럼 보이는 것 때문에 이렇게 불리게 되었다.

'감옥'은 위치상으로는 미쿠바 시 서쪽, 시외라고 할 수 있는 곳에 있지만 미쿠바 시내에 포함되지는 않는다. 외부에서의 출입은 엄격하게 규제되고 있다. '룻지'의 직원도 지부장급이 아니면 출입할 수 없다. 일반 D · B는 당연히 상대해 주지 않고 문전박대다 ――.

단, 이것은 표면적인 입장이다. 현실은 다르다. 마에스트로가 '잠깐' 다녀올 수 있을 정도이니.

여하튼 '감옥'은 도망범의 추적과 포획에 필요한 데이터를 '롯지'에 넘기고, '롯지'는 그것을 D · B들에게 알려주어 활동을 재촉하며, 타당한 성과가 있으면 상금이나 보수를 지급하고, '감옥'에는 보고서와 함께 붙잡은 도망범의 신병을 인도한다. 그리고 이 일련의 흐름 중 어딘가에서 만일 D · B들이 '감옥'에서 제공해 주는 데이터 이외의 좀 더 자세한 정보가 필요해졌을 때에는 우선 '롯지' 지부에 신청하고, 그 신청이 본부로 돌려져 거기에서 허가가 나오면 그제야 '감옥'으로 돌려져서 '감옥'에서 나온 회답이 다시 본부에서 지부를 경유해 돌아온다. 이것이 정해진 순서다.

하지만 화재 현장이나 마찬가지로 급박한 D · B들의 현장에서, 설령 모든 순서가 매끄럽게 진행된다 해도 이렇게 답답한 짓을 하고 있을 수는 없지 않겠는가. 하물며 '롯지' 본부가 그릇뿐이고 속은 텅 비어 있다면 더더욱 그렇다.

그래서 '롯지' 각 지부에서는 D · B 제도가 기능하기 시작하자마자 '감옥'과 직접 대화를 시작했다. '감옥'도 그것을 탓하지 않았다. 뿐만 아니라 '감옥'은 '구멍' 너머에서 보고 들은 사항에 관해 더욱 상세하고 구체적이고 현장감 넘치는 정보를 요구하며, 적극적으로 각 지부와 접촉하기 시작했다. 그리하여 거기에서 개개의 D · B들과 개별 교섭이 시작될 때까지는, 그렇게 오랜 시간이 걸리지 않았다.

노골적으로 말하면 '감옥'에서 일하는 직원들은 각자 마음에 드는 D · B들을 일종의 '정보원'으로 부리는 대신, 필요한 편의를 봐 주는 것이다. 그리고 '롯지'의 각 지부도 여기에 대해서는 묵인하고 있다. 딱히 이해(利害)가 부딪치는 것도 아니고, 눈감아주면 나름대로 '뇌물'이 들어오고 서류 일도 줄어드니 고마운 일이라는 정도의 생각이다.

그뿐만 아니라 '롯지'의 지부에서, '감옥'의 이러이러한 부서 사람이 자신과 맞는 적당한 D · B를 찾고 있는데 당신은 어떠냐며 알선해 줄 때도 있다.

결국 아무것도 모르는 본부는 겉만 번지르르한 낯짝을 하고 있다. 아니, 이 경우에는 본부가 아니라 의회가 그렇다고 하는 편이 정확할 것이다.

한편 '감옥'에는 여러 부서가 있으며, 현재 직원 중에는 과학자도 있는가 하면 군인도 있다. 또 민간 기업에서 옮겨온 사람도 있다. 그들은 각자, 실패로 끝난 '프로젝트 나이트메어'에서 뭔가 엄청난 보물을 건질 수는 없을까 하고 호시탐탐 노리고 있다. 따라서 그들에게 유능한 D · B와 개별적이고 친밀한 관계를 갖는 것은 언젠가 그 D · B가 낚아 올린 거대한 포획물의 덕을 보기 위한, 실로 유효한 포석인 것이다. 그래서 '감옥'의 직원들은 각자 서로를 미워하고 있다——고 하면 말이 지나치겠지만, 서로 경계하고 견제하고, 서로가 서로를 진심으로 신용하지 않는다. 그러므로 누군가가 이기고 달아나는 것을 막기 위해 주위에 철책을 둘러칠 수밖에 없는 것이다.

말이 난 김에 말하자면, 드레크슬러 박사는 '감옥'의 직원이 아니라 '롯지'의 고문 과학자다. 그 박사는 구연방의 '프로젝트 나이트메어'의 책임자였기 때문에 실리만을 쫓자면 '감옥'으로서는 그를 주임 과학자로서 삼고초려로 맞아들여야 할 판이고, 본심을 말하자면 그렇게 하고 싶어서 죽을 지경이겠지만, 의회 앞이라 그럴 수가 없다. 말하자면 '대재앙'의 전범이니까 말이다. 한동안 햇볕에 널어 말린 후가 아니면 장롱에 집어넣을 수밖에 없는 셈이다. 하기야 셴이 보기에는 상당히 오래 널어 말리고 있는 것처럼 여겨지지만.

그런 형편이기 때문에, 마에스트로가 "잠깐 '감옥'에 다녀오마"라고 말하는 것은 '감옥' 속에 있는 마에스트로와 사이좋은 직원을 만나러 간다는 뜻이다. 셴은 그 직원이 누군지 모른다. 소개를 받지 못했다. 마에스트로도, "내 몸에 무슨 일이라도 생기지 않는 한, 넌 이런 뒷거래에는 관여하지 않는 게 좋아"라고 말하고 있다.

그건 어찌 되었든, 서류에 약한 셴이 지금부터 마에스트로가 '감옥'에서 하려는 일——상세한 이력이나 전과를 조사함으로써 어제 그 D · P인 무라노 리에코에게 침범한 탈주범을 찾아내는 귀찮은 일을 하지 않아도 된다는 것이기에 더 고마울 뿐이다.

"넌 쉽 정비를 끝내거든 파커를 만나러 가라. 사정을 얘기하면 힘이 되어 줄 거야."

"어째서? 무슨 힘이 되어 주는데?"

"파커는, 옛날에는 경찰이었어."

셴은 졸음이 날아갈 정도로 놀랐다. "하지만 파커는 '시커' 출신 아니었어?"

"그 이전의 인생도 있었을 거 아니냐. 그 녀석은 20년 정도 연방경찰의 수사관 노릇을 하고 있었어. 여러 가지 사정이 있어서 퇴관하고, 인생행로가 뒷골목 쪽으로 빠진 거지. 넌 처음 듣겠지만, 아는 사람들은 다 아는 얘기야."

민완 수사관이었던 모양이라고, 마에스트로는 말했다. "사건의 목격자를 다루는 법이나 취조할 때의 주의점 같은 것을 잘 알고 있거든. 파커라면 네 의문을 해결해 줄 거다."

"어제 그 D · P에 관해서 얘기하란 말이야?"

"그것 말고 또 뭐가 있냐?" 마에스트로는 눈을 부릅떴다. "넌 그 세뇨리타가 무엇 때문에 괴로워하는지, 어떤 자기 불신을 품고 있는지 전혀 이해하지 못했어. 그러니까 파커한테 가서 배우고 오라는 거다."

'구멍'을 통해 '지구'로 달아나 그곳에서 새로운 육체를 빼앗으려고 하는 탈주범들은 D · P의 마음의 빈틈, 요컨대 약점에 파고들려고 한다. 그러므로 리에코의 마음의 동요에 대해서 제대로 이해할 필요가 있다는 건 셴도 역시 알고 있다. 그러나——.

"나, 그 여자 싫어."

"네가 그런 말을 할 것 같다는 건 세뇨리타를 만나기 전부터 알고 있었어. 넌 그 '필드'를 싫어했으니까."

마에스트로는 외출용 멜빵바지로 갈아입고 커다란 가방을 들고 있었다. 그것을 살짝 흔들어 보이며 말했다.

"내가 수확물을 갖고 돌아올 무렵에는 너도 어째서 자신이 그 세뇨리타를 싫어하는지, 싫어하면서도 어째서 돌봐 주고 싶어지는 건지 조금은 알고 있겠지."

파커의 집은 독에서 물어봐서 금세 찾을 수 있었다. 연안지구 외곽, 옛날에는 대륙횡단철도의 미쿠바 역이 있었던 곳 주변에 가건물을 짓고 혼자서 살고 있다고 한다.

셴은 또 리프를 떠올렸다. 수도에서 온 그 여자를 탈출시킬 때 그 근처에 갔었기 때문이다.

"그런 곳에서 살다니, 파커도 이상한 사람이네."

독의 직원은 웃었다. "파커는 개를 키우고 있어. 열 마리쯤 된다더군. 그래서 넓은 곳이 필요한 거지."

시콜로로 갈 수 있는 곳이 아니어서 렌탈 스쿠터를 조달했다. 도시 안을 지나는 동안, 셴은 연안 순찰대의 순찰정과 스쳐 지나갔다. 언젠가 저것을 한 대 훔치고야 말겠다는 것이, 셴의 현재 꿈이다. 그래서 볼 때마다 침이 흐른다.

찾아가 보니 파커의 가건물에는 먼저 온 손님이 있었다. 볕에 그을린 함석판을 짜 맞췄을 뿐인, 불면 날아갈 듯한 가건물의 문가에 그들이 모여 있었다. 남자만 대여섯 명. 팀의 멤버인가 했지만, 모르는 얼굴들뿐이다. 건물 잔해의 먼지를 피워 올리며 스쿠터를 세우자, 그 녀석들이 일제히 셴 쪽을 돌아보았다.

“또 새로운 놈이 왔군” 하고 한 남자가 큰 소리로 말하더니 셴을 향해 말을 걸었다.

“어이, 애송이. 쉽 교섭이라면 이쪽이 먼저야.”

그 말에 셴은 비로소 깨달았다. 파커는 소문대로 정말 은퇴하려는 것이다. 그래서 쉽을 팔려는 것이리라. 그리고 쉽을 사려는 사람들이 이렇게 교섭하러 몰려와 있는 것이다. 그렇다고는 하지만 파커의 팀원들은 저래도 괜찮은 걸까.

“이게 누구야, 셴이잖아. 별일이네.”

파커가 남자들 사이에서 느릿느릿 나왔다. 그리고 큰 소리를 지른 남자에게 말했다.

“이 애송이는 어엿한 자기 쉽을 가진 D · B야. 내 쉽 따위는 필요 없을 거야.”

“이 녀석이 쉽을 가진 D · B?”

셴은 정정했다. “의 조수.”

“하지만 면허는 틀림없이 갖고 있지. 당신들과는 다르다고.”

파커는 그렇게 말하며 남자들 쪽을 향해 손을 흔들었다. "쉽을 갖고 싶으면 우선 면허를 따고 나서 다시 와. 그렇지 않으면 서로 얘기가 안 돼."

남자들은 찬찬히 센을 관찰했다. 그중에서도 제일 젊고 콧대가 세어 보이는 갈색 머리의 남자가 바보 취급하듯이 코끝으로 말했다. "이런 꼬마도 면허를 땄다면, 우리야 눈 깜짝할 사이에 따겠는데."

"해 보시지" 하고 센은 대꾸했다. "당신이 1차 시험이라도 패스한다면, 축하의 뜻으로 알몸으로 춤을 춰 주겠어."

뭐라고——하며 성난 얼굴을 하는 젊은 남자를 파커는 한 손으로 제지했다. "그만둬. 여기서 소동을 일으키면 자격시험을 치기도 전에 쫓겨난다고."

남자들이 꾸물거리며 건물 잔해 틈으로 사라지기를 기다렸다가, 파커는 센에게 손짓을 했다.

"자, 서서 얘기하는 것도 뭣하지. 들어와라."

가건물 안은 겉모습만 보고는 상상할 수 없을 정도로 깨끗하게 정비되어 있고, 지내기 편해 보였다. 건물 잔해가 가득한 거리에 떠도는 먼지의 냄새도 나지 않고, 구석구석까지 둘러보아도 기름때가 달라붙어 있는 곳이라고는 하나도 없었다. 실내에 있는 비품 대부분은 목제이고, 모두 잘 닦여 있었다.

눈앞에는 오래된 물건인지 팔걸이 부분이 조청 같은 색깔을 띤, 나무를 구부려 만든 의자가 두 개 놓여 있었다. 파커는 그중 하나에 털썩 걸터앉았다.

"'피트'의 마스터에게 들었는데" 하고 센은 우뚝 선 채 말을 꺼냈다. "당신, 눈이 꽤 약해졌다며?"

파커는 신경 쓰는 기색도 없이 "응" 하고 인정하더니 웃음을 띠었다. "뭐야, 처음 들었어? 꽤 전부터 그랬는데."

한데 묶은 바늘처럼 빛나는 은발. 뾰족한 턱, 치켜 올라간 눈. 매부리코의 콧날을 오래된 흉터가 가로지르고 있다. 파커는 지금까지 한 번도 '상냥한 아저씨'로 보인 적이 없었고, 앞으로도 아마 그럴 것이다. 하지만 지금 그 미소는 고아를 맡아주는 보호시설의 직원처럼 따뜻하고 부드러웠다.

"언뜻 봐서는 전혀 모르겠어. 아까도 꽤 거리가 있었는데 금방 날 알아봤잖아."

"그야, 네 머리의 머리띠가 보였거든" 하며 파커는 머리띠를 가리켰다. "내 경우, 눈이 약해졌다고 해도 시야가 어두워진 것은 아니야. 다만 사물의 윤곽이 흐릿해진 거지. 그러니까 색깔은 잘못 보지는 않아. 내가 알고 있는 한, 그런 것을 머리에 감고 다니는 별난 놈은 너뿐이니까."

"그렇군." 센은 팔짱을 끼고 문가의 벽에 기댔다. "그래서 당신은 손을 씻는다는 거지."

"응, 그래."

"진짜 저런 놈들한테 숍을 팔 생각이야?"

파커는 또 웃었다.

"너도 품행이 방정하다고는 말할 수 없는데?"

"팀의 동료들은 알고 있어? 당신이 빠져도, 남은 멤버들끼리는 계속 날 수도 있을 텐데."

"모두 납득하고 있어. 같이 손을 씻을 거야. 이번 '월척'으로, 각자 작은 장사를 시작할 수 있을 정도의 자본은 벌었으니까."

D · B를 폐업하고 시민계급제도 속으로 돌아가는 것은 물론 가능하다. 하지만 그 경우, 계급의 가장 아래인 '준시민' 급으로 편입되어 여러 가지로 불리한 입장에 놓이게 된다. 우선 거주제한에 묶이게 된다. 준시민은 인구 삼만 명 이상의 도시에서는 살 수 없는 것이다.

'대재앙' 이후, 연방국가 내에서는 작은 자치단체의 통폐합이 계속되었다. 단독으로는 살아남을 수 없기 때문이다. 그때, 개개의 자치단체가 어떻게든 자력으로 꾸려나가며 치안을 지키고 라이프라인을 유지할 수 있는 인구의 기준이 삼만 명이었다. 따라서 삼만 명이 되지 못하는 도시란, 사실상 자치단체로서의 기능을 잃었다고 봐도 우선 틀림없다. 장소가 어디든, 요컨대 변경의 무너져 가는 거리나 마을이 되는 것이다. 그런 곳에서 장사를 해 봐야 먹고사는 게 고작 아닌가. 이 미쿠바 시를 포함한, '롯지' 지부가 있는 세 개의 도시는 특수한 예외 지역이지만, 거기에서도 D · B 출신이라는 이유로 싸늘한 시선을 받으며 장사를 하는 건 그다지 행복한 삶은 아닐 것 같은 기분이 든다.

파커는 눈을 약간 가늘게 뜨고 셴의 얼굴을 보았다. 그러자 윤곽이 또렷해지고, 입 밖에 내어 말하지 않는 셴의 의혹마저 읽을 수 있었는지 이렇게 말했다.

"넌 아직 겁이 없구나. 하긴——그렇지, 태어났을 때부터 확고한 신념을 갖고 있었으니까. 그러니까 이것으로 이제 충분하다, 이쯤에서 손을 씻자고 생각하는 놈들의 마음이 이해가 안 되겠지만, 그건 그것대로 좋은 일이야."

파커가 칭찬해 준 건지도 모르지만, 셴은 그런 느낌은 들지 않았다. 오히려 파커가 '하긴'이라고 말한 후에 잠시 뜸을 들인 것이 신경

쓰였다. 사실은 '확고한 신념'이라는 말을 하려고 한 게 아니라,

——그 블러디 로즈의 아이니까.

라는 말이라도 하려고 했던 게 아닐까.

셴은 자신답지 않게 억측을 하고 있는 그런 자신이 싫어졌다. 어쩌면 이것도 파커가 전직 경찰이었다는 사실을 안 탓인지도 모른다.

셴의 어머니 로즈는 옥중에서 셴을 낳았을 때 정확하게 서른 살이었다. 그녀가 최초로 공적인 기록에 남는 범죄를 일으킨 것은 겨우 열 살 때였다. 그러고 나서 서른 살까지 20년 동안, 그녀는 범죄 · 도주 · 수감 · 석방 그리고 다시 범죄의 패턴을 되풀이하며 지냈다. 셴은 로즈가 쳇바퀴를 돌리는 새끼 다람쥐처럼 이 패턴을 되풀이하고 있다는 것을 충분히 알면서도 '종신형이나 사형에 처할 정도는 아니다', '갱생의 여지가 있다'고 씨부렁거리며 단기간의 수감으로 그녀를 자유롭게 해 온 이 나라의——당시는 구연방이었지만——사법제도가 도대체 제정신인지 몇 번이나 의심한 적이 있다. 딱 한 번, 이 패턴 사이에 '결혼'이라는 부정기적인 현상이 끼어 있었기 때문에 셴이 태어난 것이지만, 그것도 로즈가 그보다 훨씬 전에 종신형을 받고 옥중에 있었다면 결코 일어날 수 없는 일이었다.

파커가 연방경찰 수사관을 그만두고 나서 '시커'가 될 때까지 어느 정도의 세월이 걸렸는지는 모른다. 하지만 그쪽 계통의 유명인인 블러디 로즈를 알고 있을 가능성은 충분히 있고, 경우에 따라서는 그녀가 일으킨 사건을 파커 자신이 담당한 적도 있을지도 모른다.

파커는 무뚝뚝하지만 실력이 좋아서, 팀원들은 그의 지휘에 따라 질서 정연하게 행동했으며 다른 D · B를 방해하거나 공을 다투느라 직업상의 적을 함정에 빠뜨리는 짓은 전혀 한 적이 없다. 다시 말해

신뢰할 수 있는 D · B였던 것이다. 따라서 그에게 공격 태세를 갖출 필요를 느낄 일은 없었다.

그런데 지금은 다르다. 갑자기 불쾌한 기분이 들었다. 게다가 원인은 이쪽에 있다.

"마에스트로가, 당신은 옛날에 연방경찰의 수사관이었다고 가르쳐주었어."

셴의 말에 파커는 눈썹을 치켜세웠다. 은발이 이마에 닿는다.

"처음 듣는 얘기라서 놀랐어."

"옛날 얘기야. 그래서?"

셴은 무라노 리에코라는 D · P에 관해서 설명했다. 그녀는 겁이 많고 바보라서 자신은 주는 거 없이 싫다는 것은 생략하고, 문제점만.

"당신이라면 옛날에 익힌 솜씨로 이 D · P가 안고 있는 문제를 잘 이해할 수 있을 거라고, 마에스트로가 그랬어."

파커는 잠시 셴의 어깨 언저리를 바라보며 생각에 잠겼다. 그러고 나서 갑자기 일어서더니 방 안쪽으로 갔다. 발걸음은 매끄러워서, 눈이 약해진 것 같다는 느낌은 없다. 구석 테이블 위에 놓여 있던 물병을 기울여 예쁜 은제 고블릿에 반쯤 물을 따르고는, 그것을 들고 의자로 돌아왔다.

"특별히 어려운 문제는 아니야" 하고, 파커는 물을 한 모금 마시고 나서 천천히 말하기 시작했다. "확실히 그 D · P의 목격 증언은 수사 측에서 유도해서 만들어 낸 것일 가능성이 있어. D · P 자신도 그것을 깨달았지. 그래서 괴로워하는 거야."

"하지만 그녀는 본 것을 본대로 증언하고 몽타주를 만들었어. 그게 어디가 이상하다는 거야?"

"절차에 문제가 있는 거야. 경찰은 그 D · P에게 먼저 전과자의 사진을 보여 주었지?"

"응. 하지만 그때도 그녀는, 확정은 할 수 없었지만 가키모토 히토시라는 범인의 사진을 골라냈다고."

"그 시점에서 이미 문제가 있어."

파커는 순간 뭔가 그리운 듯한 눈빛을 지었다.

"자주 있는 절차상의 잘못이야. 아니, 그보다 수사관이 사용하는 기본적인 테크닉이라고 표현할 수도 있지. 경찰 쪽에서는 물론 그가 범인이라고 확신하고 있었을 거야. 처음부터 가키모토 히토시라는 남자를 의심하고 있었어. 당연히 목격자에게서도 그 의혹을 뒷받침할 만한 증언이 나오길 바라는 거지. 그래서 먼저 사진을 보여 준 거고."

하지만 셴은 아직 잘 모르겠다. "고른 건 그녀야. 게다가 많은 사진 중에서 그녀의 의지로 골라냈어."

"정말로 그녀 자신의 의지와 결정에만 따라서 고른 건지, 그렇지 않은지 확실하지 않아. 그래서 '유도'라고 하는 거야."

인간의 기억이란 원래 불확실한 거라고, 파커는 말했다.

"게다가 이 사건의 경우 밤이었고, 현장까지는 다소 거리가 떨어져 있었던 데다, 목격자는 길거리의 소동에 놀라서 적잖이 동요하고 있었을 거야. 그녀의 머리에, 범인의 얼굴이 눈 속에 콱 박혀서 떠나지 않을 정도로 강한 기억이 새겨졌으리라고는 생각할 수 없지."

"그렇다면 그 말은 어떤 사건의 목격 증언도 믿을 수 없다는 뜻이 되는 거잖아."

"기본적으로는 그래. 그래서 그 증언을 끌어내는 절차를 정확하게 해야 하는 거야. 수사관은 누구나 그것을 알고 있어. 뒤집어 보면 그런 절차를 조금만 수정해도 목격자의 증언을 이쪽이 원하는 대로 바꾸는 건 쉬운 일이라는 거지."

파커는 고블릿을 든 손을 흔들며 말을 이었다. "실제 예를 드는 편이 이해하기 쉬울까? 가령 —— 그렇지, 네가 누군가 정보원과 만나고 있다고 치자. 페그손이 좋겠군. 그 녀석의 말은 언제나 몽롱하니까 딱 들어맞겠어."

"난 페그손을 신용한 적 없어."

"그래. 그 녀석은 흐리멍덩하지. 자, 넌 꽤 확실한 정보를 갖고 있어. 그리고 페그손이 그 정보를 더욱 확고하게 뒷받침할 수 있는 증거를 갖고 있다는 냄새가 나. 하지만 그 녀석은 그런 놈이니까, 좀처럼 확실한 말을 하지 않지. 넌 조금씩 떠보면서, 그 녀석을 뒤흔드는 거야. 돈을 슬쩍슬쩍 보여 주면서 그 녀석을 부추기거나, 제대로 대답하지 않으면 한 대 패겠다는 분위기를 풍겨. 그럼 어떻게 될까? 페그손은 네 안색을 살피기 시작할 거야."

파커는 천천히 의자 등받이에 기댔다.

"그리고 결국에는 네가 바라던 내용의 이야기를 흘려 주게 되는 거야. 단, 이게 정확한지 그렇지 않은지는 알 수 없어. 너도, 페그손도. 그리고 결과적으로 그게 가짜 정보였다 해도, 페그손에게는 자신이 거짓말을 했다는 인식은 없어. 네가 몰아세워서 진퇴양난에 빠지면 이렇게 말하겠지. 난 당신이 기뻐할 만한 말을 해 주었을 뿐이야, 난 잘못한 거 없잖아, 그렇지, 그렇지?"

파커는 페그손 흉내를 잘 낸다. 셴은 머리띠 밑에 손가락을 찔러 넣어 머리를 긁적였다.

"안색을 살핀다고?"

"그래."

"그래서 이쪽의 요구에 맞춘다?"

"말하자면 그런 거지."

"하지만 그 D · P는 일반 시민이지 정보원이 아니야. 증인을 하지 못하더라도 벌을 받는 건 아니라고, 물론 얻어맞지도 않아. 증언이 훌륭하다고 돈을 받을 수 있는 것도 아니야. 페그손의 경우와는 다르다고."

파커는 낮은 목소리로 웃었다. "일반 시민은 경찰을 무서워해. 그리고 동시에, 어떻게든 경찰의 수사에 협조하고 싶다는 생각도 하지. 특히 이런 사건의 경우에는 더욱 그렇지. 그러니까 경찰 측에 어떤 예측이나 의도가 있다는 것을 알게 되면, 가능한 한 거기에 맞는 말을 하려고 무의식중에 생각하게 되어 있어. 범죄 같은 것에 관여하는 건, 나는 처음이다. 하지만 경찰은 그 계통의 프로다. 프로가 생각하는 것이 아마 옳을 것이다. 그러니까 될 수 있는 한 거역하지 말자——그것이야말로 바로 수사에 협조하는 거니까, 하고."

"난 그렇게 생각하지 않아. 경찰은 믿을 수 없어."

"넌 예외야." 파커는 그렇게 말하고 뭔가 더 덧붙이려고 했지만 그만두었다. 그 대신 물을 마셨다.

셴의 마음 깊은 곳에서 또 의심하는 마음이 속삭였다. 파커, 무슨 말을 하려고 한 거지?

"하지만 경찰이 사건의 목격자에게 그렇게 노골적으로 '우리는 이러이러한 인물을 주목하고 있다'라고 말할까? 이 D · P의 경우에도, 그런 직접적인 시사가 있었으리라고는 생각할 수 없는데."

"물론이지. 하지만 전과자의 사진을 보여 주고 고르게 했다면서."

"그러니까 그것도——."

"셴, 넌 '보디랭귀지'라는 것을 모르니? 아니면 '표정으로 말한다'는 말은?"

셴은 침묵했다. 파커는 말을 이었다.

"그 D · P에게 전과자의 사진을 보여 주었을 때의 담당 수사관은, 그 D · P가 가키모토 히토시라는 남자의 사진을 고르게 하려고 온몸으로 말을 걸고 있었을 거야. 어려운 일이 아니지. 의미심장한 표정. 사진을 내밀 때의 손짓. 시선의 위치. 그녀가 사진을 골라냈을 때의 반응 등. 하나하나에 의미를 담아 그녀에게 전달하려고 했을 거야. 그리고 경찰에 협조하고 싶다, 경찰이 생각하고 있는 것을 뒷받침하는 증언을 하고 싶다고 안테나를 곤두세우고 있는 목격자에게는, 말로 하는 것보다 더 분명하게 그 의향이 전달되었겠지."

그제야 셴은 조금 알 것 같았다. 그 쭈뼛거리는 무라노 리에코가 무서운 얼굴의 수사관들에게 둘러싸여, 마치 자신을 평가하는 듯한 시선으로 보는 여러 눈을 감당하고 있을 모습을 상상하니 더욱 잘 알 것 같은 기분이 들었다.

"수사관들은 그녀가 '옳은' 선택을 하면 기뻐하지만, '잘못된' 사진을 고르면 낙담해. 아니면 기분 나빠하거나. 그녀는 그것을 민감하게 알아채지. 몽타주를 작성할 때도 그랬을 테고, 나중에 대질할 때도 마찬가지였을 거야. 원래의 기억이 애매하니까, 나중에 변경을 가해도 부자연스러운 느낌이 들지 않지. 본인에게도 아주 그럴듯하게 느껴졌을 거야. 그렇지 않았을까, 그랬을지도 모른다, 아니, 그랬던 게 틀림없다는 삼단논법이야. 특히 가키모토라는 남자가 체포되고 나서는, 목격자에게는 이제 와서 물러날 수 없다는 기분이 더해지지. '역시 자신이 없다'라고 말했다간, 그야말로 진짜로 추궁을 당할 게 뻔하거든. 그래서 더욱더 증언이 굳어져 가는 거야."

파커는 약간 어깨를 움츠렸다. 셔츠 한 장밖에 입고 있지 않아서 야윈 어깨뼈가 튀어나온 것을 알 수 있었다. 마에스트로와 비교해도 손색이 없을 정도의 단련된 몸이라고만 생각하고 있었는데. 파커가 늙었다는 인식이 갑자기 셴의 뺨을 때렸다.

"그 D · P는 마음이 약한 사람이냐?" 하고 파커는 물었다. 쓸데없는 생각에 사로잡혀 있었던 탓에, 셴은 질문을 미처 듣지 못했다. 파커는 다시 한 번 되풀이해서 물었다.

"아아, 마음이 약해. 엄청 약해. 뭐랄까——응달에 사는 벌레처럼 꾸물거리고 걸핏하면 울어."

"젊은 여자로군. 미인인가?"

"그렇지 뭐. 하지만 왠지 눈에 안 띄어. 친구도 없고 인기도 없다더라고."

파커는 천천히 고개를 끄덕이며 말했다. "내 경험으로는 기본적으로 여자 증언자는 남자 수사관에게 영합하기 쉬워. 그리고 지금까지의 인생에서 손윗사람에게 칭찬을 듣거나 응석을 부려 본 적이 없는 인간도 유도되기 쉽지. 경찰이라고 하면 무서운 권위의 상징이거든. 그 권위가 칭찬해 준다, 기뻐해 준다는 건, 자존감이 낮은 인간에게는 크나큰 상이지. 돈 같은 것보다 더 고맙게 여기는 법이야."

"그래서 거짓말을 해 버린다?"

"아니, 아니야." 파커는 목소리를 높였다. "거짓말이 아니야. 본인은 거짓말이라고 생각하지 않거든. 기억을 확실하게 해 준 것뿐이라고 생각하지."

"그럼 어째서 그 D · P는 이제 와서 고민하는 거야?"

"그러니까, 경찰이 막상 재판이 열렸을 때 그녀에게 쓸데없는 말을 했기 때문이야. 변호사가 묻더라도 몽타주를 만들기 전에 전과자의 사진을 봤다는 말은 하지 말라고 말이지. 이건 졸렬한 방식이야. 결국 그 건에 대해서는, 그녀는 거짓말을 하지 않을 수 없게 되었어. 그리고 그게 계기가 되어서 의문을 느끼고 말았지."

마에스트로가 '긁어 부스럼이다'라고 말한 것은 그런 뜻이었을까.

"그녀의 성격이 좀 남다른 거지, 그런 쓸데없는 소리를 듣고, '내가 만일 거짓말을 했더라도 그건 범인에게 벌을 주기 위해서니까 상관없다, 정의를 위해서다'라고 생각해 줄 만한 타입의 사람이라면 아무 문제도 없었겠지만……."

그렇게 말하고, 파커는 입가만 움직여 쓴웃음을 지었다.

"경찰은 그 부분을 잘못 판단했군. 목격 증언이 중요한 사건의 경우, 피의자를 변호하는 측은 반드시 목격 증언 형성의 순서에 대해서 파고들게 되지. 특히 이번 같은 방식은 '확정 바이어스'라고 해서, 증언 유도의 초보 중의 초보거든. 어지간히 무능한 변호사가 아닌 한 놓치지 않았을 거야. 그래서 선수를 치려고 한 거겠지만."

셴은 무라노 리에코의 우는 얼굴을 떠올리면서 말했다.

"그보다 그 D · P라면, 이번 재판에서는 변호사에게 유도될지도 모른다는 생각 때문에 걱정했던 게 아닐까 하는 기분이 들어."

"아아, 그것도 있었겠지." 고개를 끄덕이고 나서, 파커는 물었다. "그렇게 의지박약이야, 그 여자?"

"응. 게다가 울보야."

"너와는 마음이 맞을 것 같지 않군."

스스로는 깨닫지 못했지만, 센이 어지간히 싫다는 얼굴을 내비쳐 버렸는지 파커는 흥미진진한 얼굴로 몸을 내밀었다.

"그렇게 싫으냐? '필드'는 어때?"

마음이 내키지 않았지만, 한때나마 자신이 겁에 질렸나는 것을 들키는 것도 분해서 센은 시원시원하게 설명했다.

파커는 가건물 천장을 올려다보며 생각에 잠겼다. 같이 위를 올려다보니, 폐허에서 찾아낸 건축재를 이어 붙여서 만든 천장에는 복잡한 모자이크 무늬가 생겨나 있었다.

"부끄러운 경험이 많았던 인생이었겠지. 적어도 D · P의 주관으로는." 파커는 중얼거렸다. "나를 탓하듯이 손가락질하는, 얼굴 없는 사람들. 그녀에게 세상이란 그런 것에 불과할 거야."

"그럴지도 모르지." 센은 고개를 끄덕였다. "생각해 보면 많이 있어, 그런 타입. 학교 교실에서 소변을 지린다든지, 모두가 보고 있는 곳에서 넘어져서 팬티를 보인다든지, 제일 중요할 때에 늘 실수를 해서 웃음거리가 되는 녀석 말이야. 무엇 하나 제대로 할 줄을 몰라."

"가차 없군" 하며 파커는 웃었다. 그 웃음은 고아를 맡아 주는 보호 시설의 평의원 같은 웃음이었다. 껍질 한 장만 따뜻한.

"하지만 그녀는 경찰에 유도되고 그 권위에 영합해서 공을 세웠다 해도, 그 자체에 대하여 잘난 척하는 것을 좋지 않게 생각하는 일면도 갖고 있어. 그런 기분 나쁜 '필드'를 전개할 만큼 세상을 두려워하고 있으면서도 양심을 저버리진 않은 거야. 그 점은 칭찬해 줘야 하지 않을까 싶은데. 강한 인간의 큰 용기보다 약한 인간의 작은 용기가, 때로는 더 큰 가치를 가질 때도 있어."

“참 고마우신 설교로군” 하고 셴은 코웃음을 쳤다. “당신이 수사관 출신이라는 사실이 정말 실감 났어.”

파커는 웃음을 지웠지만, 기분이 나빠진 건 아닌 모양이었다. 그 눈도 말투도 여전히 잔잔했다.

“아까부터 네 눈가가 흠칫거리는 건, 내가 네 어머니를 알고 있을지도 모른다는 짐작 때문인가?”

너무나 직설적인 물음에 셴은 대답이 막혔다. 결국 되물을 수밖에 없었다.

“알고 있어?”

“얼굴은 알지.” 파커는 대답했다. “넌 어머니를 쏙 빼닮았어.”

이번에야말로 아무 말도 할 수가 없었다.

“마에스트로가 널 주워온 게 몇 년 전이었지? 한 10년쯤 됐나?”

“——8년이야.”

“그 정도였나? 너는 더 작았던 것 같은 기분이 들었는데.”

“발육 부진이었겠지.”

그렇군, 하고 대답하고, 파커는 신음하면서 무겁게 오른쪽 다리를 들어 올려 왼쪽 다리 위에 올려놓았다. 이런 모습도 지금까지는 남에게 보인 적이 없다. 관절염이라도 앓고 있는 건지도 모른다.

“그때, 나는 금세 네 정체를 알았어.”

“이미 D · B가 되어 있었는데도? 수사관이 아니었는데도?”

“옛 동료들하고는 연락을 완전히 끊은 게 아니었거든. 그래서 로즈의 아이 소식을 알 수 없게 되었다는 것은 알고 있었어. 게다가 네 얼굴은——.”

파커는 천천히 곱씹듯이 말했다.

"다시 한 번 말하지만, 놀랄 만큼 어머니를 닮았단 말이야. 한눈에 알았어. 아마 동료들 중에서 알아본 건 나뿐이었겠지만."

"마에스트로한테는 말하지 않았어?"

파커는 소박한 의문이 담긴 얼굴을 했다.

"내가 그런 말을 할 필요가 어디 있지? 네가 나라면 그런 짓을 하겠나? 우리는 상급 시민이 아니야. 그 정도 일로 일일이 소란을 떨 수야 없지."

셴은 잠자코 있었다. 그러나 파커도 셴이 뭔가 대답할 때까지 잠자코 있을 생각인 것 같았다. 그저 물끄러미 바라만 보고 있다.

셴은 거북함을 떨쳐내기 위해 벽에서 떨어져 창가로 걸어갔다. 파커에게 등을 돌렸지만, 그래도 시선이 느껴졌다.

"그 당시라면, 날 붙잡아서 어딘가에 넘겼으면 현상금 같은 게 나오지 않았을까?"

"글쎄. 그런 게 있었을지도 모르지만, 난 흥미가 없었어. 게다가 어린아이를 팔 정도로 타락하진 않았다고."

다시 침묵이 흘렀다. 가까운 곳에서 개가 짖고 있다. 그렇다, 파커는 개를 몇 마리나 키우고 있다고 했다. 창문으로 보기에는 어디에 있는지 전혀 알 수가 없다.

"당신의 개, 어디 있는 거야?"

"낮에는 폐허 속을 돌아다녀. 각자 영역이 있거든. 해가 지면 돌아오지."

그 녀석들은 자유로우니까, 하고 파커는 말했다.

"어머니 수배 사진이라도 본 거야? 아니면 어머니를 만난 적이 있어?"

"본인을 만났어." 파커는 대답했다. "그녀가 아직 네 아버지와 결혼하기 전의 일이었지. 말이 난 김에 말하자면 '블러디 봅'을 만나기 전이기도 했어. 술집에서 싸우다가 상대방을 때렸는데, 공교롭게도 맨손이 아니었거든. 맞은 여자는 병원에 실려 가서 치료를 받았지만, 얼굴이 여기 천장처럼 돼 버렸어. 네 어머니는 긁힌 상처 하나 입지 않았는데 말이지."

강한 여자였다고, 파커는 말했다.

"칭찬하는 것처럼 들리는데."

"그건 네가 어떻게 받아들이느냐에 달렸지. 난 강한 게 좋은 거라고는 생각하지 않아. 다만, 그렇게 강한 여자였던 로즈가 봅 라이브스에게 반한 순간 여느 닳고 닳은 여자처럼 헤퍼진 데에는 낙담했어. 정말로 낙담했지."

셴의 어머니는 수많은 사건을 일으켰지만, '블러디 봅'의 정부가 되기 이전에는 살인만은 한 적이 없었다. 훔치거나 속이거나 협박하거나 홧김에 폭력 사태를 일으키기는 했어도, 살인이라는 선을 넘지는 않았다. 그렇기 때문에 몇 번이나 사바세계로 돌아올 수 있었던 것이다.

파커는 아마 셴의 어머니 로즈가 블러디 봅이 하라는 대로 그의 수하와 함께 강도 살인이나 유괴 살인에 손을 댄 것을 가리켜 '헤퍼졌다'고 말한 것이리라. 남자에게 질질 끌려다니는 약한 여자들이나 하는 짓이라고.

웃으면서 사람을 쏘아죽일 수 있는 게, 약한 여자인가.

"알고 있겠지만, 어머니는 엄청난 미인이었어."

"아아, 알아."

"머리카락과 눈의 색깔은 너와 달라."

"그것도 알아."

"하지만 얼굴 생김새는 똑 닮았어. 그리고 넌 가끔 입 끝을 코바늘로 끌어올린 것처럼 웃지? 그것도 닮았어."

또 개가 짖었다. 아까보다 멀다.

"그래서? 그래서 뭐? 피는 못 속인다는 말이 하고 싶은 거야?"

"누가 그런 말을 했다고 그래?"

파커의 말투는 여전히 온화했다.

"하지만 넌 그렇게 말하고 있어. 네 마음은 1년 내내 네게 그런 말을 들려주고 있지. 내 말이 틀린가?"

셴은 팔짱을 꼈다. 하지만 이내 수세로 몰린 것처럼 보일 것 같다는 생각에 곧 팔짱을 풀었다.

"네가 그 무라노 리에코라는 D · P를 싫어하는 건 그녀가 널 닮았기 때문이야. 그녀가 네게 보여주는 '필드'는 네가 세상에 대해 품고 있는 뿌리 깊은 두려움을 그대로 보여주고 있거든. 저기 봐라, 블러디 로즈의 아들이 저기 있다. 모두가 뒤로 손가락질하며 서로 속삭이지. 그런 여자의 자식이니까 어차피 돼먹지 못한 놈이 될 게 틀림없다고, 소곤소곤, 소곤소곤. 네가 무엇보다도 두려워하는 게 그런 거야. 뭣하면 내기를 해도 좋아. 그녀의 '필드'를 탐색하고 돌아와서, 넌 그것을 꿈으로 꾸었지? 그녀의 '필드'와 같은 꿈을."

어떻게 알았을까.

"나를 탓하듯이 손가락질하는, 얼굴 없는 사람들" 하고 파커는 되풀이했다. "그것이 네 악몽의 원점이야. 그녀는 그것을 네게 보여주었어. 네가 지금까지 마음속 깊숙한 곳에 밀어 넣고, 그런 건 존재하지 않는다고 부정해 온 것에 직면하게 했단 말이야. 그래서 넌 그녀를 싫어하는 거야. 훌쩍훌쩍 울고, 꾸물거리는 그녀가 싫은 거지. 네가 그러고 싶다고 생각하면서도 참아 온 것을, 마음껏 하고 있는 그녀가 한편으로는 부러운 거야."

셴은 도저히 자신의 목소리라고는 생각할 수 없는 갈라진 목소리가 이렇게 대꾸하는 것을 들었다. "훌쩍훌쩍 꾸물꾸물했다가는, 난 지금까지 살아올 수 없었을 거야."

"그런 건 그녀가 알 바 아니지."

파커는 멈추지 않았다.

"그건 네 사정이야. 따라서 그녀에게는 네게 바보 취급당할 이유가 없어."

셴은 인정하고 싶지 않았지만, 아무리 다리에 힘을 꽉 주고 버텨도 무릎이 덜덜 떨려왔다.

"그렇게 싫은 D · P라면 다른 팀에게 바꿔 달라고 하면 돼. 속을 터놓고 마에스트로에게 고백해 봐. 너도 슬슬 누군가에게 머리를 숙이고 뭔가를 부탁한다는 것을 배울 때가 됐어."

셴은 과감하게 몸을 돌려 파커를 응시했다. "하고 싶은 말은 그것뿐이야?"

"하나 더."

파커는 기가 죽지도, 흥분하지도 않았다. 그는 손가락을 세워 셴을 가리켰다.

"지금의 네 그런 얼굴, 그 표정도 네 어머니를 쏙 빼닮았어. 내 말을 착각하지 마. 네가 어머니와 똑같은 범죄자가 될 거라는 말이 아니야. 어머니는 어머니, 넌 너니까. 하지만 말이다, 셴. 넌 어머니로부터 그 강함을 물려받았어. 동시에 그녀의 결점도 물려받았지. 그게 그 표정이야. 때로는 자신을 의심하고 누군가에게 기대는 법을 배우지 않으면, 넌 어머니와 똑같은 폭탄을 안고 살아가게 될 거다. 그 한 가지 점에서만, 나는 네게 위험을 느껴."

이제 그만 가 봐——그렇게 말하며, 파커는 고블릿을 빌치에 내려놓았다.

"난 이제 곧 이 도시에서 사라질 거야. 마지막으로 좋은 기회니까 하고 싶은 말을 좀 해 봤다. 단지 그것뿐이야. 화가 나더라도 마에스트로에게 화풀이하지 마. 그리고 개들은 여기 남겨둘 건데, 나 대신 녀석들을 혼내 줘야겠다는 생각은 하지도 마라. 갈가리 찢겨 죽게 될 테니까."

셴의 목소리가 떨렸다. "난, 당신에 대한 분풀이로, 당신의 개를 죽이는 비열한 인간이 아니야."

"그럴지도 모르지. 마에스트로는 널 그런 인간으로 키우지는 않았을 테니까. 하지만 지금 내 눈앞에서 그런 얼굴을 하고 있는 널 보고 있으면, 난 확신을 가질 수가 없어."

셴은 재빨리 움직여 문으로 향했다. 파커는 귀찮다는 듯이 일어서서 의자 등받이를 붙잡았다.

"다른 사람에게 기대라고, 당신은 말하지만."

아무래도 참을 수가 없어서, 셴은 말했다.

"어머니는 블러디 봅에게 기대고 있었던 거 아니야? 놈에게 완전히 기대서, 버려지고 싶지 않았기 때문에 놈이 시키는 대로 했던 거 아니냐고."

파커는 천천히 고개를 저었다.

"그 두 사람은 기대지도, 상대를 받쳐주지도 않았어. 그저 서로를 탐하고 있었을 뿐이야."

머릿속이 새하얗고 얼굴만이 뜨거웠다. 새삼스럽게 온몸이 부들부들 떨려서 스쿠터의 시동을 제대로 걸 수가 없었다. 식은땀이 관자놀이를 타고 흘렀다.

멀리서 흙먼지가 피어오르더니 점점 가까이 다가오고, 이윽고 낡은 삼륜 스쿠터가 나타났다. 타고 있는 사람은 에믈린이다.

"어머나, 오늘 아침부터 얼굴이 안 보인다 했더니, 여기 있었니? 너도 파커에게 볼일이 있었어?"

그녀는 한쪽 발을 땅바닥에 딛고 명랑하게 말을 걸었지만, 곧 얼굴을 흐렸다.

"왜 그래? 꼭 유령이라도 본 것 같은 얼굴이야."

간신히 시동이 걸렸다. 셴은 아무 말도 하지 않고 그녀 옆을 지나쳤다. 분명히 유령을 보았다. 어머니의 유령을. 하지만 자세히 보니, 그것은 자신의 얼굴이었다——.

7

무라노 리에코의 잭 인 포인트는 이번에도 미묘하게 어긋나 있었다. 시간상으로 크게 차이가 나지 않는 세 번의 잭 인에서, 세 번 다 포인트 계산에 조정이 필요한 경우는 드물다. 이것은 그녀의 타고난 체질 때문일까, 아니면 그녀가 놓여 있는 심리적 환경 때문일까.

"'감옥'의 연구원이 흥미를 갖더구나. 이 정보와 교환하는 조건으로, 세뇨리타 리에코의 '필드' 전개에 대한 상세한 이력을 요구해 왔어."

마에스트로는 그렇게 말하면서 조종석에서 몸을 틀어 셴에게 두꺼운 복사 자료를 내밀었다.

"하지만 이쪽이 알고 싶은 건 알았어. 큰 수확이지."

가장 첫 번째 페이지에 탈주범의 이름과 앞뒤 좌우에서 찍은 상반신 사진이 실려 있었다.

"이 녀석?"

"그래. 쩨쩨한 절도범으로 출발해서 마지막에는 강도 살인범에다 사형수. 다이내믹한 인생이지."

스탠 왓츠. 남성. '프로젝트 나이트메어' 피험자로 선발된 당시의 나이는 47세. 복사된 사진은 연구 도시 아스라로 이송되었을 때 촬영한 것이라고 하는데, 실제 나이보다 열 살 이상이나 늙어 보였다. 정면 사진으로는 알 수 없지만, 왼쪽 얼굴을 찍은 사진을 보면 귓불 위쪽이 잘려나가 있는 것을 잘 알 수 있다. 칼이 아니라 총상의 흔적으로 보였다.

"칩은?"

"없어. 이 녀석은 지금까지 한 번도 탐색에 걸리지 않았다더군. 도망치는 데 능숙한가 보지. 섣불리 파일에 접근하면 눈에 띄니까 무리라더라."

'롯지'에서 제공되는 자료는 쉽의 조종석에 탑재된 컴퓨터에서 확인할 수 있도록 통일된 규격의 칩에 들어 있다. 그것으로는 이 스탠 왓츠라는 남자의 전신상을 3D 재생해서 볼 수 있고 음성 기록도 들을 수 있다. 하지만 이런 평면적인 복사 자료로는 모든 것을 상상으로 때울 수밖에 없다. 고작해야 음침한 눈매의 아저씨라는 사실 정도밖에 알 수가 없는 것이다.

정식 절차를 밟지 않고 '감옥'의 연구원과 직접 거래를 하면 이런 불편함이 따른다.

"무라노 리에코의 '필드'에 있는 탈주범이 이 녀석이라는 것을 어떻게 확신해?"

"이력을 잘 봐. 3페이지부터 나와 있다. 왓츠의 체포 기록이 아니라 녀석이 수사 협력자로 기록되어 있는 사건 기록이 있지?"

정확하게 20년 전의 사건이다. 왓츠는 구연방 시대의 어느 지방 도시에서 살인사건을 목격하게 되어, 범인을 특정하는 증언을 했고 공판에도 나갔다.

"그 세뇨리타와 비슷하지 않냐."

확실히 그렇다. 피의자였던 스펜스라는 당시 22세의 젊은이가 체포 당시와 공판에서 일관되게 무죄를 주장한 것도, 상황증거는 있어도 강력한 물증이 부족한 것도.

피해자는 스펜스의 친구로, 둘 사이에는 여성 문제로 트러블이 있었다. 알기 쉽게 말하면 삼각관계다. 스펜스의 연인이 그를 버리고 피해자에게 달려간 것이다. 사건 전에 스펜스가 여러 번 이 새로운 커플을 협박했다는 사실이 주변 사람들에게 알려져 있었다. 또한 그가 부주의하게 건 전화는 녹음되고 있었고, 편지도 남아 있어서 공판 때 낭독되었다.

스펜스에게는 사건 당시의 알리바이가 없었다. 게다가 피해자는 스펜스가 협박한 내용 그대로의 수법으로——작은 구경의 실탄을 맞고 온몸에 구멍이 뚫린 채 죽어 있었다. 다만 사건 직후에 그 실탄을 발사한 총은 분실되었다고 한다. 스펜스는 자신을 함정에 빠뜨리려고 한 이 사건의 진짜 범인이 총을 훔쳐 간 거라고 주장하였다. 어쨌거나 흉기인 총이 발견되지 않았기 때문에 그 주장을 뒷받침할 수가 없었다. 스펜스가 체포된 것은 사건이 발생하고 나서 3일 후의 일이었기에, 그의 손에 발포 흔적인 화약의 잔재가 있는지 없는지를 확인하는 검사는 이루어지지 않았다.

왓츠는 사건 현장 근처를 지나가다가 계속된 발포음을 듣고 현장으로 달려가, 범인의 얼굴을 목격했다고 한다. 사건 발생 시간은 심야였고, 현장은 화물 열차역의 조차장 안——피해자는 이 역의 직원이었다——이어서 불빛은 어두웠다. 그래도 발포할 때의 총화(銃火)로 범인의 얼굴이 보였다고 한다. 왓츠의 목격 증언은 처음부터 끝까지 일관되어 있었고, 대질 때도 단번에 스펜스를 가리켰다.

지방재판소의 제일심에서는 모살로 유죄라는 판결이 내려졌다. 판결 요지에서는 개개의 상황증거를 범행 동기를 뒷받침하는 증거로 채용함과 동시에, 왓츠의 목격 증언에 대해서도 신빙성을 인정하고 있다. 빙빙 둘러말하는 용어가 어려워서 셴은 대충 읽었지만, 그래도 '목격 증인의 기억은 분명하고, 또 증인이 자신의 불이익을 돌아보지 않고 스스로 수사 당국에 협조한 사실에서도 목격 증언의 신빙성을 높이 평가할 수 있다'는 한 문장은 눈길을 끌었다.

"자신의 불이익을 돌아보지 않고?"

마에스트로는 씩 웃었다. "왓츠는 그 화물역에, 좀도둑질하러 숨어들어 갔던 거거든."

과연. "그럼 본인도 이 공판 후에 수감됐겠군?"

"아니, 이 건으로는 추궁을 당하지 않았어. 잘 읽어 봐라. 검찰 측과 사법 거래가 있었던 거겠지. '구연방' 시절에는, 그런 일이 흔했으니까."

스펜스 사건에 대해 검찰 측에 협조하는 대신, 좀도둑질 건을 눈감아 주었다는 걸까? 그러나 이 사건 당시에 왓츠는 이미 절도 누범자로 전과가 세 개나 붙어 있었다.

"내가 판사였다면 왓츠의 증언은 채용하지 않았을 거야" 하고 마에스트로는 계속 말했다. "하지만 '구연방'의 사법제도는 지금과는 많이 달랐어. 열한 명의 시민배심원에 의한 배심제였고 말이야. 판사가 공판을 맡지만, 유죄냐 무죄냐를 결정하는 건 어디까지나 배심원의 역할이었지."

현재 '신연방'의 형사재판은 여러 명의 판사에 의한 합의제다. 특례로 배심원 재판이 열릴 때도 있지만, 극히 드물다. '구연방'의 붕괴는 이 나라 토대의 붕괴이기도 했고, 시민사회의 위기이기도 했다. 완전한 부흥까지는 아직 시간이 더 걸릴 것이다. 건전한 시민들은 자신들의 생활을 꾸려나가는 것만으로도 벅차서 재판에 협조할 여력 따위는 없는 것이다. '대재앙' 이후 범죄의 발생률이 기하급수적으로 증가하고 있어서, 일일이 배심원을 소집할 수 없다는 사정도 있다.

그리고 물론 '신연방'의 시민계급제도 큰 걸림돌이 되고 있다. 모든 계급에서 서로에게 편견이 없는 배심원을 선출한다? 그런 건 사실상 불가능하다.

"배심원은 무드에 약해" 하고 마에스트로는 말을 이었다. "그 공판 때의 왓츠는 전과가 있다는 것을 빼고 보면, 정직하고 총명해 보였겠지."

"이 음침한 아저씨가?"

"사진만 보고는 알 수 없어. 게다가 그 사진은 훨씬 나중에 찍은 거다."

'구연방'에서도 '신연방'에서도, 모살의 최고형은 사형이다. 스펜스는 즉시 연방재판소에 상소했다. 그리고 제일심 판결로부터 2주 후, 상소가 기각되자 구류되어 있던 지방 교도소에서 탈주했다.

그리고 그대로 붙잡히지 않았다.

"이 녀석은 어떻게 됐어?"

셴이 묻자 마에스트로는 느긋하게 대꾸했다. "몰라. 수수께끼지."

"계속 도망치고 있단 말이야?"

"지금도 살아 있다면 그렇겠지."

나이상으로는 살아 있다 해도 이상하지는 않다.

"'구연방'의 경찰은 뭘 하고 있었던 거야?"

셴은 흘러내린 앞머리를 쓸어 올렸다.

"당연히 왓츠는 신변 보호를 받았겠지?"

"아니."

놀랍다. 쓸어 올린 앞머리가 다시 떨어졌다. "어째서?"

"보호하려고 해도 왓츠가 있는 곳을 알 수 없었어. 주소가 확실치 않았거든."

그로부터 5년 후에 무장 강도로 체포될 때까지는 말이야——하고 마에스트로는 말했다.

"왓츠의 체포 기록을 봐. 스펜스 사건에 관여하기 전까지는 전과라 해도 절도뿐이야. 살인은 물론이고 상해도 없어. 그런데 스펜스 사건 이후로는 크게 변화했지."

5년 후의 사건은 그룹 범행에 의한 은행 습격으로, 은행 측에서는 희생자가 세 명이나 나왔다. 경비원 두 명과 지점장이다. 다만 왓츠는 어떤 살인에도 직접 관여하지는 않았다. 덕분에 무장 강도죄로 징역 20년이라는 것이 그가 받은 형이다.

문제는 그 후였다. 형이 확정되고 나서 2년 후, 왓츠가 수감되어 있던 연방교도소에서 대규모 폭동이 일어나고, 그 와중에 그는 간수를 한 명 살해하고 말았던 것이다.

새로운 사형수 스탠 왓츠의 탄생이었다. 그리고 새로 태어난 이 흉악범 왓츠가 걷게 된 길 끝에는 '프로젝트 나이트메어'가 기다리고 있었다——.

"간수 살해는 분명히 중죄이긴 하지만……."

셴은 마음에 뭔가 걸리는 것을 느꼈다.

"그래도 '프로젝트 나이트메어'의 다른 피험자에 비하면 이 녀석은 꽤 얌전하잖아."

살인죄의 무거움을 피해자의 수로 잴 수는 없지만, 그래도 왓츠의 살인은 교도소의 폭동이라는 특이한 상황에서 벌어진 것이고 게다가 피해자는 한 명뿐이다.

"지원한 거야" 하고 마에스트로는 말했다. "왓츠는 '프로젝트 나이트메어'의 피험자로, 스스로 지원했어."

셴은 마에스트로의 얼굴을 보고, 그러고 나서 다시 복사된 왓츠의 사진으로 시선을 떨어뜨렸다.

"특이한 놈이군."

그렇게밖에 말할 수 없었다.

"뭐, 만나 보면 알게 되겠지." 마에스트로는 낙관적이다.

"세뇨리타 리에코의 '필드'에 숨어 있는 건 왓츠가 틀림없어. 살인 사건의 목격 증인이 돼서 결정적인 증언을 한 적이 있다는 경험은, 그렇게 아무 데나 굴러다니는 게 아니거든."

탈주범은 D·P의 마음속 빈틈에 숨어든다. 그 '빈틈'이란 마음의 오래된 상처나 열등감, 무방비한 약점인 경우가 많다. 하지만 일종의 공감이나 친근감도 뒤집어 보면 약점이다. 누구나 자신을 이해해 주는 존재에게는 약한 법이기 때문이다.

리에코의 마음속에 있는 인물은 그녀가 약해지면 격려하고, 위로해 준다고 했다. 비슷한 경험을 한 적이 있는 왓츠라면 충분히 있을 법한 일이기는 하다.

어쨌든 리에코가 스탠 왓츠라는 인물상을 구성하는 데에 필요한 정보를 얻으면, 왓츠도 지금까지처럼 완벽하게 '필드'에 숨어서 모습을 감추고 있을 수는 없게 된다. 물론 어떤 형태로 나타날지 예상하기는 좀 어렵다. 그녀에게 정체를 들켜도 여전히 친근감을 무기로 삼을까? 아니면 손바닥을 뒤집을까?

그건 그렇고 리에코의 '필드'에 숨어 그녀에게 말을 걸 정도의 파워를 가진 왓츠의 갓싱 뇌파가 지금까지 한 번도 탐지되지 않은 것은 이상하다. 이것도 그녀의 개성——가공의 '친구'를 몇 명이나 만들어 친하게 지내 왔다는, 약간 특이한 습관의 영향일까? 리에코의 뇌 속에서, 그녀 자신은 전혀 의식하지 못한 사이에 침입자인 왓츠가 내쏘는 전기적 에너지를 완전한 가상의 것으로 처리하는 작업이 이루어지고 있다는 건가?

마에스트로는 물었다. "그런데 너, 오늘 아침까지 어디 가 있었냐?"

셴은 못 들은 척했다. 어제 파커의 집을 찾아간 후, 집으로는 돌아가지 않았던 것이다.

"또 '홀스래디시'냐?"

"어디든 무슨 상관이야."

"에믈린이 걱정하더라."

"아, 그래."

"파커의 집에서 그녀와 마주쳤다며."

셴은 복사된 자료를 조종석 옆의 컨트롤 패널 위에 내팽개치고 일어섰다.

"미션에는 늦지 않았으니까 됐잖아."

"되도록 빨리 그 자료를 보여 주려고 했는데."

"이미 머리에 집어넣었어."

셴은 그렇게 내뱉고, 그래도 좀 마음에 걸려서 덧붙였다. "에믈린 때문은 아니야."

"그래?"

"잠깐 혼자서 생각하고 싶은 일이 있었어. 그뿐이야."

셴은 갑판으로 나갔다. 하얀 안개와 냉기가 얼굴에 닿아, 저도 모르게 눈을 가늘게 떴다.

빌딩이 숲처럼 서 있는 광경은 변함이 없었다. 그 사이로 그 풍선머리들이 어슬렁거리고 있다. 다만, 수가 꽤 줄어든 것 같다. 그리고 앞쪽 빌딩 1층에 세련된 녹색과 흰색의 깃발이 걸려 있고 예쁜 화분에, 칠하지 않은 나무 테이블 세트를 배치한 오픈 카페가 출현한 상태였다. 테이블 위에는 커다란 파라솔이 펼쳐져 있다.

손님은 리에코 혼자다. 그녀는 바렌 쉽이 허공에 있을 때부터 눈썰미 좋게 알아차리고, 일어서서 손을 흔들고 있었다. 좋아하는 주인님이 집에 돌아오자 꼬리를 흔들며 맞이하는 강아지 같다고, 셴은 코웃음 치며 생각했다. 그렇게 생각하면 어떤 빈정거림도 입에서 튀어나오지 않을 것 같았다.

"안녕하세요!"

리에코는 기운차게 달려왔다. 유니폼 차림이 아니다. 짧은 바지에 체크무늬 셔츠. 허리 부근에서 옷자락을 묶었다. 종아리에서 끈을 묶게 되어 있는 부츠는 아무래도 새것처럼 보인다.

"이거 매우 활동적인 스타일이군요, 세뇨리타. 잘 어울리외다."

마에스트로는 곧바로 칭찬했다. 리에코는 기쁜 듯 활짝 웃었다.

"또 모험을 하게 될지 모르니 불편하지 않게 입어야겠다 싶어서요."

'필드'에서 만나는 D · P의 복장이 변화하는 것은 그리 드문 일이 아니다. '필드'에 등장하는 D · P의 차림새에는 그 시점에서 D · P 자신이 가진 자기 이미지가 반영되기 때문이다. 따라서 셴 일행이 '필드'에서 만나는 D · P와 D · P의 현실 세계에 존재하는 D · P의 실제 육체는 서로 외모가 다른 경우도 있을 수 있다.

그래도 새 부츠는 신경 쓰인다. 꿈속에서 신기 위해, 리에코는 아마 이것을 베갯맡에 놓고 잤을 것이다. 셔츠나 반바지는 베개 밑에 숨겨 두고――아니, 어쩌면 입고 잤을지도. 이 여자라면 그러고도 남는다.

――그녀에게는 네게 바보 취급당할 이유가 없어.

파커의 말이 갑자기 되살아나서, 셴은 혼자 얼굴을 찌푸렸다.

"왜 그래?"

리에코가 친근하게 다가와 고개를 갸웃거렸다. "왠지 안색이 안 좋은 것 같은데."

"밤마실이 과했던 것이외다." 마에스트로는 간단히 정리했다. "그건 그렇고, 멋진 카페로군요."

리에코는 기뻐했다. "나, 이런 오픈 카페를 정말 좋아해요."

"그럼 이곳은 세뇨리타의 단골 가게가 모델이로군요?"

리에코는 잠시 고개를 흔들흔들하다가, 스스로 그것을 깨달았는지 꾹 참았다.

"아뇨. 늘 지나는 길에 보기만 할 뿐, 들어가 본 적은 없어요."

"호오. 왜 안 들어가셨소이까?"

"혼자서 들어갈 만한 가게가 아닌걸요. 커플이 아니면 좀."

마에스트로는 좀 놀란 모양이다.

"지구에는 그런 규정이 있소이까?"

셴은 두 사람 사이로 끼어들어 억지로 빠져나가서 빌딩가 쪽으로 걷기 시작했다.

"아무래도 상관없잖아. 얼른 일을 시작하자고."

"저기, 잠깐만."

리에코가 셴의 조끼 자락을 잡아 붙들었다.

"두 분께 소개하고 싶은 사람이 있어요."

셴은 리에코의 손을 뿌리치려다가 멈추었다. "뭐라고?"

"계속 같이 기다리고 있었어. 어라, 어디로 갔지?"

리에코는 아무도 없는 오픈 카페 쪽을 돌아보며 불렀다.

"왓츠 씨! 나오세요."

섄과 마에스트로는 서로 얼굴을 마주 보았다.

빌딩 정면의 유리문이 소리도 없이 열렸다. 작업복을 입은 작은 몸집의 야윈 남자가 그 그늘에 숨듯이 서 있다.

"스탠 왓츠 씨예요." 리에코는 그를 향해 한 손을 펼쳤다. "저를 계속 격려해 주던 분이에요. 두 분에 관해서 설명하고 나와 달라고 부탁했더니, 이렇게 와 주셨어요."

마에스트로가 지극히 태연자약한 동작으로 허리의 공구에 손을 댔다. 섄은 천천히 발을 내디뎌 리에코보다 반걸음 앞으로 나섰다.

"역시 당신이군."

왓츠는 흠칫하며 몸을 움츠렸다. 뒤로 물러나려고 한다.

"앞으로 나와. 우리는 당신의 정체를 알고 있어. 당신도 나름의 각오가 있었으니까 이렇게 어슬렁어슬렁 모습을 드러낸 거잖아?"

"너무 위협하지 말아 줘" 하고 리에코가 속삭였다. "좋은 사람이야. 상냥한 사람이라고. 만나서 얘기해 보고, 나 굉장히 안심했어."

"안심이라." 섄은 리에코를 내려다보았다. "이 녀석이 좀도둑에, 무장 강도에, 교도소의 간수를 죽인 살인범이라는 사실을 알고도 안심할 수 있을까?"

리에코는 눈을 크게 뜨고는 왓츠 쪽을 돌아보았다. 그는 완전히 문의 그늘에 숨어 버려서, 발치에 드리워진 그림자밖에 보이지 않는다.

"전에 설명했지? 우리가 쫓고 있는 건 범죄자야. 그것도 사형수. 당신, 남의 얘기를 좀 더 귀담아듣는 게 좋겠어."

마치 잰 것 같은 타이밍으로, 바로 옆에 있는 테이블의 파라솔이 덜컹 소리를 내며 쓰러졌다. 리에코가 놀라서 펄쩍 뛰어올랐다.

스탠 왓츠가 천천히 밖으로 나왔다. 한 걸음. 또 한 걸음. 떠도는 듯한 불안한 발걸음이다. 몸이라도 안 좋은 걸까?

그가 밝은 곳으로 나오자, 센은 놀라서 숨을 삼켰다.

반투명하다. 왓츠의 몸은 반쯤 비쳐 보였다. 전체적으로 노란 안개가 낀 것처럼 흐릿하고, 몸의 윤곽조차 확실하지 않다.

"수고를 끼쳐서 미안합니다."

그렇게 말하며 왓츠는 양손을 무릎에 대고 허리를 굽히듯이 느릿느릿 머리를 숙였다. 힘없는 목소리는 쉬어서 떨리고 있었다. 발성을 함으로써 에너지를 빼앗기기 때문인지, 말을 하면 그의 모습이 전파 방해를 받은 영상처럼 흔들렸다.

"세뇨리타." 마에스트로가 리에코를 불렀다. "이 남자는 처음부터 이런 모습이었소이까?"

"그렇지는……." 리에코는 당황하고 있다. "조금 전까지는……, 뭐라고 할까, 똑똑히 보였어요. 저랑 똑같았는데."

왓츠의 야윈 뺨이 희미한 웃음을 지었다. "무섭게 해서 죄송합니다. 나는 요즘, 점점 쉽게 지치게 되어서."

그는 자신의 모습을 유지하기가 어렵다고, 부끄러운 듯한 말투로 중얼거렸다.

"그런……, 하지만 그런 말은."

리에코가 양손을 입가에 대고 조용히 왓츠에게서 등을 돌렸다. 그 순간, 오픈 카페가 사라졌다. 그 뒤에는 회색 땅바닥만 남았다.

멀리 펼쳐지는 빌딩가의 광경도 흐릿해졌다. 리에코의 동요가 그대로 실시간으로 '필드'의 변화로 이어지고 만 것이다. 위험한 현상은 아니지만——어쨌든 꿈속의 일이니까 어떤 엉뚱한 변화가 일어난다 해도 이상하지는 않다——혼란의 원인이기는 하다.

"쉽으로 옮기는 게 좋을 것 같군" 하고 마에스트로가 말했다. "왓츠. 자네도 이의는 없겠지. 얌전히 타 주겠나?"

왓츠는 고개를 끄덕였다. "단, 나를 테―라로 데려가기 전에 들려드리고 싶은 이야기가 있습니다."

자신은 다른 마흔아홉 명만큼 운이 좋지는 않았다고, 왓츠는 말했다. 쉽의 갑판에 축 늘어져 주저앉은 채, 난간에 등을 기대고 있다. 난간의 철책이 반투명한 그의 등 너머로 어렴풋이 보이는 게 기분 나쁘다.

복사 자료에 실려 있던 사진과 얼굴 모양은 다르지 않다. 육체를 떠나 의식만 남은 존재가 되고 나서는 나이를 먹지 않으니까 당연한 일이다. 그래도 왠지 왓츠는 사진보다도 늙어 보였다. 지쳐 보였다.

"행운인지 불운인지는 한마디로 말할 수 없지만, 당신의 경우 아마 '빅 올드 원'이 폭주한 순간에 기화한 에너지원 '스타프'와의 결합이 불충분했던 걸 거야."

육체를 떠난 의식을 모아 하나로 합쳐 주는 것은 '스타프'다. 그것이 모자라면 의식의 집합력도 약해진다. 그것은 마에스트로의 설명이 아니래도 셴 역시 짐작할 수 있었다.

"난 어려운 건 잘 모릅니다." 왓츠는 고개를 힘없이 떨어뜨린 채 말했다. "그 실험이 있던 날, 지하 독방에 있다가 갑자기 눈이 어지러울 정도로 눈부신 빛을 본 건 기억이 납니다. 이상한 빛이었어요. 창문으로 비쳐든 게 아니라 갑자기 주위 전체에 넘쳐났거든요. 나는 완전히 빛에 삼켜졌어요. 몸이 타는 것처럼 뜨거워지고 제 양손이 타올라 증발해 가는 게 보였지요. 아아, 죽는구나 하고 생각했습니다."

이야기할 때마다 왓츠의 모습은 엷어지고 흐트러진다. 표정을 읽어내기는 어려웠다. 하지만 안 그래도 알아듣기 힘든 그의 쉰 목소리가 공포와 혐오로 더욱 작고 낮아진 거라는 사실은 알 수 있었다.

"하지만 당신은 죽지 않았소. 적어도 완전히는." 마에스트로가 위로하듯이 온화하게 말했다. "정신이 들었을 때, 당신은 자신이 어디에 있다고 생각했소?"

왓츠는 양손으로 얼굴을 덮었다. 손가락 끝이 짐승의 발톱처럼 구부러져 머리카락이 시작되는 부분에 파고든다.

"모르겠어요……."

"뭐가 보였소?"

"엷은 색깔의――안개 같은 곳, 그 속을 떠돌고 있었습니다. 꽤 오랫동안 그러고 있었던 듯한 기분이 들어요."

그러고 나서 거리가 보였다. 바다도 보였다. 낯선 색깔의 바다와 모르는 거리의 풍경. 보였다기보다 그것을 느꼈다. 그 속에 있었다. 자신이라는 존재의 윤곽이 확실하지 않았다. 떠돌고 있었다. 녹아들어 있었다――얼굴을 가린 왓츠의 손가락 사이로 띄엄띄엄 말이 흘러나온다.

"다른 누군가를 만났어?" 하고 셴이 물었다. "탈주범 중 누군가를 말이야."

왓츠는 손을 내리고 얼굴을 내밀다니 셴을 보았다. 순간, 셴은 자신도 모르게 기가 꺾였다. 파커의 말이 또 스친다. 넌 어머니를 쏙 빼닮았어. 왓츠도 그런 말을 꺼내는 건 아닐까 생각했다.

그러나 왓츠는 이렇게 말했다. "아니요. 아무도 만나지 못했어요. 접촉한 적은 없었습니다."

왓츠는 어떻게 해야 그런 일이 가능한지도 모른다고 작게 덧붙였다.

"그저 떠돌 뿐이었습니다. 점점 힘이 빠져나가는 걸 알았고요."

마에스트로가 눈썹을 치켜세웠다. "그럼 당신은 이쪽에 있는 세뇨리타에게 침입하기 전까지 계속 혼자서, 누구의 '필드' 속에서도 실체화되지 못한 채 계속 떠돌고 있었다는 거요?"

리에코는 거구의 마에스트로가 드리우는 그늘에 숨듯이 앉아, 양쪽 팔로 몸을 껴안고 있었다. 그 표정이 굳어진다.

"'필드'라는 게 뭡니까?"

"지구에 있는 인간의 꿈속이야. 뇌가 만들어내는 전기적 에너지가 전개되는 곳이지."

셴은 손으로 주위를 가리켰다. "여기 말이야."

왓츠는 새삼 주위를 찬찬히 둘러보고, 미안하다는 듯이 리에코를 바라보고는 고개를 끄덕였다. "그렇다면, 맞습니다."

처음부터 적었던 '스타프'의 에너지는 왓츠가 떠돌고 있는 동안에도 점점 소비되어 간 것이다. 그 결과가 지금의 이 상태다.

그러나 탈주범들은 지구 사람들의 '꿈'에 침입하면 거기에서 에너지를 빨아올려 힘을 되찾을 수 있을 것이다. 적어도 다른 경우에는 그랬다. 하지만 왓츠의 경우는 너무 늦은 건지도 모른다. 그를 구성하고 있는 '스타프'의 에너지가 고갈되어 가고 있어서 그의 의식을 집합시켜 두는 것만으로도 힘에 부쳐, 더는 외부로부터 무언가를 보급할 수 없게 된 건지도 모른다.

결국, 머지않아 왓츠는 사라지고 말 것이다. 소멸이다. 그런 '죽음'이 찾아온다.

"이쪽에 계시는 아가씨가 어제 당신들에 대해서 가르쳐줄 때까지, 나는 맹세코 아무것도 몰랐습니다. 내가 쫓기고 있다는 것도——물론 사형수니까 어렴풋이 상상은 하고 있었지만, '테—라'가 그런 상태가 되어 있을 줄은 꿈에도 생각하지 못했습니다."

왓츠는 말하고 나서 살짝 웃었다.

"묘한 말이로군요. 내게는 어울리지 않겠어요. 지금은 내가 '꿈' 같은 것이 되어 버렸으니까."

"뭐, 그렇지요."

"난 이제 오래 가지 못하겠지요" 하고 왓츠는 말했다. "알고 있어요. 꼴이 이러니까."

왓츠는 자신의 팔을 내려다본다. 이 짧은 시간 사이에, 카페에서 만났을 때보다 더욱 몸이 투명해진 것 같다. '필드'에서 실체화한 채 대화하는 것이 더욱 부담되었을 것이다.

"그래서 제일 먼저 그녀 속으로 숨어들었다는 거야?"

"아니야!" 갑자기 왓츠의 목소리가 튀어 올랐다. 음량에 에너지를 쓰는 바람에, 순간 그의 윤곽이 사라졌다가 다시 보였다. "그, 그건 아니야."

"그럼 어째서 그녀를 골랐지?"

"끌렸어. 그냥, 이 사람한테 끌렸던 거야."

리에코가 그 대답에서 얼굴을 돌리듯이 고개를 숙여 버리자, 왓츠는 부끄러워했다.

"미안합니다……, 아가씨. 정말 미안하게 생각하고 있습니다."

리에코는 팔을 풀고는 작은 어린아이가 아버지에게 매달리듯이 마에스트로의 팔에 양손을 걸쳤다. 그녀의 목소리도 왓츠의 목소리와 똑같이 쉬어 있고, 작았다.

"사과하지 않아도 괜찮아요."

미소까지 지으려 애쓰고 있다.

"왓츠 씨는 날 격려하거나 위로해 주었잖아요. 난 기뻤어요."

그런 리에코의 말에 왓츠는 한층 더 부끄러워하는 것 같았다. 그야 그럴 것이다. 여자의 속옷을 훔쳐보던 현장을 적발당한 거나 마찬가지니까.

그러니까, 이 여자는 정상이 아닌 거다. 지금에 와서도 듣기 좋은 말이나 하고 있다.

"당신이 이 세뇨리타에게 끌린 것은 요컨대, 살인사건의 목격자가 되는 바람에 그녀가 품어야만 했던 갈등에 끌렸다는 거겠지요?"

마에스트로가 묻고, 고개를 끄덕이며 혼자서 대답했다. "그렇소. 그래서 당신은 세뇨리타를 위로하거나 격려해 왔던 거외다. 당신도 옛날에 같은 갈등으로 괴로워한 경험을 갖고 있으니까."

왓츠는 놀란 것 같았다. 잠에서 깨어난 노인처럼 눈을 끔벅거리고 있다.

"당신들은 그런 것까지 알고 있습니까?"

"꽤 자세히 알지요."

"그렇다면 얘기가 빠르겠군요." 왓츠는 안도한 듯 어깨에서 힘을 뺐다. "난 이 아가씨의 마음에 평화를 되찾아주고 싶었어요. 이제 그런 살인사건도, 살인자 남자도, 재판에 대해서도 모두 잊고 밝고 즐겁게 살아 주기를 바랐던 겁니다."

"응" 하고 리에코가 중얼거렸다. "왓츠 씨는 늘 그렇게 말해 주었지요. 자신감을 가지라고, 당신은 잘못된 일을 하지 않았다고."

그 순간, 꾸물꾸물 연기만 피우고 있던 분노에 확 불이 붙어서, 셴의 입에서 가시 돋친 말이 튀어나왔다. "그쯤 해 둬, 멍청아. 언제까지 친구 놀이나 하고 있을 셈이야?"

리에코는 눈을 크게 뜨더니 처음으로 항변하듯이 입을 삐죽거렸다. "어째서? 왜 그렇게 심한 말을 하는 거야?"

"어째서고 저째서고! 당신, 이 녀석이 어떤 놈인지 아직도 모르겠어? 이런 구제 불능의 녀석에게 위로받거나 격려받는 게 정말로 좋으냐고?"

리에코는 입가를 떨며 대꾸할 말을 찾고 있다. 이번에는 고개 흔들흔들도 멈추지 않는다.

왓츠가 상냥하게 달랬다. "괜찮습니다, 아가씨. 이 사람의 말이 옳아요."

"하지만……."

"나는 돼먹지 못한 놈이에요. 살인자에 사형수입니다."

그래도 리에코는 지금까지와는 달리 과감했다. 고개를 저으면서, 말을 더듬으면서, 셴을 물고 늘어질 기세를 보였다.

"서, 설령 살인자라 해도, 사형수라 해도, 잘못된 일만 하는 건 아니잖아? 사형수도 다른 사람에게, 친절하게 대할 수, 있을 거야. 사형수의 말도, 행동도, 전부 잘못된 거라니, 그런 건 편견, 이야."

셴 스스로는 갑자기 추워졌다고 느꼈을 뿐이었다. 하지만 아마 셴의 안색이 바뀌었던 모양이다. 리에코는 눈에 띄게 겁을 먹으며 마에스트로의 등 뒤로 숨었다. 그러나 그래도 입은 다물지 않았다.

"그래, 편견이야. 넌 아무것도 모르면서, 왓츠 씨를 무조건, 나쁜 사람이라고, 단정 짓고 있어."

"무장 강도질을 저지르는 건 나쁜 짓이 아니야? 간수를 죽이는 것도 나쁜 짓이 아니냐고!"

"그, 그런 뜻이 아니야. 과거에 그런 일이, 이, 있었다 해도, 100퍼센트 악인은 아니라는 거지!"

리에코는 딱 잘라 말하고 나서 마에스트로의 작업복에 얼굴을 묻고 울기 시작했다.

"그만두지 못해?" 마에스트로가 낮게 경고했다. "더 이상 세뇨리타에게 소리를 지르면 그냥 두지 않겠다."

소리를 지를 생각은 없었다. 어째서 이렇게 꼬이는 걸까?

"셴, 넌 입 좀 다물고 있어. 우리가 제대로 얘기 좀 하게."

"내 말은 제대로 된 게 아니라는 거야?"

마에스트로는 큰 소리로 일갈했다. "입 다물지 못해!"

일동이 얼어붙었다.

누구보다도 먼저 움직임을 되찾고, 셴은 쉽의 난간을 뛰어넘었다.

"괜찮을까요……."

셴이 떠난 방향——멀리 흐릿하게 보이는 빌딩가를 바라보면서 리에코가 물었다. 늘 그렇듯이 우는 얼굴과 끝이 한심하게 처진 입 모양으로.

"신경 쓰지 마시오, 세뇨리타. 뭐, 머리가 식으면 돌아올 것이외다." 마에스트로는 느긋하게 대답했다. 그리고 왓츠에게 말했다. "당신은 괜찮소?"

왓츠는 힘없이 고개를 떨어뜨리고 있었다. 그대로 고통스럽게 미소를 지으며 말했다.

"죄송하지만 나도 잠시 조용히 있어도 될까요?"

"그러면 편하겠소?"

"예. 내게는 아직 이 아가씨에게 하고 싶은 얘기가 있습니다. 그 얘기를 할 수 있도록, 잠시 쉬게 해 주십시오."

"그러시지요. 좀 누우시겠소?"

말하고 나서 마에스트로는 웃고 말았다. 덩치 큰 남자의 커다란 쓴웃음이었다.

"지금의 당신에게 자세는 상관이 없겠군."

"그렇지도 않습니다. 이런 건 기분 문제니까요."

왓츠는 기듯이 옆으로 이동해, 바렌 쉽의 선체 그늘로 들어갔다. 마에스트로는 구식 화덕의 연기가 부엌 바닥 가까이에 고여 천천히 떠도는 모습을 떠올렸다. 왓츠가 마치 지칠 대로 지쳐 참호에 숨는 병사처럼 팔다리를 움츠리고 양손으로 얼굴을 가리며 눕는 것을 지켜보았다.

총좌 근처로 돌아가 보니 두 눈과 코가 새빨개진 리에코는 풀죽은 모습으로 주저앉아 있었다. 아직도 작게 훌쩍이고 있지만 더 이상 울고 있지는 않고, 울음을 그치려고 하는 것 같다.

"죄송해요."

마에스트로가 옆에 앉자 리에코는 머리를 숙였다. "두 분이 싸우게 해 버려서."

"우리는 늘 그렇게 큰 소리를 지르는 사이지요. 세뇨리타 탓이 아니외다."

"하지만 그를 화나게 해 버렸어요."

"그 녀석은 성질이 급하오. 그건 그 녀석 잘못이외다."

"저는 늘 그래요. 다른 사람을 짜증나게 만들죠. 그래서 사람들이 저를 싫어하는 거예요."

마에스트로는 리에코의 가느다란 어깨와 가냘픈 목을 바라보았다. 눈물로 얼굴이 젖어 있다.

"세뇨리타" 하고 상냥하게 불렀다.

그건 목구멍에서 나오는 목소리도 아니고, 배 밑바닥에서 내는 목소리도 아니다. 마음에서 나오는 목소리였다. 마에스트로의 이런 목소리를 들은 적이 있는 사람은 드물다. 이 무뚝뚝한 거구의 남자는, 자신 안에 숨겨져 있는 이 목소리를 극히 드물게 꺼내 보이기 때문이다.

본인은 기억하지 못할 테고 기억한다 해도 부정하겠지만, 예전에 셴도 여러 번 이 목소리를 들은 적이 있었다. 아직 그가 마에스트로와 함께 살게 된 지 얼마 안 되었을 즈음, 이제는 도망쳐 숨을 일도, 날치기도 구걸을 할 필요도 없고, 자기에게 주어진 식사는 숨 가쁘게 입속에 쓸어 넣지 않아도 아무도 도중에 빼앗지 않으며, 밤에는 제대로 침대 위에서 베개에 머리를 얹고 자도 위험하지 않다——는 사실을 정말로 마음속 깊이 납득하기 전까지의 수십 일 동안에.

"세뇨리타" 하고 마에스트로는 말했다. "당신이 말씀하시는 대로 세상에는 나쁜 인간만 있는 것은 아니오. 나쁜 짓을 한 인간이라고 해서 항상 사악한 것도 아니지요. 당신의 그런 인식은 지극히 옳은 것이외다."

리에코는 자신 없는 얼굴로 고개를 끄덕였다.

"내가 정말 이상하게 생각하는 것은, 그런 옳은 생각을 스스로의 머리로 할 수 있음에도 불구하고, 당신은 한편으로 자신의 생각은 늘 다른 사람의 생각보다 형편없다고 착각하고 계시다는 것이오. 세상에 있는 많은 사람은 모두 당신보다 우수하고, 당신 자신은 세상의 짐인 것처럼 생각하고 계시는 건 아니오이까?"

리에코는 그 말이 무슨 뜻인지 잘 모르겠다는 듯이 고개를 저었다. 그러나 그 동작은 고개 흔들흔들과는 달랐다. 마에스트로는 안도했다.

"저는……, 형편없으니까."

"뭐가 형편없다는 것이오?"

"뭘 해도 잘하지 못하고……, 항상 꾸물거리고, 느리고."

마에스트로는 미소를 지었을 뿐 잠자코 보고 있었다. 리에코가 손가락을 꼽으며 세듯이 자신의 결점을 늘어놓는 것을.

"장점이라고는 전혀 없어요. 칭찬받은 적은 한 번도 없고요. 뭔가 말하려고 해도 입에서 나오는 건 시시한 말뿐이에요. 열심히 눈치 있는 말을 하려고 하면, 사람들은 무슨 말을 하는 건지 전혀 모르겠다면서 어이없어하거나 비웃거나, 아까처럼 화를 내거나."

리에코는 열심히 말을 이었다.

"저, 친구가 없다고 말했었죠? 학교에서는 선생님한테도 무시당했어요. 굉장히 재미없는 인간이기 때문이에요. 있으나 없으나 아무런 영향도 주지 않는, 처음부터 계산에 들어가지 않는 인간이에요."

"지금 다니는 회사에서는 어떻소이까? 역시 계산에 들어가지 않았소이까?"

"네, 그래요."

"그렇다면 어째서 회사는 세뇨리타를 고용했을까요?"

"머릿수가 부족해서 그랬을 거예요, 분명히."

마에스트로는 싱긋 웃었다. "그러니까 세뇨리타는 있으나 없으나 누구에게도, 무엇에도 전혀 영향을 주지 않는 인간이라는 점에서는, 누구보다도 뛰어나다고 자인하시는 거로군요?"

리에코는 걸려들었다. "……네? 그게, 무슨 뜻인가요?"

"말 그대로의 뜻이외다. 말씀하시는 대로라면, 세뇨리타는 상당히 특이한 사람이외다. 뛰어난 사람이란 말이오."

"그런……, 그런 뜻이 아니에요."

"그렇겠지요." 마에스트로는 천천히 앉은 자세를 고쳐 책상다리를 했다. "어쨌거나 세뇨리타의 말씀은 틀렸소이다. 당신은 충분히 당신의 주위 사람들에게 영향을 주고 있으니까. 그렇지 않다면 지금 같은 싸움도 일어나지 않았을 거외다."

리에코는 고개를 흔들흔들하기 시작했다. 이번에는 그것을 멈출 생각조차 없는 것 같았다. 이 기괴한 동작은 그녀가 자주 사용해 온 안전밸브인 것이다. 그 밸브를 열면 도망칠 길이 열리고 숨을 쉴 수 있다.

"그렇다면……, 저는, 그런 좋지 못한 영향만 주는 인간일지도."

"아니, 그것도 아니지요. 세뇨리타는 잘못 생각하고 있소이다."

마에스트로의 말투는 여전히 상냥하지만, 진지한 얼굴이 되어 말을 이었다.

"당신이 생각하는 만큼, 당신의 주위 사람들은——이것을 세상 사람들이라고 바꿔 말할 수도 있는데——당신의 존재에 대하여 그렇게 많이 신경을 쓰고 있지는 않소이다."

리에코의 머리가 펄쩍 뛰어올랐다. "그, 그런 건 저도 알아요! 모두가 저를 신경 쓰고 있다니, 그런 건방진 생각은 하지 않아요. 모두, 저 같은 건 신경 쓰지 않아요."

"그것도 틀린 생각이오." 마에스트로는 조용히 고개를 저었다. "모두가 신경을 쓰지 않는 건 아니외다. 실제로 우리는 세뇨리타가 걱정됩니다. 왓츠도 걱정하고 있소."

리에코는 끊임없이 눈을 깜박거리며 불안한 듯 손을 움직였다. 조금 전까지는 그녀가 말을 잃으면 도움의 손길을 내밀어 주던 마에스트로가, 지금은 그녀를 몰아세우는 쪽으로 바뀌었다. 적어도 리에코에게는 그렇게 여겨질 것이다.

마에스트로는 가볍게 손을 들어 난간 너머에 펼쳐져 있는 '필드'를 가리켰다.

"저기 저 빌딩가를 어슬렁거리고 있는 풍선 같은 머리를 가진 인간들은 세뇨리타가 생각하는 '세상 사람들'이지요? 모두 얼굴이 없고, 모두 차갑고, 그러면서도 모여들어서 세뇨리타에게 손가락질을 하는."

리에코는 멍한 얼굴로 자신의 '필드'를 바라보고 있다.

"그런 건……, 생각해 본 적도 없었어요."

"풍선 머리의 인간들이 꿈에 나온 건 이번 일로 고민하게 되고 나서부터였소이까? 아니면 옛날부터 자주 꾸는 꿈입니까?"

"처음은, 아니에요." 스스로도 지금 그 사실을 깨달은 모양이다. "이렇게 많이 나온 적은 없었지만, 자주 있었어요."

"그렇군요. 그건 당신이 스스로 만들어낸 얼굴 없는 사람들을 두려워하고 있기 때문이겠지요."

"어릴 때부터 계속?"

"그렇소이다."

"어째서? 어째서 저는 그럴까요? 원인이 뭘까요?"

"그럼 나도 여쭙지요." 마에스트로는 한 손을 가슴에 대고 약간 장난스럽게 앉은 자세를 고쳤다. "세뇨리타는 어째서 그 원인을 알고 싶으신 거지요?"

"그야……, 원인을 알면……, 고칠 수 있잖아요?"

"무거운 짐이 왜 무거운지 알 수 없다면, 등에서 내려놓을 수도 없는 걸까요?"

"……."

"무거우니까 짐을 조금 줄이려고 내려놔 버리는 게 먼저가 아니겠소이까?"

리에코는 입을 다물고 작은 소리를 내며 코를 훌쩍였다.

"얼굴 없는 사람들을 상대하는 것은 이제 그만두시오. 당신 주위의, 얼굴이 보이는 사람들과 관계를 맺는 것이 훨씬 더 소중하외다. 무엇보다 그 편이 즐거울 것이오."

리에코의 입가가 부들부들 떨렸다.

"하지만 마에스트로 씨. 제가 관계를 맺으면, 그때까지 얼굴이 보이던 사람들도 곧 얼굴이 없어져 버려요. 모두, 그——당신이 말씀하시는 풍선 머리 인간들처럼 되고, 차가워지고, 제게서 떠나간다고요."

마에스트로는 손으로 두꺼운 가슴을 두드렸다.

"나도 그렇소이까? 왓츠도? 셴도 그렇소이까?"

"하지만 당신들은——."

"하나도 특별하지 않소이다. 나도 셴도 왓츠도, 당신이 당신의 사정으로 당신의 취향에 맞춰서 만들어낸 상상 속의 인물이 아니니 말이외다."

리에코가 고개를 흔들거리기 시작하자, 마에스트로가 이번에는 그녀를 말렸다. "그 버릇은 그만두시오. 예쁜 얼굴이 엉망이 돼요."

헤헷 하고 리에코는 짧게 웃었다. "난 예쁘지 않아요."

"당신 자신은 그렇게 생각하고 계시지요. 하지만 나는 당신의 얼굴이 예쁘다고 생각하외다. 셴도 그렇게 생각하고 있어요."

리에코는 눈을 크게 떴다. "정말?"

그리고 얼굴이 빨개졌다. 마에스트로는 웃었다. 그녀를 위로하기 위해서가 아니라, 정말로 웃겼기 때문에.

"세뇨리타. 당신을 둘러싼 세상 사람들이 당신에게 요구하고 있다고 생각되는 일이나, 당신이 할 수 있을지도 모르는 일이나, 당신이 그렇게 해야만 한다고 착각하고 있는 일만 하려고 하지 마시오. 일일이 생각하다 보면 생활을 할 수가 없어요. 눈치 있는 말을 할 수 없다면 잠자코 계시면 되오. 재미있으면 웃고, 기분이 나쁘면 토라지면 되오. 그리고 그게 어른스럽지 못하다고 생각된다면 참으면 되오."

"마에스트로 씨……."

"간단한 일이외다. 세뇨리타는 괜히 이상하게 의식하지 않으실 때는 제대로 그렇게 하고 계시오."

"제가?"

"그렇소. 예를 들면 셴 말이오. 그 녀석은 당신에게 꽤나 까칠하게 굴고 있소이다."

"그건 제가 이상한 말을 했기 때문이에요."

"이상한 말이 아니지요. 아까 그 대화에서는 세뇨리타가 옳았어요. 그 녀석이 틀렸소이다. 상대방이 화가 났다고 해서 세뇨리타가 잘못한 건 아니외다."

리에코는 한 손을 입가에 대고 찬찬히 생각에 잠기는 듯한 눈을 했다.

"하지만 셴도 늘 틀리기만 하는 건 아니외다. 그 녀석이 처음으로 세뇨리타를 만났을 때도 그렇게 버럭버럭 고함을 질러 댔소?"

리에코는 서둘러 고개를 저었다. "아니요, 그렇지 않았어요."

그리고 새삼스럽게 그날을 떠올리고 놀랐다는 듯이, "……상냥했어요" 하고 중얼거렸다.

"그렇겠지요. 그 녀석에게도 상냥한 구석은 있으니 말이외다. 세뇨리타가 그것을 끌어낸 것이오."

마에스트로는 계속 말했다.

"세뇨리타만 늘 중심을 잘 잡고 있으면, 아무도 상대해 주지 않는 일은 없을 것이외다. 경우에 따라서 틀릴 때도 있고 옳을 때도 있겠지요. 눈치 빠를 때도 있는가 하면 꼴사나울 때도 있소. 전부 피차일반이외다."

리에코는 양손을 뺨에 대고 깊이 고개를 숙였다.

"아가씨는 훌륭했어요. 나는 그렇게 생각합니다."

어느새 정신을 차린 왓츠가 선체에 기대어 이쪽을 보고 있었다.

"아가씨는 스스로가 아무것도 못하는 인간이라고 생각하고 있는 것 같지만, 그렇지 않습니다. 경찰의 수사에 협조하고 재판에서도 증언하고, 훌륭하게 해냈잖습니까. 그것은 아무나 할 수 있는 일이 아닙니다."

리에코의 눈이 젖어들었다. 지금까지의 눈물과는 다르다.

"고마워요, 왓츠 씨."

왓츠는 고개를 끄덕끄덕했다.

"하지만……, 제 증언은 역시 유도된 것이었을지도 몰라요. 그게 자신이 없어요. 저 같은 사람이 아니라 좀 더 야무지고 제대로 된 사람이 목격자였다면, 이런 일은――."

곁에 있던 마에스트로가 웃었다. 그러자 리에코도 그 웃음의 의미를 깨달았는지 혀를 쏙 내밀며 말했다.

"이제, 이런 말은 하면 안 되겠네요."

"그렇소이다. 그거야말로 안 될 일이외다."

"증언의 진실에 대해 불안한 마음을 갖는 건 누구에게나 있는 일입니다." 왓츠는 말했다. "아가씨만이 아니에요. 설령 정말로 경찰에게 유도된 것이라 해도, 그건 아가씨의 책임이 아닙니다. 그러니까 이제 사건에 대해서는 잊어버리세요. 앞으로 이 사건에 대해 뭔가 해 봐야겠다는 생각은 하지 않는 게 좋아요."

절박한 말투에 마에스트로는 왓츠 쪽을 돌아보았다. 아무것도 묻지 않았지만, 왓츠는 알았을 것이다. 그는 괴로운 듯이 몸을 움직이더니 머리를 들었다.

"내가 교도소에 보낸 스펜스는 곧 탈주하고 말았습니다."

"아아, 알고 있소."

"그대로 행방불명이 되었지요. 당연합니다. 내가 스펜스를 죽였으니까. 죽여서 묻어 버렸으니까."

아무리 마에스트로라도 당장은 아무 말도 할 수 없었다. 곁에 서 있던 리에코는 눈을 휘둥그렇게 뜨고 있다.

"녀석은 내가 있는 곳을 알아내서 찾아왔습니다. 물론 복수를 하려고 한 거겠지요."

"그런데 당신이 맞서 싸운 거요?"

왓츠는 울 것 같은 얼굴을 했다. "그렇게 멋진 게 아니에요. 녀석은 큰 칼을 갖고 있었어요. 무서워서, 나는 필사적으로 저항했어요. 엎치락뒤치락하는 동안, 녀석은 스스로 자신을 찌르고 말았습니다."

"그건 대체 언제쯤의 일이오?"

"녀석이 탈주한 지 1년쯤 지났을 때입니다. 당신들은 아는지도 모르겠지만, 교도소 안에는 죄수들끼리 독특한 인간관계가 있어요. 역학 관계도 있지요. 나는 전과가 있었기 때문에, 스펜스가 들어간 교도소에는 내 오랜 지인도 있었어요. 스펜스는 그 녀석을 협박해서 내가 갈 만한 곳을 여기저기 알아낸 겁니다. 탈주한 후 알아낸 곳을 하나하나 돌았어요."

그리고 왓츠에게 다다른 것이다.

"그때 나는, 내게는 유일한 친척인 사촌 형 집에서 신세를 지고 있었습니다. 나는 내가 또 죗값을 치르게 되는 건 아무래도 좋았어요. 하지만 사촌 형만은 끌어들이고 싶지 않았어요. 그래서 시체를 파묻어 숨긴 겁니다."

그래도 더 이상 사촌 형의 집에 있을 수는 없게 되었다.

"아무리 몸을 지키기 위해서라지만, 나는 사람을 죽이고 말았어요. 뭐가 뭔지 알 수 없었습니다. 이제 될 대로 되라는 기분이었지요. 어차피 건실한 인간으로 되돌아갈 수는 없었으니까요. 좀도둑질밖에 할 줄 아는 게 없는 놈이었으니, 그 후로는 인생이 추락했습니다. 내 경력을 보고 일거리를 가져오는 나쁜 놈들은 얼마든지 있었고요."

그렇게 해서 왓츠는 거친 강도범으로 가는 길을 걷기 시작하고 말았다는 것이다.

"하지만 난 타고난 겁쟁이입니다. 거친 일은 싫었어요. 붙잡혔을 때는 안심이 되었습니다. 빨리 누가 좀 말려 주었으면 좋겠다고 생각하고 있었거든요."

마에스트로는 조용히 물었다. "당신, 정말로 간수를 죽였소? 누군가 다른 죄수가 한 짓을 뒤집어쓴 건 아니오?"

왓츠는 경련하는 듯한 웃음을 지으며 내뱉었다. "어느 쪽이든 마찬가지입니다. 난 살인자니까요."

리에코가 거의 알아들을 수 없는 작은 목소리로 말했다. "왓……츠 씨?"

왓츠는 지금까지와는 달리 황폐해진 눈으로 그녀를 쳐다보았다.

"스펜스라는 사람은 당신에게 복수하러 온 거죠?"

"예, 그렇습니다."

"그건 당신이 옳은 증언을 했기 때문인가요? 아니면 당신의 목격증언이 틀렸고 그는 억울한 누명을 썼기 때문에, 그래서 화가 난 건가요?"

왓츠는 눈을 감고, 또 갈고리처럼 구부린 손가락으로 자신의 얼굴을 움켜쥐었다.

"왓츠 씨."

"이봐요, 아가씨." 왓츠는 신음했다. "그런 건 아무래도 상관없어요. 진실은 상관없는 겁니다. 문제는, 스펜스 일에 관여하는 바람에 내 인생이 바뀌어 버렸다는 거예요. 처음부터 별 볼 일 없는 인생이었지만, 더욱더 형편없어지고 말았어요."

쉬고 나서 조금은 기운을 되찾았는지 왓츠의 모습은 처음 만났을 때 정도로 또렷하게 보였지만, 점점 그의 감정이 격해지자 곧 흔들리기 시작했다.

마에스트로는 위험을 느끼고 빠르게 말했다. "진정하시오, 왓츠."

"어떻게 진정할 수 있겠습니까. 난 아가씨가 걱정돼요. 아가씨가, 나와 똑같은 잘못을 저지르게 하고 싶지 않단 말입니다."

진실 따위는 아무래도 좋다고, 그는 힘주어 되풀이한다.

"아가씨는 아가씨가 할 수 있는 일을 열심히 했을 뿐이잖아요. 이제 됐어요. 설사 그——가키모토인가 하는 남자가 그 살인사건에서는 억울하게 죄를 뒤집어썼다 해도, 원래 돼먹지 못한 놈이잖아요? 그런 놈을 세상에 놔두었다면 조만간 비슷한 사건을 일으켰을 겁니다. 아가씨는 그 일을 막은 거예요. 그러면 됐잖아요. 그렇지 않습니까?"

리에코는 왓츠의 기세에 눌리고 있다. 마에스트로는 그녀를 등으로 가만히 감싸며 말했다. "왓츠. 자네, 아직 전부 다 얘기하지 않았지?"

"나는——."

"스펜스는 뭐라고 했지? 누명이라고 하던가? 어때?"

왓츠는 글자 그대로 꺼질 것만 같았다.

"스펜스가 당신을 찾아왔을 때, 당신은 얼마든지 손을 쓸 수가 있었을 거야. 당장 경찰에 신고할 수도 있었겠지. 도망칠 수도 있었어. 하지만 당신은 그러지 않고, 위험한 줄 알면서도 놈을 만났어."

왓츠는 흐트러진 목소리로 말했다. "나도 진실을 알고 싶었습니다."

그건 잘못이었다고 왓츠는 내뱉었다.

"그래서 그 녀석을 숨겨준 거예요. 스펜스는 도망 생활로 약해져 있었습니다. 몸도 마음도. 당장은 위험하지 않을 거라고 생각했어요. 그래서 이렇게 좋은 기회는 없다고 생각했습니다. 얘기를 하면, 놈의 눈을 보면, 사실을 알 수 있을지도 모른다고 생각한 겁니다."

리에코가 옆에서 길게 떨리는 한숨을 내쉬었다.

"아가씨, 나도 아가씨와 똑같은 생각을 하고 있었어요. 아니, 난 아가씨보다 더 켕기는 데가 있었지요. 사법 거래를 해서 스스로 경찰에 영합했으니까. 어쩌면 내가 본 건 스펜스가 아니었을지도 모른다는 게 계속 마음에 걸렸습니다. 나는 죄 없는 인간을 죄로 밀어 넣었는지도 모른다, 그렇게 생각하면 밤에도 잠이 오지 않았어요."

"그래서……."

"아아, 맞아요. 하지만 소용없었습니다. 며칠 동안 얼굴을 맞대고 있어도, 얘기를 나눠도, 사실을 알 수는 없었어요. 스펜스는 자신은 결백하다고 주장하며 날 탓할 뿐이었습니다. 그 녀석에게는 그런 건 아무래도 상관없었던 거예요. 그저 날 원망하고 있었을 뿐이었어요. 결국, 칼을 휘둘러서——."

왓츠는 울고 있었다.

"부탁입니다, 아가씨. 이제 사건에 대해서는 잊어 주세요. 아가씨의 마음은 훌륭하다고 생각합니다. 하지만 그런 아름다운 마음이 통할 만큼, 세상이 만만하지는 않아요. 그 가키모토라는 남자는 앞으로 아가씨가 무슨 일을 하든, 정말로 사람을 죽였든 억울한 누명이었든 상관없이, 아가씨의 인생을 휘저어 놓을 겁니다. 부숴 버릴 거라고요. 진실이란 위험할 뿐이에요."

리에코가 뭐라고 대답할지 꼭 듣고 싶었기 때문에, 마에스트로는 잠자코 있었다.

"저는……."

리에코는 또 마에스트로의 팔에 매달리고 있었다.

"하지만 저는, 사실을 알고 싶어요. 진실을 알고 싶어요."

왓츠는 천천히 고개를 저었다. "어째서지요? 그런 것을 확인한다고 해서 무슨 도움이 되겠습니까? 아가씨는 앞으로 스스로에게 자신감을 갖고 살아가자고 생각했지요? 자유롭게, 자신이 하고 싶은 대로 하자고 말입니다."

리에코는 응원을 청하듯이 마에스트로를 올려다보았다. 마에스트로는 고개를 끄덕였다.

"네. 그러니까."

"가키모토의 일을 들쑤시면 아가씨에게 자유 따위는 없어질 겁니다."

"없어지지 않아요. 왜냐하면 나는……, 가키모토를 위해서 진실을 알고 싶은 게 아니니까요. 내가 잘못된 일을 한 것인지 아닌지, 그것을 확인하고 싶을 뿐인 거예요."

"하지만 그것을 확인하려면, 또 가키모토와 맞서야 하잖습니까!" 왓츠는 소리를 지르다가 모습이 사라질 뻔했다. "가키모토가 어떤 남자인지, 떠올려 봐요. 그런 놈에게서 사실을 알아낼 수 있을 거라고 생각합니까?"

"변호사에게 이야기하겠어요. 내 증언은 경찰이 유도한 거라고 말이에요."

"그다음에는 변호사가 노력해서 녀석을 석방하는 건가요?"

“그건 모르겠어요. 다음 일은 법정에서 판단할 일이니까요. 나는 그저 ——.”

“그저, 뭐죠? 헛, 듣자 듣자 하니까 겉만 번지르르한 소리뿐이군요. 그런 방법으로는 가키모토가 정말로 범인이었는지 아닌지 알 수 없습니다. 녀석이 자유로워질 수 있다 해도, 그건 그저 증거 불충분이라는 이유일 뿐이에요. 아가씨가 원하는 진실은 그런 어중간한 겁니까?”

리에코는 다시 마에스트로의 팔에 매달렸다. 고개가 흔들흔들하고 있다.

“가키모토가 했는지 안 했는지는 영원히 알 수 없을 겁니다. 그저 아가씨가 스스로 문을 열고 위험한 남자를 맞아들일 뿐이에요. 그건 내가 한 짓이기도 하지요. 하지만 아가씨의 경우에는 더 참혹한 일이 일어날지도 모릅니다. 아가씨처럼 젊은 여자는 가키모토에게 있어서 부드럽고 먹기 쉬운 먹이일 테니까요. 머리부터 씹혀서, 뼈까지 먹히고 말 거예요!”

힘을 다 썼는지, 왓츠는 힘없이 옆으로 쓰러졌다. 윤곽이 흐려져서 노란 안개덩어리처럼 되고 말았다.

마에스트로는 천천히 입을 열었다.

“그런 위험을 피하면서 진실을 알 방법이, 딱 하나 있소이다.”

셴은 빌딩가를 돌아다녀 보니 확실히 풍선 머리들의 숫자가 줄었다는 것을 알 수 있었다. 그만큼 멈춰 서 버리면 뭔가 생각하고 말 것 같아서 그냥 계속 걸어 다니다 보니 자신이, 풍선 머리의 일원이 된 것 같은 기분이 들었다.

리에코가 한 말은 결코 틀리지 않았다. 그것은 센도 알고 있었다. 다만, 그런 올바른 이치로 처리할 수 있는 현실이 아니라는 사실을 그녀는 깨닫지 못하고 있다.

그런 울보, 겁쟁이 주제에 뭘 하겠다는 걸까. 용기라고는 한 조각도 갖고 있지 않은 주제에, 어째서 그렇게 정의의 찌꺼기 같은 말을 하는 걸까.

정말로 세상을 두려워해야 할 처지에 놓여 본 적이 없는 인간의, 사치스런 상심과 허풍스런 선의. 어차피 말뿐이다.

그런데도 어째서 자신은 제대로 상대하지 않을 수가 없는 걸까.

냉큼 왓츠를 붙잡아서 돌아가면 될 뿐이다. 일로 따지자면 그것으로 대성공. 포획 미션이다. 들어오는 상금도 크다. 마에스트로는 어째서 왓츠의 신상 이야기 같은 것을 들으려고 하는 걸까. 어째서 무라노 리에코의 일에 그렇게까지 관여하고 싶어 하는 걸까. 어째서? 어째서?

또 어째서 병이다.

너무 많이 걸어서인지 이젠 지쳤다. '필드'의 가장 안쪽까지 와 버린 것 같다. 저 빌딩 모퉁이를 돌고 나면 쉽으로 돌아가자——.

그때, 약간 앞쪽에 있는 그늘에서 개가 얼굴을 불쑥 내밀었다. 다갈색의 짧은 털. 쫑긋 선 귀. 아직 강아지다. 붙임성 있게 꼬리를 흔들고 있다.

센이 멈춰 서자 강아지는 통통 튀듯이 다가왔다.

——나, 어릴 때 개를 키웠어.

이게 그 개인가? 강아지는 우뚝 서 있는 센의 발치까지 와서 엉겨 붙는다. 센이 몸을 굽히고 손을 내밀자 할짝할짝 핥았다.

"네가 포피냐?"

말이 통한 것도 아닐 텐데 강아지는 더욱 격렬하게 꼬리를 흔들며 셴의 무릎에 발을 걸치고, 이번에는 얼굴을 핥기 시작했다.

무라노 리에코가 만들어 낸, 머릿속에 살고 있는 애완동물. 진짜가 아닌, 만들어 낸 가짜. 현실의 고독을 메우기 위한 그녀의 편리한 장난감.

"너, 왜 또 나온 거야? 아니면 계속 여기 있었어?"

강아지는 왕, 하고 짖었다.

리에코는 '지구'의 일본이라는 나라의, 그녀가 사는 동네에서 어떤 생활을 하고 있는 걸까. 일본이 경제적으로는 매우 풍요롭고 평화로운 나라라는 것은 알고 있다. 인구도 많고 문화 수준도 높다. 그곳에 사는 스무 살짜리 아가씨는 매일을 어떻게 지내고 있을까.

그녀의 마음에 이렇게 큰 텅 빈 빌딩가와 기분 나쁜 풍선 머리들을 품고서.

하얀 안개는 키 큰 빌딩가의 윗부분을 완전히 덮은 채 흔들리고 있다. 오늘은 꽤 오랫동안 이 '필드'에 머물렀다. 슬슬 그녀를 쉬게 해 주어야 한다.

셴은 일어서서 강아지를 쫓아냈다.

"딴 데로 가."

강아지는 뒤를 따라온다. 아직도 꼬리를 흔들고 있다.

"너 같은 건 처음부터 존재하지 않았어. 사라져."

그래도 강아지는 따라온다. 동그랗고 까만 눈동자에는 아무런 의심도 없다.

"귀찮아!"

셴이 돌아보고 소리를 지르자 강아지는 멈췄다. 그래도 꼬리는 흔들고 있다.

주위를 한 바퀴 둘러보니 풍선 머리들은 주변 어디에도 없다. 빌딩가와 셴과 강아지뿐.

이렇게도, 이렇게도 나는 쓸쓸해.

어디에선가 그런 목소리가 들려왔다. '필드'의 에너지를 자신이 멋대로 음성화했을 뿐이다. 리에코의 자의식 과잉인 착각에 감화되어 버렸을 뿐이다.

정말로 쓸쓸한 처지에 있는 것도 아니면서.

나름대로 평화롭고 풍요롭게 살고 있으면서.

누구에게도 쫓기지 않고, 누구에게도 손가락질 당할 걱정도 없기 때문에 가상의 괴로움을 만들어내서 울거나 두려워할 여유가 있는 것이다.

상당한 거리를 걷고 나서 뒤를 돌아보았다. 강아지는 아직도 그 자리에 있었다. 콩알처럼 작게 보인다.

어린 시절 리에코의, 단 한 마리뿐인 충실한 친구. 지금도 마음속에 있으면서 그녀를 찾고 있다.

머리를 흔들고, 셴은 걷기 시작했다.

셴이 숍으로 돌아오니 마에스트로가 양손을 허리에 대고 갑판에 우뚝 서 있었다.

"왜 이리 늦어" 하고 갑자기 말했다. "물러갈 때가 됐다."

리에코는 '필드'에 내려서 있었다. 축 늘어진 채 누워 있는 왓츠가 걱정스러운 듯 곁에 바싹 붙어 앉아 있다.

셴이 뭔가 묻기도 전에 마에스트로는 말했다. "작전을 세웠다. 왓츠는 세뇨리타 곁에 남겨 둘 거야. 세뇨리타도 그것을 바라고 있고."

셴이 날카롭게 돌아보자 리에코는 흠칫 놀라며 몸을 움츠렸다. 그래도 고개 흔들흔들은 시작되지 않는다. 하지만 그녀의 눈은, 쭈뼛거리며 이리저리 움직이긴 하지만 맑다.

셴은 마에스트로에게 말했다. "이건 '롯지'의 규칙 위반이야."

"알고 있어."

"탈주범을 붙잡아 놓고도 그냥 놔주다니, 들키면 시말서 정도로는 끝나지 않아. 면허가 정지될 거야."

"네가 말 안 해도 안다."

"제정신이야?"

"너보다는 정신의 균형을 유지하고 있지."

"난 반대야."

"의견은 접수하지. 하지만 잊고 있는 것 같으니 말해 두겠는데, 선장은 나다. 넌 조수야. 반항하면 해고하겠어."

셴은 입을 한일자로 꾹 다물었다. 그러고 나서 잠시 후 말했다. "그래도 D · B로서의 내게는 보고 의무가 있어. 규칙 위반을 내버려 둘 수는 없으니까."

"마음대로 해."

마에스트로는 바위처럼 동요하지 않았다. 셴은 난간을 넘어 갑판으로 올라가서, 그의 옆을 스쳐 승강구로 향했다.

리에코가 "미안해" 하고 말한 것 같은 기분이 들었다. 유압 문이 열리는 소리에 섞여서 잘못 들은 건지도 모르지만.

8

에믈린의 요리는 꽤 괜찮지만, 만들 때도 먹을 때도 치울 때도 계속 소란스러운 게 단점이다. 게다가 마에스트로도 셴도 뚱하게 입을 다물고 있어서, 식사가 완전히 끝날 때까지는 그녀의 독무대였다.

거처로 삼고 있는 옛 대형고속정의 식당에서 테이블 위가 깨끗해지자, 마에스트로는 만족스러운 듯이 트림을 하며 에믈린의 솜씨를 칭찬했다. 그러고 나서 고개를 돌려 정면에서 셴의 얼굴을 보았다.

"난 지금부터 에믈린과 긴히 할 얘기가 있다. 넌 어떡할래?"

셴은 앞치마 자락으로 손을 닦으면서 두 사람의 얼굴을 번갈아 바라보고 있는 에믈린에게 시선을 던지며 마에스트로에게 물었다.

"에믈린을 끌어들일 거야?"

"상의해 보려고 해. 그녀가 도와준다면 고마운 일이니까."

"나한테?" 에믈린은 의자에 걸터앉았다. "좋아, 뭐든지 말해 줘."

"할망구, 덥석 받아들이지 않는 게 좋을 거야. 엄청나게 위험한 얘기니까."

"넌 상부에 보고서를 쓸 거지? 그리고 내 업무에 관한 규정 위반을 보고해야지. 그럼 이다음 이야기부터는 듣지 마라. 자리를 비켜 줘. 아니면 나랑 에믈린이 밖으로 나갈까?"

에믈린은 손으로 가볍게 마에스트로의 팔을 때렸다. "당신, 무슨 그런 어른답지 못한 말을 하는 거야. 이 아이는 당신의 파트너잖아?"

마에스트로는 대답하지 않는다.

셴은 한껏 심술궂게 대꾸했다. "알았어. 무슨 짓을 하려는 거야, 색골 영감."

에믈린은 테이블 너머로, 이번에는 셴의 어깨를 때렸다. "너도 지저분한 말은 하는 거 아니야. 너, 그거 여자아이들이 싫어한다."

"거참 되게 시끄럽네."

"여자는 모두 시끄러운 법이야. 하지만 말해 두겠는데, 전혀 시끄럽지 않은 여자라는 게 만일 있다면 그 여자는 악마의 부하일 거다."

마에스트로는 옥신각신하는 두 사람의 모습을 보고는 튼튼한 턱을 누그러뜨리며 씩 웃었다. 그런 다음 앉은 자세를 고치더니, 좀 긴 이야기가 될 거라는 전제를 두고 에믈린에게 무라노 리에코와 왓츠에 대해서 이야기하기 시작했다.

창밖에서는 바람이 불어닥치고, 안개가 급류 같은 속도로 흐르고 있다. 그러나 현창을 꼭 닫아 두었기 때문에 방 안은 조용하고 따뜻했다. 음식 냄새도 희미하게 남아 있다. 만일 누군가가 이 광경을 본다면, 마음이 따뜻해지는 세 가족의 단란한 그림이라고 생각했을지도 모른다.

이야기하는 동안, 에믈린은 팔꿈치를 짚고 한 손을 뺨에 댄 채 마에스트로의 얼굴을 찬찬히 바라보고 있었다.

"그래서 당신, 어떻게 할 생각이야?"

그렇게 말하며 에믈린은 앞치마의 커다란 주머니에서 담배를 꺼내 불을 붙였다. 긴 잎담배인데, 살짝 향료 냄새가 난다.

"세뇨리타 리에코의 기분을 후련하게 해 주려면 가키모토 히토시라는 남자가 정말로 문제의 살인사건의 범인인지 아닌지, 그것을 확인하는 게 제일 효과적일 것이오."

"그건 그렇지. 하지만 본인에게 물어본다 해도 소용없는 거 아닌가?"

"가키모토의 '필드'에 가서 조사해 보면 알 수 있소."

마에스트로는 선뜻 말했다.

"잭 인 하려고?"

셴은 어이가 없어서 고개만 저을 뿐이다. "그런 일은 불가능해. 가키모토의 필드에는 이쪽이 탐사하러 갈 구실이 없다고."

"그렇지. 그건 이 아이의 말이 맞아. 갓싱 뇌파도 하나도 없고, 광각탐사에서 불규칙한 반응이 나타난 것도 아니잖아. '롯지'가 허가를 내주지 않을 것 같은데."

"그러니까 꾸미는 거요."

에믈린의 모양 좋은 입술이 딱 벌어졌다. "뭐라고?"

"왓츠를 가키모토의 '필드'에 침입시키는 거요. 녀석은 하겠다고 말했소. 세뇨리타 리에코 속에 남아 있는 가키모토에 대한 기억을 단서로 하면 어떻게든 될 거라면서. 게다가 세뇨리타 리에코는 사건 현장에 가 봐 주겠다더군. 거기에는 아직, 극히 희미하긴 해도 사건 당일 밤에 가키모토가 남긴 감정——놈의 뇌에서 나온 전기적 에너지의 잔재가 있을지도 모르오. 그것을 잡아내면 루트는 열 수 있지요. 다행히 '테—라'의 인간이 '지구'의 인간에게 접근하려고 할 때, 물리적 거리는 장벽이 되지 못하니까."

셴은 진짜로 현기증이 날 것만 같았다.

"마에스트로, 진짜 제정신이야?"

"난 언제나 제정신이다."

"도망범을 놔주는 거로도 모자라서, 그 녀석을 조종해 '지구'의 제삼자에게 침입시키다니."

위반 위에 더 큰 위반을 쌓아놓는 셈이 된다. 면허정지 정도가 아니라 이쪽이 체포될지도 모른다.

"물론 들키면 큰일이지. 그런 건 말 안 해 줘도 알아."

에믈린은 자신의 담배 연기에 눈을 가늘게 뜨면서 중얼거렸다. "가키모토의 '필드'에 가면 반드시 진실을 알 수 있을 거라고 생각해?"

"확실하오." 마에스트로는 잠시 말을 끊었다가 계속했다. "다만 위험하긴 하지, 그건 각오해야 하오. 가키모토는 문제의 살인사건의 범인이든 아니든 상관없이, 원래 폭력적인 남자요. 녀석의 몸속에 대체 어떤 '필드'가 있을지……. 아마 약물중독자의 '필드' 못지않은 기발한 광경이 전개되어 있을 테지."

"그런데도 왓츠는 하겠다는 거지?"

마에스트로가 고개를 끄덕이자 에믈린은 미소를 지었다.

"그 리에코라는 아가씨가 어지간히 귀여운가 봐."

"왓츠는 가키모토와는 전혀 다른 차원에서 여러 가지로 성가신 놈이야. 그는 죗값을 치르고 싶다는 충동에 사로잡혀 있을 뿐이라고." 셴은 계속 말을 이었다. "'프로젝트 나이트메어'의 피험자로 지원했을 때랑 똑같겠지. 놈은 내버려 두어도 이제 그리 오래 살지 못해. 이 구제불능의 인생의 마지막에, 적어도 누군가의 도움이 되고 싶다는 하찮은 푸념일 뿐이라고."

"너한테는 그런 아름다운 마음이 없지."

"맞아. 고맙게도."

셴은 등받이에 기대어 다리를 꼬았다. 식사 중에 이런 행동을 하면 버르장머리 없다고 에믈린에게 야단을 맞는다.

분명 마에스트로의 계획에는 큰 허점이 있다. 셴이 얘기를 하다가 그것을 알아채고 안도하고 있었다.

"하지만 무리야, 그런 건 불가능하다고. 아니, 해 봐야 의미가 없어."

왓츠는 리에코의 '필드'에 숨어 있었을 때도 갓싱 뇌파를 발하고 있었던 게 아니다. 해석할 수 없이 미묘하게 흐트러진 전파가 있었으니 만약을 위해 탐사하고 오라는 것이 '롯지'의 지령이었다.

오늘 회견 때도 왓츠는 상당한 에너지를 써 버려서 숨이 당장에라도 끊어질 듯한 상태였다. 여기다 리에코의 '필드'에서 나가 가키모토의 '필드'로 옮겨가는 작업까지 시킨다면, 그에게는 또 부담이 가게 된다. 따라서 순조롭게 가키모토에게 침입할 수 있다 해도 더 이상 '롯지'가 감지해서 탐사 명령을 내릴 정도의 징후를 발할 만한 여력은 없을 것이다. 뿐만 아니라 가키모토의 '필드'에 들어간 순간 힘이 다해서 소실되어 버릴 가능성도 충분히 있다.

셴은 손을 가볍게 흔들며 말했다. "우린 아무것도 없는 곳에는 날아갈 수 없어. '롯지'의 허가와 지령 없이는 출동할 수 없다고. 유감스럽지만."

그러자 마에스트로는 무겁게 단언했다.

"그래서 왓츠에게 '앵커'를 쓸 거야."

처음 듣는 말에, 에블린의 담뱃재가 뚝 떨어졌다.

"'앵커'? 그게 뭐야?"

"유사 갓싱 뇌파 발신기야. '감옥'에서 극비리에 개발하고 있어."

마음을 한데 합친 건 아니지만, 셴과 에블린은 동시에 반문했다.

"그게 뭐야?"

"어째서 그런 걸 개발하는 거지?"

마에스트로는 커다란 손으로 대머리를 한 번 어루만졌다. 살짝 땀이 배어 있다.

"나도 자세한 건 몰라. 이 눈으로 본 적도 없어. 다만 나랑 연결되어 있는 연구원에게 얘기를 들은 적이 있을 뿐이야."

'감옥'에서는 몇몇 연구자들의 갓싱 뇌파를 샘플로 조합하여 이 발신기를 만들고, 그것을 '지구'상의 무작위로 뽑은 피험자의 '필드'에 장치해서——.

"'앵커'가 발하는 전기적 에너지에 피험자가 어떻게 반응하는지 관측하려는 모양이야. 실제로 벌써 한두 번은 시험해 봤을지도 몰라. 우리들이 모르고 있을 뿐이고."

"그런 짓을 한다고 무슨 이득이 있는데?"

"진심은 알 수 없어" 하며 마에스트로는 쓴웃음을 지었다. "내 연구원은 나머지 스무 명의 탈주자를 보다 효율적으로 보다 안전하게 포획할 수 있는 시뮬레이션 실험을 하는 게 목적이라고 말했어. 발신기의 시작품(試作品)은 버전 3.5까지 와 있고, 더욱 개량하려고 노력 중이라더군."

"'감옥' 녀석들이 그렇게까지 우리들 D · B의 안전을 생각해 주는 줄은 또 몰랐네. 기뻐서 눈물이 다 나려고 한다."

이 개발에는 틀림없이 감추어진 속셈이 있을 것이다. 셴은 관자놀이 언저리가 꿈틀거리는 것을 느꼈다.

"'감옥'과의 직접 거래는, 가능하면 그만두는 게 좋겠어, 당신." 에믈린은 마에스트로의 팔을 흔들면서 타일렀다. "뭔가 곤란한 일이 생기면 이쪽이 모든 책임을 뒤집어쓰게 될 테니까 말이야."

"알고 있소" 하고 마에스트로는 상냥하게 대답했다. "나도 조심하고 있어요."

"그럼 마에스트로는 그런 것을 가지고 다시 한 번 무라노 리에코의 '필드'에 잭 인 하겠다는 거야?"

"아아, 그래."

"미안하지만 그것도 무리야. 통하지 않을 거야."

오늘 귀환한 후, 마에스트로는 왓츠를 발견했다는 진상을 숨기고, '롯지'에서 지령을 내린 무라노 리에코라는 대상의 '필드'에는 아무것도 없었다는 거짓 리포트를 제출했다. 본래 오늘 있었던 리에코의 '필드' 탐색은 재탐색이었기 때문에 리포트는 이것으로 세 통째인 것이다.

'롯지'의 규정으로는 재탐색을 걸어도 발견이 없는 경우에는, 같은 '필드'에 대한 세 번째 이후의 탐사까지 최소 열흘의 간격을 두어야 한다고 규정하고 있다. 그렇게 해서 머리를 식히지 않으면 익숙함이나 착각 때문에 신선한 발견을 하기 힘들어지기 때문이다.

"그러니까 나랑 마에스트로는, 당장은 무라노 리에코의 '필드'에 갈 수 없어."

이대로 열흘이나 기다렸다간 왓츠는 소실되고 말 것이다.

"그런 건 나도 알아" 하고 거듭 되풀이하면서도 마에스트로는 조금 기쁜 것 같았다. 센이 진지하게 이 문제에 대해 생각하고 있다는 것을 알았기 때문일 것이다.

"그렇기 때문에 에플린의 도움이 필요한 것이외다."

"나?" 하며 놀라는 에플린에게 마에스트로가 묻는다.

"어제 파커는 뭐라고 하던가요?"

에믈린은 마에스트로의 생각을 따라가지 못하겠다는 듯——그건 셴도 마찬가지였지만——화려한 인공 속눈썹을 붙인 눈꺼풀을 깜박거리고 있다.

"파커? 아아, 그 사람의 쉽 말이야?"

"그래요. 마음 내켜 하던가요?"

"응……, 시간제 대여는 나쁜 아이디어는 아니래. 그 쉽은 상당히 낡았으니까 풀타임으로 가동하려면 오히려 손해가 날 거라고——."

거기에서 에믈린은 손뼉을 탁 쳤다.

"아아, 그렇군! 그래, 응, 그건 가능하겠어."

"무슨 얘기야?"

에믈린은 새 담배를 꺼내면서 서둘러 말했다. "나도 현역 D · B로 컴백할 생각인데, 어쨌든 남편이 죽고 나서 지금까지 오랫동안 날지 않았잖아. 그래서 '롯지'에 등록하려면 재훈련이 필요해. 하지만 내 훈련에 당신들의 배를 사용할 수는 없고, 내게는 쉽을 살 돈도 없어. 그래서 파커의 쉽을 시간제로 빌릴 수 없겠느냐고 부탁해 본 거야. 어제는 그 얘기를 하러 갔었어."

'롯지'는 D · B 등록의 훈련에 쓸 수 있는 자가용 쉽을 딱 한 대 소유하고 있다. 등록 지원자가 끊이질 않기 때문에 그것은 늘 사용 중이다. 최소한 한 대는 더 있었으면 좋겠다고 희망하는 사람은 많지만, '롯지'도 그렇게 많은 자금을 갖고 있는 건 아니기 때문에 계속 미뤄지고 있었다.

"그러니까 파커가 쉽을 시간제로 대여해 준다면 '롯지'로서도 나쁜 얘기는 아닌 셈이야. 보수 점검이야 '롯지'에서 하면 되고, 쉽이 날 때마다 파커에게도 용돈이 들어오잖아."

"파커는 이미 부자잖아."

에믈린은 고개를 저었다. "그는 수도로 돌아갈 생각이야. 그곳이 고향이니까. 이번에 왕창 번 상금은 시민권을 사는 데 쓸 거야."

"시민권을 사다니 —— 불법으로?"

"당연하지. 바보구나, 넌." 에믈린은 웃었다. "뭐, 파커에게는 연방 경찰 시절의 연줄이 있으니까 그럴 수 있는 거지만."

셴은 가건물에 있던 파커가 몹시 늙어 보였던 것을 떠올렸다. 그는 고리아테 출신이었던 건가. 고향으로 돌아가고 싶다……. 성실한 시민으로 생활하고 싶다……. 그 파커도 늙으면 그렇게 되는 것일까.

"파커의 쉽을 빌릴 수 있게 되면 에믈린은 훈련 비행을 할 수 있어." 마에스트로가 화제를 되돌렸다. "그리고 훈련 비행에는 현역 D · B가 교관으로 동승할 필요가 있지."

"난 마에스트로에게 동승해 달라고 할 거야" 하고 에믈린은 말했다. "그러면 '필드'는 교관 역할을 맡은 D · B가 고를 수 있어. 게다가 그 조건은 과거 보름 이내에 D · B가 탐사해서 이상이 없다고 보아 안전이 확보된 '필드'이어야만 해. 그렇다면 재탐색에서도 아무것도 발견되지 않은 무라노 리에코라는 아가씨의 '필드'가 딱이잖아. 그렇지?"

손쉬운 일이라고 둘이 입을 모아 말한다. 요컨대 리에코의 '필드'에 가서 왓츠에게 '앵커'를 장치한다. 그리고 왓츠가 가키모토에게 이동하면 그쪽을 탐사한다. '앵커'가 발신하는 것은 현실에는 존재하지 않는 인물의 유사 갓싱 뇌파이기 때문에 '롯지'의 광각탐사에서는 잡변조전파(雜變調電波)로 관측될 뿐이다. 그리고 이 잡변조전파 탐사 지령은 가장 많이 내려지는 것이니, 재빨리 수령해 버리면 아무것도 모르는 다른 D · B에게 가로채일 염려도 없다. 그런 다음 가키모토의 '필드'로 가서 진실을 알아내면, 다시 한 번 훈련이라는 명목으로 리에코의 '필드'에 가서 그 사실을 그녀에게 가르쳐준다——는 것이다.

"훈련 비행은 최소 두 번을 하는 게 의무니까 전혀 부자연스럽지 않아. '롯지'의 허가만 얻을 수 있다면, 난 당장 내일이라도 비행하겠어!"

영감과 할멈은 기분이 좋다. 셴은 두 사람의 얼굴을 찬찬히 번갈아 바라보았다.

"아줌마" 하고 에믈린을 불렀다. "이게 위험한 다리라는 거, 알고 있는 거야?"

에믈린의 붉은 입술이, 지나치게 익어서 과일이 쩍 갈라지는 듯한 느낌으로 웃음을 지었다.

"내가 누구라고 생각하는 거니, 꼬마야?"

"우리에 대해서라면 걱정하지 마라" 하고 마에스트로도 거든다. "이 일은, 네게는 나쁜 꿈이라고 생각하면 돼. 안 들은 것으로 치고 잊어버려 주면 고맙겠구나. 내가 에믈린의 훈련을 돕고 있는 동안에는, 넌 쉬고 있으면 돼. 그랬다가 왓츠가 순조롭게 가키모토의 '필드'에 들어간 후에 나랑 합류하면 되잖아."

"혼자서 가겠단 말이야?"

"가끔은 혼자도 좋잖냐."

어떻게 그걸 내버려 두냐고.

9

실제로는, 두 사람이 훈련을 나갈 때까지 사흘이 걸렸다. 비행 선에 에믈린이 예비 테스트를 받아야 했던 데다, '앵커'를 손에 넣는 데에도 시간이 꽤 걸렸기 때문이다.

마에스트로는 '앵커'의 실물을 보여 주지 않았다. 몰라도 되는 것은 모르는 편이 좋다고 한다. 그런 말을 듣자 셴은 오히려 불안해졌다.

"마에스트로가 직거래하고 있는 '감옥'의 연구원은 어떤 놈이야?"

"네가 흥미를 가질 만한 인물이 아니야."

"위험한 녀석이면 어쩔 건데?"

"'감옥'에는 위험하지 않은 연구원이라고는 없어. D · B와 마찬가지지."

"그 녀석의 이름과 정식 신분은?"

"글쎄, 나는 모르겠다. 모르는 거로 돼 있거든." 마에스트로는 살짝 고개를 갸웃거렸다.

"다만, 그 녀석은 자신을 '딥 스로트(deep throat)'라고 불러 달라고 해서, 나도 그렇게 부르고 있어."

"'딥 스로트'?"

"어떤 건지는 모르겠지만, '지구'에서는 의미가 있는 말이라더군. 특히 북미 지역에서 말이야."

막상 훈련 비행을 위해 출발할 때에는 파커도 항구까지 찾아왔다. 에믈린에게 친밀한 말투로 말했다.

"내 쉽은 더없이 견고하고 심플해서 범용으로는 손색없는 사양이지, 이것으로 훈련해 두면 우선 틀림없을 거야."

"고마워, 파커. 당신은 여전히 멋진 남자라니까."

멀어져 가는 두 사람을 전송하며 부두에 서서 바다에 반사되는 빛 때문에 눈을 가늘게 뜨고 있는 파커에게, 센은 물었다.

"당신도 에믈린과는 오랫동안 알고 지낸 사이였지?"

"아아, 그래." 파커는 인정했다. "옛날에 우리들 '시커'는 지금보다 훨씬 수가 적었어. 서로가 서로를 잘 알고 있었지."

센은 자신만 따돌림을 당한 듯한, 어중간한 기분이었다.

센은 그날 두 사람이 돌아올 때까지, 고철가공업을 하는 사람들과 함께 옛 공장 지역을 돌아다니며 시간을 보냈다. 그들이 돈이 될 만한 것을 주우러 다니는 것을 도우면서, 가끔 건물의 잔해 속에서 튀어나오는 동물이나 곤충을 쫓아 주는 것이다. 제로 지점에 가까운 이곳은 동물들의 생태계는 물론 행동도 완전히 이상해져서, 곤충 중에는 고철을 먹이로 삼는 변종까지 생겨났다. 그래서 고철가공업을 하는 사람들은 이런 생물들을 쓰레기 같은 항만 순찰대보다도 싫어한다.

두 사람은 예정보다 꽤 일찍 귀환했다. 에믈린은 조금 기운이 없어 보였다.

"세상에, 내가 '패스 식(통과 멀미)'이지 뭐야."

확실히 에믈린의 안색이 안 좋다.

"옛날에는 한 번도 이런 적이 없었는데. 역시 늙은 걸까."

다음 날 오후에는 마에스트로가 순조롭게 '롯지'에서 잡변조전파 탐사 미션을 받아왔다. 가키모토의 '필드'에 장치한 '앵커'가 제대로 작동한 것이다.

"그래서, 당장 나갈 거야?"

"물론이지." 마에스트로는 진지했다. "왓츠를 구해내야 해."

"구해? 도로 데려온단 말이야?"

"당연하지. 버릴 수는 없어." 마에스트로는 딱 잘라 말하고, 당황해서 덧붙인다. "우리도 그편이 돈이 되잖아? 포획 미션이니까."

'구멍'을 향해 미끄러지듯이 미쿠바 해상을 날면서, 셴은 바렌 십의 조종석에서 속으로 의아함을 느꼈다. 들키면 큰일 날 규칙 위반을 하고 있는 거니까 마에스트로가 긴장하는 건 당연하다. 하지만 저 대머리가 땀으로 빛나는 모습은 그것 때문만이 아닌 듯한 기분이 들기 때문이었다.

——위험해.

——왓츠를 구해내야 해. 버릴 수는 없어.

셴도 지금까지 몇 번은 위험한 '필드'를 경험해 왔다. D · P가 약물 중독자인 경우는 물론이고 신체적인 병에 걸려 있거나 뭔가 큰 사건이나 사고를 당한 지 얼마 안 되어 감정이 격해져 있으면, '필드'는 심한 혼돈 상태가 되고 방향감각도 사라져서 섣불리 잘못 들어갔다간 영영 돌아올 수 없게 될 때도 있기 때문이다.

다만 D · P가 폭력적 범죄의 범인일 가능성이 있는——설령 그렇지 않더라도, 기질적으로 폭력적인 성향이 비정상적으로 강한 경우는 이번이 처음이다.

D · B에게 있어서 위험한 D · P의 '필드'는 침입을 노리고 있는 탈주범들에게도 똑같이 위험한 것이다. 따라서 그런 '필드'로 가야만 하는 탐사 자체가 극히 적은 게 사실이다.

"마에스트로."

"왜?"

"나는 없지만, 마에스트로는 전에도 가키모토처럼 난폭한 D · P의 '필드'를 경험한 적이 있지?"

마에스트로는 한 박자를 두고 대답했다.

"있다."

"그래서 위험하다는 것을 아는 거야?"

"그래." 마에스트로는 넓은 손바닥으로 머리를 한 번 닦았다. "사실은 널 데려오고 싶지는 않았어."

"그건, 날 너무 우습게 보는 거 아니야?"

"그럴지도 모르지" 하며 마에스트로는 낮게 웃었다. "하지만 겁먹을 필요는 없어. 그냥, 뭘 보든지 너무 놀라지 마라."

"——알았어."

바렌 쉽은 하얀 안개를 가르며 나아갔다. 시야가 맑아지자 곧 거기에는 암흑이 펼쳐져 있었다.

셴은 눈에 힘을 주었다. 그냥 어둠이 아니다. 땅바닥을 기듯이 뭔가가 펼쳐져 있다. 숲 지대인가? 굴곡이 보이는 듯한 기분이 든다.

"저게 뭘까?"

마에스트로는 바쁘게 밝기와 확대율을 조정하면서 모니터를 들여다보고 있다.

그리고 말했다. "이건 미로인데."

그 말이 맞다. 시커먼 돌벽이 나란히 서 있는, 복잡하고 거대한 미로다. '경계' 가장자리 아슬아슬한 데까지 꽉 차게 버티고 있다. 공터라고는 전혀 눈에 띄지 않는다.

"'앵커'는?"

"여기 있어."

마에스트로는 조종석의 '필드' 탐사기 화면을 가리켰다. "미약하지만 정기(定期) 펄스를 내보내고 있어."

좌표를 확인하고 쉽을 이동시킨다. 그리고 최대한 발신점에 가까운 데까지 가서 육안으로 좌표를 확인하고, 미로의 벽 사이에 하강 포인트를 정했다.

"쉽은 호버링시켜 둘 수밖에 없을 것 같구나."

마에스트로는 재빨리 자동조종 모드로 세팅하고, 로커에서 승강용 와이어를 꺼내 장착하라고 명령했다.

"셴, 탐사 헬멧은 쓰지 마. '앵커'의 신호만 탐지할 거면 수동식 탐사기만으로도 충분하니까. 나한테서 떨어지지 말고."

마에스트로는 해치를 열고 앞장서서 지상에 내렸다.

하강 포인트는 미로의 벽이 전후좌우로 교차하며 작은 광장을 이루고 있는 곳이었다. 미로의 벽을 만져 보니 싸늘한 감촉이 느껴지는 것이, 돌이라기보다는 유리에 가깝다. 잉크를 머금은 듯한 새까만 유리.

"땅바닥이 이상해."

셴은 부츠를 신은 발을 들어 올려 바닥을 확인했다. 왠지 끈적끈적하다.

"부드럽군." 마에스트로도 발을 구르며 확인하고 있다. "꼭……, 고기 같은데."

수동식 탐사기의 작은 모니터에 약한 광점이 보인다. 여기에서 북동 방향이다.

"우선 그쪽으로 가 보자."

마에스트로는 신중하게 걷기 시작했다.

"탐사기의 매핑 기능은 켜 두었지만 만약을 위해서 센, 오른손을 벽에 대라."

"어째서?"

"미로를 걸을 땐 그렇게 하는 거야. 모르냐?"

두 사람은 어깨에 달려 있는 탐사등을 켰다. 마에스트로는 왼손에 탐사기를, 오른손은 언제라도 쓸 수 있도록 허리의 공구에 댄 채 나아갔다. 센은 위협용 광탄총을 빼 들고 마에스트로의 반걸음 뒤에서 따라간다.

걷기 시작하자, 센은 곧 미로의 벽이 구불구불하게 굽어 있는 것을 깨달았다. 벽은 만져 보면 딱딱하다. 그러니 재질의 문제는 아니다. 벽 자체가 미묘하게 일그러져 있는 것이다.

벽은 높다. 3미터 정도는 될 것이다. 그런 벽 사이에 끼어 있다 보니 갑갑하다. 머리 위를 올려다보니 하얀 안개는 아득히 높은 곳에 있다. 잠깐 걸은 것뿐인데 그 안개 특유의 싸늘함이 절실해졌다. 그만큼 미로 속은 무더웠다.

"막다른 곳이야."

오른쪽으로 꺾은 마에스트로가 곧 돌아왔다. 두 사람은 왼쪽으로 나아간다. 벽이 더욱 왼쪽으로 구부러져 있다. 모퉁이를 돌자 바로 옆에 ㄷ자 모양으로 벽이 움푹 패여 있었다.

거기에 뭔가 떨어져 있다. 동그랗고 작은 것. 센은 가까이 다가가 한쪽 무릎을 꿇고 그것을 자세히 관찰하려고 했다.

동그란 것이 데구루루 움직였다. 순간 그것이 뭔지 알았다.

안구다. 인간의 눈알이다. 흰자 부분에 피가 묻어 있다. 충혈된 것이 아니다. 피로 더럽혀져 있는 것이다. 마치 조금 전에 뽑히기라도 한 것처럼.

버석버석——하고 희미한 소리가 났다. 두 사람은 흠칫 놀랐다.

"뭐지?"

어딘지 확실하지 않지만, 뒤쪽인 것 같은 기분이 든다. 이제 소리는 들리지 않는다.

"가키모토라는 놈, 진짜 싫은 놈이로군."

셴은 눈알에서 떨어졌다. 눈알은 그들의 뒤를 쫓듯이 데굴데굴 굴러왔다.

"그거야 처음부터 알고 있었던 일이잖아."

미로의 복잡함은 보통이 아니었다. 대여섯 걸음쯤 나아가면 곧 모퉁이나 막다른 곳에 부딪힌다. 앞으로 갔다가 되돌아왔다가 하면서, 탐사기가 나타내는 광점에서 점점 멀어지고 만다.

"덥군."

마에스트로가 팔로 이마의 땀을 닦았다.

"게다가 냄새나." 셴은 코에 주름을 지었다. 한 걸음을 내딛다가 거기에 갑자기 토사물이 있어서 황급히 피한다.

또 버석버석 기척이 났다. 뭔가가 벽을 기고 있는 것 같다. 두 사람은 탐사등을 천천히 움직여 주변을 비춰 보았다.

갑자기 어디에선가 깨지는 듯한 큰 목소리가 내려왔다.

"점호!"

그 목소리는 미로 벽에 반향을 일으키며 메아리가 되어 몇 번이고 되풀이해서 울렸다.

점호, 점호, 점호오오오——.

"교도소인가?" 하고 센은 말했다. "아 참, 가키모토는 수감되어 있지."

조금 긴 직선 통로로 나왔다. 걸어가 보니 그 양쪽에 쇠창살의 감옥이 있는 것을 알 수 있었다. 교도소의 독방과 비슷하다. 어느 방이나 텅 비어 있다. 문이 열려 있는 방도 있다. 그중 하나를 들여다보니 벽에 피가 튀어 있었다.

통로를 빠져나가 지그재그로 좌우로 꺾여 있는 곳으로 접어들었다. 눈이 빙글빙글 돌 것 같다. 그때 발치에 또 뭔가 떨어져 있다. 이번에는 몸을 굽히고 관찰할 필요도 없었다.

그것은 잘려나간 인간의 손가락이다. 세어 보니 일곱 개였다.

또다시 소리가 난다. 버석버석하는 소리가 세 번. 바로 옆이다. 센은 재빨리 몸을 돌려 그쪽으로 총구를 향했다.

인간의 머리 같은 둥근 그림자가 서둘러 벽 너머로 사라졌다. 센이 잘못 본 게 아니라면, 그것은 이 높은 벽을 타고 넘어 모습을 감춘 것처럼 보였다.

게다가 팔다리가 네 개 이상 있는 것 같은 느낌도 들었다.

"센" 하고 마에스트로가 불렀다. 마에스트로는 벽이 열려 있는 방향에 우뚝 서 있다.

센은 마에스트로에게 다가가서 그가 보고 있는 것을 보았다.

그곳도 감옥이었다. 미로의 벽이 서로 맞물린 곳에 딱 하나 만들어져 있는 작은 감옥이었다. 문은 닫혀 있다.

무라노 리에코가 그 안에 쓰러져 있었다. 얼굴이 정면으로 보이니까 틀림없다.

그러나 그녀의 몸은 등을 돌리고 있다. 즉, 머리만 180도 돌아가 있는 것이다.

셴이 알고 있는 리에코보다 조금 더 머리가 길다. 복장은 심플한 정장과 하얀 블라우스. 치마 길이도 길고 얌전하다. 틀림없이 재판에 출두했을 때의 복장일 것이다. 가키모토의 기억에는 그때의 그녀 모습밖에 남아 있지 않을 테니까.

리에코는 눈을 크게 뜬 채로, 악문 입 사이에는 청자색으로 변색된 혀끝이 물려 있다. 힘없이 늘어져 있는 다리는 맨발이고, 무릎 위까지 온통 피투성이다.

"이게 무슨 일이람" 하고 마에스트로가 신음했다.

그때 누군가가 목에 걸린 듯한 목소리로 웃었다. 버석버석—— 하고 뭔가가 엄청난 기세로 머리 위를 지나간다. 셴이 조준을 맞추고 쏘려고 했을 때, 미로 맞은편에서 비명이 들렸다.

"살려줘, 살려줘!"

잠깐 망설이다, 곧 달려갔다. 목소리가 들려온 방향에서 누군가가 서로 얽혀 싸우고 있다. 한 사람이 다른 사람의 멱살을 잡고 몸을 끌어올려, 몇 번이나 벽에 처박고 있다. 머리가 부딪치는 소리가 난다.

"이봐!"

셴이 달려간 순간, 꺅 하고 비명이 들렸다. 벽에 처박히고 있던 쪽이 힘없이 쓰러진다. 다른 한 사람은 칼을 들고 있다.

범행 현장의 재현이다. 가키모토의 기억의 재현이다.

그러나 이 사람에게는 실체가 없었다. 정말로 그림자뿐이었다. 그림자 인형극이다. 그 자리에 멈춰선 셴 앞에서 가키모토의 그림자가 사라졌다.

쓰러진 남자의 그림자도 벽에 빨려들듯이 사라져 버렸다. 그 뒤에 생생한 핏자국만을 남기고.

"틀림없군."

셴이 정신을 차려보니 마에스트로가 바로 옆에 서 있었다.

"응. 놈이 죽인 거야."

"세뇨리타 리에코의 목격 증언은 틀리지 않았군."

"왓츠를 찾자." 셴은 마에스트로의 두꺼운 어깨에 손을 얹고 흔들었다. 마에스트로는 비지땀을 흘리고 있다.

"그리고 빨리 탈출하자고. 이제 이 녀석의 쇼는 충분히 봤잖아."

가키모토는 살인의 기억을 소중하게 간직하고, 재생하며 즐기고 있다. 녀석에게는 그 기억이 핥아도 핥아도 닳지 않는, 맛있는 사탕인 것이다.

"이쪽이다!"

마에스트로의 걸음이 빨라졌다. 셴도 달렸다. 기분 탓이 아니다. 아픔에 신음하는 듯한, 괴로운 듯이 숨을 쉬는 기척이 있다.

"왓츠? 왓츠 맞아?" 셴은 앞쪽의 벽을 향해 큰 소리로 불렀다. "들리면 대답을 해!"

버석버석 —— 버석버석 —— 무언가가 바로 옆을 스쳐서 달려간다.

"왓츠!"

생각 외로 가까운 곳에서 목소리가 들려왔다.

"나……, 나는, 여기 있, 어."

셴과 마에스트로는 재빨리 시선을 맞췄다. 탐사기의 광점은 오른쪽 전방. 다행히 미로도 그쪽 방향으로 통로가 열려 있다.

“지금 곧 갈게!”

달리기 시작했을 때, 눈앞에 뭔가가 툭 떨어졌다. 깜짝 놀라서 펄쩍 뛰어 피했지만, 그것의 팔이 셴의 정강이에 닿았다.

시체였다. 남자아이의 시체. 셴과 비슷한 나이이거나, 아니, 더 어릴지도 모른다. 얻어맞고 걷어차여서 얼굴이 원래의 형태를 유지하지 못할 정도로 부어 있다. 오른쪽 팔은 살아 있는 인간으로서는 굽힐 수 없는 각도로 구부러져 있다.

“이것도 가키모토의 짓인가?”

소년 시절에도 뭔가 사건을 일으켰던 모양이다——라고, 리에코는 그렇게 말했다.

셴은 잠시 눈을 감아 무참한 시체를 머리에서 몰아내고는, 그것을 넘어서 달렸다. 마에스트로도 뒤를 따른다.

“그 벽에서 왼쪽으로 돌아!”

셴은 달려서 돌았다. 막다른 길이 나왔다. 작은 방이 있었다. 왓츠는 거기에 있었다.

벽에 묶여 있었다.

끈적끈적한 하얀 실 같은 것이 왓츠를 감싸 고치처럼 완전히 말아서 벽에 붙들어놓고 있는 것이다. 왓츠의 머리만 가까스로 나와 있을 뿐이었다. 얼굴은 창백하고, 머리는 흐트러졌으며, 눈에 눈물이 고여 있다.

“아아, 아아…….” 왓츠는 목소리를 쥐어짜냈다. 멍한 얼굴로 우두커니 서 있던 셴은 그를 감싸고 있는 실이 그의 몸을 녹이고 있다는 사실을 깨달았다. 실제로 이미 절반 이상은 녹아 버려서 고치와 혼연일체가 되어 있다.

왓츠의 머리도 윤곽이 점점 흐릿해졌다. 이제 힘이 다한 것 같아 보였다.

"정말로……, 와……, 주었군요."

"잠깐만 기다려. 곧 내려줄 테니까."

센은 순간적으로 등에 멘 검자루에 손을 댔지만, 섣불리 검을 쓸 수가 없다. 어디까지가 왓츠고, 어디서부터가 고치일까. 뭔가, 고치가 벽에 달라붙어 있는 가장자리 부분을 태워서 끊어낼 만한 것이 있다면——.

"마에스트로, 열압 커터 꺼내줘!"

그러나 왓츠는 천천히 고개를 저었다.

"안 돼……. 이미, 늦었어."

"입 다물고 있어!"

"됐어, 됐어." 왓츠의 눈에서 눈물이 떨어졌다. "가키모토는……, 살인자야."

"그래, 우리도 봤어."

"정말로 범인이었어……, 그 아가씨는……, 틀리지, 않았어."

"그래. 그러니까 빨리 탈출하자고!"

"너희들은 누구지?" 하는 목소리가 났다. 목소리라기보다 금속을 서로 문지르는 듯한 귀에 거슬리는 소리다. 그러나 그 소리가 말이 되어 들린다.

"어디에서 왔지? 여기서 무슨 짓을 하려는 거야, 응?"

센과 마에스트로는 주위를 둘러보았다. 자신들과 왓츠 외에는 아무것도 없다.

"그렇군, 너희들도 내 먹이가 되려고 왔나?"

버석버석——하고 또 그 소리가 났다.

왓츠가 묶여 있는 벽의 윗부분을 타고 넘듯이, 갈고리가 돋아난 다리 같은 것이 천천히 뻗어 왔다. 한 개, 두 개, 세 개. 그리고 머리가 보였다.

센은 문득 착각을 느꼈다. 어제 하루 동안 옛 공장 지역을 돌아다니며 쫓아내거나 밟아 죽인 군생 곤충. 부숭부숭한 긴 다리. 불유쾌한 냄새를 풍기는 번질거리는 몸.

저런 것이 어째서 이런 곳에 있지? 어느새 사람만 한 크기가 된 걸까?

게다가 머리만은 인간이다. 벌레의 몸에 인간의 머리가 붙어 있다. 젊은 남자의 얼굴이다. 치켜 올라간 눈과 움푹 들어간 턱.

눈을 깜박여 떨어지는 땀을 털어내고, 마에스트로가 이 기괴한 괴물을 올려다보았다.

"네가 가키모토 히토시냐?"

가키모토의 괴물은 칠흑 같은 눈을 크게 떴다. 고인 중유 웅덩이에 반사되는 한여름의 태양처럼 깊숙한 곳에서 빛나는 눈.

"빨리……, 도망쳐." 왓츠가 쉰 목소리로 말했다. "도망쳐……, 제발!"

괴물의 머리가 덜컥 움직였다. 그것은 왓츠가 아직 살아 있다는 것을 깨닫고 놀라더니, 기뻐하며 날뛰었다. 몇 개나 되는 다리를 떨면서 왓츠 위로 떨어져 내렸다.

가키모토의 입이 크게 벌어졌다. 은색 바늘처럼 날카로운 이빨이 늘어서 있다. 마치 악마가 사용하는 빗 같다. 왓츠를 붙잡고 있는 고치실에 반사되어 그 이빨이 번쩍 빛난다.

셴이 광탄총의 방아쇠를 당기는 것과 가키모토가 왓츠의 머리를 덥석 무는 것 중 어느 쪽이 빨랐는지 알 수 없다. 꺄악 하는 비명과 동시에 새빨간 피가 뿜어져 나오고, 가키모토는 벽에서 굴러떨어졌다. 왓츠의 머리는 힘없이 축 늘어지고, 머리의 절반이 물어뜯겨 뼈가 보였다.

"이 자시이이이익!"

가키모토는 쇳소리를 지르면서 여덟 개의 다리를 술렁술렁 움직여, 바닥 위에서 몸을 굴려 일어났다. 셴은 총을 도로 권총집에 넣은 후 오른손을 머리 위로 높이 쳐들어 칼을 뽑고, 휘둘러 내리면서 가키모토를 베었다. 가키모토의 다리 한 개가 절단되고, 툭 소리를 내며 벽에 부딪혔다. 가키모토의 눈이 튀어나올 것처럼 되더니, 나머지 일곱 개의 다리가 허공을 휘젓고 귀를 막고 싶어질 것만 같은 금속질의 비명이 일었다.

"아파, 아파아아!"

"그만둬!" 마에스트로가 몸을 통째로 부딪치듯이 하며 셴을 말렸다. "D · P를 죽일 수는 없어!"

"하지만!"

버둥거리면서 다시 일어난 가키모토는 슉 소리를 내며 입에서 실을 토해냈다. 그것은 생물처럼 허공을 날아, 셴의 얼굴을 향해 덮쳐왔다. 순간 칼로 쳐내자, 피비린내가 코를 확 찔렀다.

"물러서!"

마에스트로는 셴 앞으로 나서더니 출력을 최대한까지 올려서 새빨개진 열압 커터를 왓츠를 감싸고 있는 고치를 향해 집어 던졌다. 배 속 깊은 곳을 울리는 듯한 둥 하는 낮은 소리가 나더니, 고치는 단숨에

타올랐다.

가키모토가 비명을 지르며 뒤로 펄쩍 뛰어 물러난다. 뒷다리에 불이 붙었다. 반대쪽 벽을 달려 올라가, 코가 비뚤어질 듯한 악취만을 남긴 채 재빨리 모습을 감추었다. 그러는 사이, 왓츠의 몸이 고치에 갇혀서 벽에 묶인 채 타오른다.

"도망치자."

셴은 마에스트로가 팔을 잡는 바람에 제정신으로 돌아왔다.

"왓츠는——."

"이미 늦었어."

마에스트로의 얼굴에는 핏기가 없다. 타오르는 불꽃의 색깔만이 불길하게 비치고 있다.

"내 책임이다. 하지만 이제는 어쩔 수 없어."

두 사람은 달렸다. 통로 속은 한증막처럼 덥다. 땅바닥이 더욱 끈적거린다. 꿈틀거리며 위아래로 운동하기 시작했다. 자칫하면 넘어질 것 같다. 이곳은 가키모토의 머릿속이다. 넘어지면 위험하다. 틀림없이 위험할 것이다.

셴은 탐사기의 지도에만 의지해서 다시 모퉁이를 돌았다.

끼익, 하고 금속이 삐걱거리는 소리가 나더니, 앞쪽에서 쇠창살이 끼워져 있는 문이 열렸다. 거기에서 누군가가 나왔다.

무라노 리에코다. 뒤로 돌아가 버린 머리를 이쪽으로 향하고 무릎을 X자로 흔들흔들 벌리며 불안하게 몸을 흔들고 있다.

"도와, 도와……."

그녀의 입이 열리고 혀가 길게 뻗는다.

"도와줘, 도와, 줘."

오른쪽에 부딪혔다가 왼쪽으로 비틀거렸다 하면서 다가오는 그것을, 센은 피할 수가 없었다. 천천히 뒤로 물러나면서도 그녀의 얼굴에서 눈을 뗄 수가 없다.

리에코는 울고 있었다.

"도와……줘. 무서워……, 무서워. 제발, 나를, 도와줘."

그 울보의 우는 얼굴과 똑같다.

"날, 두고, 가지, 마."

앞뒤가 뒤바뀐 채로 내민 손가락이 센의 셔츠 소매에 닿으려고 한다.

마에스트로가 불쑥 앞으로 나서더니, 굵은 팔에 힘줄을 세우며 온 힘을 다해 그녀를 밀쳐냈다. 리에코는 뒤로 날아가 등에서부터 떨어졌다. 떨어진 순간, 팔다리도 머리도 산산이 부서졌다.

"마, 마에스트로……."

"저건 세뇨리타가 아니야! 계속 뛰어!"

쉽이 보이기 시작했다. 센은 달리면서 뒤를 돌아보았다. 가키모토가 있었다. 미로 위쪽을 버석버석 달려 이쪽으로 다가온다. 하지만 움직임이 이상하고 균형을 잡지 못하는 것 같다. 벽 위까지 올라갔다가는 떨어지고는 한다. 다리를 하나 잃은 탓이다.

쉽에 오르자마자 마에스트로는 해치 안으로 뛰어들었다. 센은 총좌로 달려가 다중포신총의 스토퍼를 발로 차서 해제하고는, 포신을 일으켜 세워 미로 쪽으로 돌렸다. 가키모토, 가까이 오기만 해 봐. 온몸을 벌집으로 만들어 줄 테니까.

그러나 가키모토는 더 이상 쫓아오지 않았다. 쉽이 상승하기 시작하자 괴물의 기괴한 그림자가 미로 안쪽으로 버석버석 되돌아가는 것이 보였다. 그래도 셴은 바렌 쉽이 완전히 하얀 안개 속으로 도망쳐 들어갈 때까지 다중포신총에서 손을 떼지 않았다.

오랜만에 셴은 마에스트로를 존경했다. 귀환하자마자 아무 일도 없었다는 얼굴로 '롯지'에 보고서를 내러 갔기 때문이다. 물론 탐사 사항은 없음. 잡변조전파의 발신원은 알 수 없지만, D · P 자신의 생체파일 가능성이 높다, 등등.

"재탐색 요청은?"

"안심해. 없으니까."

'롯지'에서 돌아오자, 마에스트로는 12번 부두의 말뚝에 걸터앉아 크게 숨을 내쉬었다.

"가키모토의 '필드'의 잡변조전파 자체를 관측할 수 없게 되었잖냐. 기록을 보고 왔다."

비록 주저앉지는 않았지만, 셴도 쉽에 기대지 않으면 서 있기가 힘들었다.

"그건 다시 말해서 '앵커'는 더 이상 작동하지 않는다는 뜻이야?"

마에스트로는 침묵하고 있다. 이제 보니 땀으로 흠뻑 젖어 작업복의 색깔이 변해 있었다.

공포의 땀은 아니라고, 셴은 생각했다. 마에스트로는 이 정도 일로는 동요하지 않는다. 뭔가——뭔가가 더 있다.

'모두 내 책임이다'라고 생각하는 건가?

답답한 의문이 입 밖으로 튀어나왔다. "마에스트로, 있지, 지금 이런 질문은 듣고 싶지 않을지도 모르지만."

"그럼 묻지 마."

"'앵커'를 회수하지 못한 건 곤란한 일 아니야?"
"'감옥'에 돌려줘야 하는 건 아니야. 시작품이라면 얼마든지 있다고 했으니까."
"그렇다면——그러니까, 내가 묻는 건 그런 뜻이 아니라."
마에스트로는 일어섰다. "쉽 점검을 먼저 끝내자. 오늘은 선체도 씻어 두지 않으면 꿈자리가 사납겠어."
그러고 나서 잠시 후, 마에스트로는 양동이에 세제를 거품 내면서 말했다. "그건 거미라는 생물이야."
"거미?"
"다리가 여덟 개였잖냐. 실도 토했고. 틀림없어."
"벌레야?"
"그 비슷한 거야. 절대로 해충은 아닌 모양이지만, '지구'에서는 왠지 나쁜 의미를 갖고 있다더군. 생긴 모습이 불길하기 때문일지도 모르지."
확실히 탐탁지는 않았다.
"거미는 사람의 피를 빤다더라."
그렇다면 딱 들어맞는다. 셴은 묵묵히 쉽을 닦았다.

에믈린의 두 번째 시험 비행에는 물론 셴도 동행했다. 가키모토의 '필드'에서 탈출한 지 이미 닷새가 지나 있었다.
리에코의 '필드'는 더 이상 빌딩가가 아니었다. 밭이나 공터 사이에 집들이 여기저기 흩어져 있다. 그녀는 그중 한 집, 낡은 기와지붕의 이층집 앞에서 기다리고 있었다.
"세뇨리타의 댁이로군요?"

리에코는 부끄러운 듯이 고개를 끄덕였다.

"자, 들어오세요. 꿈속이라도 차 정도는 대접할 수 있겠죠?"

처음부터 그럴 생각이었는지, 평상복인 듯한 블라우스와 치마 차림에 앞치마를 걸치고 있다.

집 안은 깔끔하게 정리되어 있었다. 하지만 그녀가 권한 의자는 마에스트로에게는 너무 작았다. 리에코뿐만 아니라 가족 모두가 몸집이 작은 모양이었다.

"당신은 여기서 부모님과 같이 살고 있군요?"

에믈린이 흥미진진한 얼굴로 부엌을 관찰하면서 묻는다.

"네. 저는 외동딸이라서 가족은 세 명이에요."

그녀는 정말로 차를 내왔다. 왠지 아무런 맛이 나지 않았고, 손잡이가 없는 그릇이라서 잡기도 어려웠다. 그래도 에믈린은 향이 좋다며 칭찬을 했다.

괴로운 보고를 하는 일은 마에스트로가 맡았다. 마에스트로는 왓츠의 죽음에 대해서는, 에너지가 다해서 소실되어 버렸다고 거짓말을 했다.

그래도 리에코는 한바탕 울었다.

"그는 만족했을 거외다" 하고 마에스트로는 상냥하게 말했다. "세뇨리타에게 진실을 가르쳐줄 수 있었으니까 말이오."

리에코는 눈물을 닦고 얼굴을 들었다. "나, 왓츠 씨를 잊지 않을 거예요."

"그도 기뻐할 것이외다."

"여러분에 대해서도 잊지 않을게요." 리에코는 열심히 웃으며 세 사람의 얼굴을 둘러보았다.

"여러 가지로 고맙습니다. 저도, 앞으로 좀 더 —— 제대로 할 수 있도록 노력할 거예요."

마에스트로는 웃었다. "제대로 하지 않아도 괜찮습니다. 세뇨리타는 세뇨리타 그대로도 좋소이다."

"그렇군요." 리에코는 웃으면서 약간 고개를 흔들거렸다. "제게 이 이상한 버릇이 나타났을 때 꼴사나우니까 그만두라면서 머리를 잡아 주는 사람이 나타나면, 그 사람이 내 친구인 거죠?"

셴은 어깨를 으쓱했을 뿐, 잠자코 있었다. 이 아담한 부엌 겸 식당은 '필드'로서는 나쁜 건 아니지만, 셴에게는 여전히 불편했다.

"세뇨리타." 마에스트로는 진지한 얼굴로 돌아와 몸을 약간 앞으로 내밀었다. "실은 제가 당신에게 한 가지 부탁이 있소이다."

출발할 때부터 마에스트로가 허리의 벨트에 못 보던 실드박스를 차고 있다는 사실을, 셴은 알고 있었다. 손바닥에 올려놓을 수 있을 정도의 작은 물건이지만, 봉인의 기호는 취급에 매우 주의할 필요가 있다는 사실을 나타내고 있다.

마에스트로는 그 박스를 꺼내서 뚜껑을 열었다. 안에서 은색 손목밴드 같은 것을 꺼냈다.

"이것을 몸에 지녀 주시지 않겠소이까?"

리에코는 손목밴드를 받아들었다. 뒤집어 보니 손목이 닿는 안쪽 부분에 손톱만 한 크기의 금속 조각이 박혀 있다.

셴은 흠칫 놀랐다. 혹시 그 손목밴드는——.

"이건 통칭 '앵커'라고 하는 것이외다" 하고 마에스트로는 설명했다. "올바르게 말하면 유사 갓싱 뇌파 발신기. 왓츠에게 준 것과 비슷하지요? 기억나시오?"

리에코는 고개를 끄덕였다.

"다만, 이것은 왓츠에게 준 것과는 조금 기능이 달라서——."

"어째서 그녀에게 '앵커'를 지니게 할 필요가 있는 거지?" 셴은 억지로 끼어들며 물었다. "그런 얘기, 난 못 들었어. 대체 무슨 일을 꾸미고 있는 거야?"

에믈린이 웃으며 끼어들었다. "그렇게 성내지 않아도 되잖니. 리에코를 위험하게 하는 건 아니니까 안심해."

"난 별로 성을 낸 건——."

"냈어. 그렇지?" 에믈린이 고개를 끄덕이며 말하자, 리에코의 얼굴이 빨개졌다.

"가키모토는 위험한 남자요" 하고 마에스트로는 말했다. "얼마나 위험한 남자인지, 나와 셴은 이 눈으로 직접 보고 왔소."

리에코는 마에스트로의 얼굴을 물끄러미 바라보고, 그러고 나서 셴에게 시선을 옮겼다.

"위험한 일이 있었던 거야?"

"뭐, 그냥."

에믈린은 미소를 짓고 있다.

"우리는 밈 머신을 장착하고 있긴 하지만, 그래도 일본이라는 나라의 상황을 샅샅이 알고 있는 건 아니오. 다만, 우리는 얼핏 주워들은 게 있소이다. 일본에서는 범죄자에 대한 처분이 관대하다더군요. 가키모토의 경우, 징역 10년이라고 하지만 좀 더 일찍 자유의 몸이 되어서 시민사회로 돌아올 가능성도 있지 않습니까?"

마에스트로가 하려는 말을 깨달았는지, 리에코의 눈가가 굳어졌다.

"네, 맞아요. 복역 태도가 좋으면 6년이나 7년 만에 가석방되는 경우도 있다고 들었어요."

리에코의 가냘픈 목에서 꿀꺽하는 소리가 울렸다.

"가키모토는 날 원망하고 있죠?"

센은 가키모토의 '필드' 속에서 본 리에코의 모습을 떠올렸다. 목이 반대 방향으로 꺾인 채, 비틀비틀 걸으며 도움을 청하던——.

"그 복수심이 사라져 주기를, 나는 바라고 있소이다. 하지만 사라지지 않았을 경우에는, 세뇨리타의 몸에 위험이 닥쳐오게 될 것이외다."

그러니까 이것을 몸에 지니고 있어 달라며, 마에스트로는 '앵커'를 내밀었다.

"꿈속의 일이외다. 그래서 세뇨리타의 실생활에 영향이 생기는 것은 아니외다. 그저 세뇨리타의 몸에 위험한 일이 일어나서 세뇨리타가 우리에게 도움을 청할 만한 사태가 생기면, 세뇨리타의 강한 감정이라는 생체전류를 감지한 이 발신기가 작동할 거외다. 우리는 그것을 감지하고 당장에라도 세뇨리타 곁으로 달려올 수가 있소이다."

"듣자 듣자 하니까." 센은 저도 모르게 끼어들었다. "그건 잠꼬대야."

"어째서?"

"가키모토는 일본의 현실 세계에 존재하는 살아 있는 인간이라고. 우리는 손을 댈 수가 없어. 만일 가키모토가 복수하러 온다면, 이 녀석은 일본의 현실 세계의 경찰에 의지할 수밖에 없어."

마에스트로가 물끄러미 센을 보았다. 그러자 센은 불안해졌다.

"뭐야. 내가 그렇게 이상한 말을 했어?"

"아니."

"그럼 어째서——."

"내가 걱정하는 건 만에 하나의 가능성이다. 그런 일은 일어나지 않을지도 몰라. 기우로 끝나 준다면 가장 좋지."

"무슨 걱정인데?"

센의 마음속에서 의문이 딱 굳어졌다.

"그건——혹시 가키모토가 왓츠와 함께 '앵커'도 통째로 삼켜 버린 것과 관련이 있는 거야?"

마에스트로는 침묵으로 긍정했다——센에게는 그렇게 들렸다.

"마에스트로, '앵커'의 기능에 대해서 우리에게 전부 설명하지 않았지? 숨기는 게 있는 거지?"

그렇지 않다면 가키모토 때문에 그런 걱정을 할 리가 없다. 마에스트로에게는 가키모토가 '앵커'의 기능을 흡수한 것 때문에 우려할 만한 사태가 일어날지도 모른다는, 확실한 예측이 있는 것이다.

마에스트로는 조용히 코로 숨을 내쉬며 말했다. "지금은 아직 몰라도 되는 일이다."

"숨길 거야? 이 녀석에게도? 당사자라고!"

센이 리에코를 가리키자 에믈린이 그 손을 찰싹 때렸다. "여자에게 손가락질하는 놈이 어딨어. 정말 예의범절이 형편없다니까. 이 아가씨한테는 리에코라는 이름이 있어. 이 녀석이라고 부르지 마."

이런 상황에 리에코는 웃고 있다. 그럴 때가 아닌데.

"알겠어요." 그녀는 그렇게 말하며 손목밴드를 왼쪽 손목에 감았다. "나, 지지 않을 거예요. 여러분이 함께 있어 준다는 것을 아니까 괜찮아요."

마에스트로는 일어서서 리에코에게 깊이 머리를 숙였다.

"세뇨리타를 이런 일에 끌어들인 것은 나요. 정말 죄송하외다. 이렇게 사과드리겠소."

"괜찮아요, 정말 괜찮아요."

리에코는 서둘러 마에스트로의 커다란 어깨를 밀어 그의 머리를 들게 하려고 했다.

"설령 '앵커'가 없었더라도 가키모토에게 복수를 당할 가능성은 얼마든지 있었는걸요. 그보다 여러분은 위험한 일을 당하면서도 진실을 알아내 주셨어요. 고마워요. 사과하실 거 전혀 없어요."

게다가——하고 리에코는 조금 수줍어하며 말을 이었다.

"여러분을 또 만날 수 있을지도 모른다니, 전 기뻐요."

"귀엽네에" 하고 에믈린이 말했다.

"저기, 저기, 잠깐만."

집을 나와 쉽 쪽으로 걷기 시작했을 때, 리에코가 쫓아와서 셴을 불러 세웠다.

마에스트로와 에믈린은 먼저 가 버렸다. 뒷모습만 보이는 대머리가 고개를 숙이고 있는 것을 보면 마에스트로는 꽤 충격이 큰 모양이다. 규칙 위반을 여러 건 저질렀고, 결과적으로 왓츠를 구하지 못한 데다 제삼자를 위험에 노출시키기까지 했으니, 마에스트로로서는 후회로 산을 쌓은 기분일 것이다.

"뭐야?"

리에코의 고개 흔들흔들을 보는 것도 이게 마지막이다. 아니, 마지막이었으면 좋겠다.

"아직 뭐가 더 있어?"

리에코는 더듬거리며 물었다. "저기, 당신은 나보다 어리지?"

그게 어쨌다고.

리에코는 머뭇머뭇 웃었다. 가느다란 팔이 하도 이리저리 움직여서 당장에라도 꼬일 것만 같다.

"처음에는 비슷한 나이인 줄 알았어. 하지만 아니지? 고등학생 정도?"

"난 당신들이 말하는 '학교'에는 다니지 않아."

"그래. 그렇구나. 당신들의 '테—라'는 여러 가지로 힘들다고 했지."

셴은 리에코를 보았다. 그녀의 손목에 있는 손목밴드를 보았다. 가키모토의 '필드'에서 가키모토가 만들어 낸 가짜 리에코의 모습이 아무래도 겹쳐 보였다.

제길. 마에스트로는 대체 무슨 일이 일어날까 봐 두려워하고 있는 거지? 왜 우리가 다시 이곳에 와야 한다고 생각하는 걸까?

작은 목소리가 들렸다.

"나 말이지, 옛날부터 동생이 있으면 좋겠다고 생각했었어."

리에코의 눈가가 발갰다.

셴은 말없이 고개를 저었다.

"왜, 그런 거 싫어?"

"싫을 것도 없고 좋을 것도 없어."

"그렇구나……."

"이봐." 셴은 얼굴을 들고 한숨을 쉬었다. 리에코는 매달리는 듯한 눈을 하고 있다.

"당신은 나에 대해서 아무것도 몰라."

"……응."

"내 출신이 어떻고, 어떻게 자랐고, 어떻게 살고 있는지, 아무것도 몰라."

"그렇지."

"함부로 남을 너무 믿으면 나중에 큰코다친다."

그 말을 곱씹듯이 한동안 눈을 내리깔고 있던 리에코가 말했다.

"하지만 당신들은 믿을 수 있어."

"어째서?"

"날 구해 주었잖아."

"그게 우리 일이니까."

그 말이 리에코의 가장 아픈 부분을 찔러 상처를 입힌 것을 알았다. 그렇기 때문에 더더욱, 던진 것이 즉시 튕겨 돌아와 센의 아픈 부분에도 상처를 입혔다.

그래도 사실이다.

"하지만 나, 역시 기뻤어."

그렇게 중얼거리며 리에코는 웃었다. 고개 흔들흔들. 흔들흔들하며 우는 얼굴로 웃는다.

센은 걸음을 옮겼다. 등 뒤에서 목소리가 쫓아왔다.

"혹시——응, 또 만날 수 있을지도 모르는 거지?"

센은 침묵을 지켰다. 기시감이 들었다. 그렇다, 빌딩가에서 그녀의 강아지 포피를 발견했을 때다.

상당히 거리가 멀어지고 나서, 센은 돌아보았다. 그때의 강아지처럼 리에코는 아직도 이쪽을 보고 있었다.

"당신의 강아지, 아직 있더라."

"응?"

리에코는 두세 걸음 이쪽으로 다가왔다. 셴은 입가에 양손을 대고 소리를 질렀다.

"포피 말이야. 아직 당신 안에 있어."

"내가 키우던 개?" 리에코는 손을 가슴에 댔다.

"그래. 당신을 찾고 있었어. 가끔은 떠올리고 좀 놀아주지그래?"

"하지만……. 그런 짓은 이제 하면 안 되는걸."

스스로에게 들려주는 듯한 말투였다.

"전부 다 한꺼번에 바꿀 필요는 없잖아?"

리에코는 꽤 오랫동안 풀죽은 얼굴로 침묵하고 나서 "그러네" 하고 말했다. 더 이상 목소리는 들리지 않는다. 다만 표정으로 알았을 뿐이다——이렇게도, 이렇게도 나는 쓸쓸해.

"미스 리에코, 난 너한테 별로 화가 난 건 아니야."

리에코는 고개 흔들흔들을 멈추었다.

"그럼 잘 있어."

셴은 멀어지면서, 등을 돌린 채 잠깐 손을 흔들어 보였다. 리에코가 손을 마주 흔들었는지는 알 수 없다.

그날 밤, 셴은 또 꿈을 꾸었다. 풍선 머리들의 꿈이다. 이번에는 벌떡 일어나지 않았지만, 잠에서 깨 버리고 나니 더 이상 잘 수가 없었다.

현창으로 밖을 바라보고 있다가 마에스트로의 방에서도 불빛이 새어 나오고 있다는 것을 알아차렸다.

센은 그대로 새벽까지 깨어 있었다. 몇 번이나 마에스트로의 방에 가서 영감한테 캐물어 모든 것을 다 불게 하고 싶다는 충동에 사로잡혔지만, 결국 그러지 않았다.

나름대로 오랫동안 함께 해 왔다. 이럴 때는 기다릴 수밖에 없다. 그렇게 생각했다. 지금까지 마에스트로가 가르쳐준 인생 최대의 지혜가 '기다려야 할 때는 기다린다'는 것이었으니까. 그건 센에게는 실행하기 어려운 지혜이기는 했지만, 그래도 지금은.

새벽이 되었을 때, 센은 문득 생각했다. 리에코는 잠들 수 있었을까——하고.

별조각

DREAM
BUSTER

1

친애하는 쥬나에게

지난 편지를 보낸 후로 꽤 시간이 지나 버렸네. 잘 지내니? 어머니는 좀 어떠셔? 담당 선생님이 바뀌었다고 했지. 이스라 선생님은 좋은 사람이었는데 유감이다. 이번 선생님은 여의사지? 미인이야? 어떤 타입인지 자세히 가르쳐 줘. 문병 가는 보람이 있을 것 같잖아!

그냥 해 본 말이야. 물론 어머니의 담당 의사가 아흔 살 할아버지 선생님이라 해도 오빠는 기꺼이 문병을 갈 거야. 그만한 여유가 생긴다면 말이지만. 새삼 너한테 이런 말까지 할 필요야 없지만, 우리한테는 여비도 무시할 수 없는 지출이거든.

이 편지가 도착할 때쯤 그쪽 계좌에 돈이 들어갈 거야. 송금이 부정기적인 건 정말 미안해. 월급은 제대로 받고 있어. 다만 송금하기가 좀 어려워서. 그때마다 '롯지'의 허가를 받아야 하거든.

미쿠바 지부의 직원한테 들은 얘긴데, 떨어져서 사는 가족이나 친척한테 송금하고 있는 D · B는 꽤 많이 있대. 그런데도 왜 송금할 때마다 일일이 받는 사람 이름이나 금액을 신고하게 해서 심사를 하는 구조로 되어 있는지 잘 모르겠어. 물어봐도 그게 규칙이라고만 하더라고. 이건 역시, D · B는 시민이 아니기 때문일까? 시민한테는 아주 평범하고 일상적인 일도, 몇 단계나 되는 절차를 밟지 않으면 해 주지 않는단 말이야. 맞다, 그래서 아까 얘기한 문병 말인데, 그것도 실제로는 쉽게 갈 수 없을 것 같아. 내가 D · B로 등록되어 있는 미쿠바 시에서 다른 곳으로 이동하려면 우선 '롯지'에 신청서를 내서 심사를 받고, 그러고 나서 면접이나 탐문 조사나 신원 확인 같은 게 있어서, 여권이 발급될 때까지 제일 순조롭게 진행된 경우라도 반년은 기다려야 되나 봐. 그래서야, 만일 어머니의 용태가 갑자기 심각해진다 해도 시간에 맞춰 갈 수나 있겠니. 그러니까 쥬나, 너만 믿는다. 어머니를 잘 보살펴 줘.

갑자기 재수 없는 말을 해서, 네가 얼굴을 찌푸리는 모습이 눈앞에 떠오르는 것 같다. 미안. 하지만 이런 작은 절차에서, 오빠는 자신이 시민계급 바깥에 있는 존재가 되었다는 사실을 하나하나 실감하고 있어. 그것을 너도 똑똑히 알아 두었으면 좋겠다. 게다가 오빠는 무엇보다도 큰돈을 벌기 위해서 D · B가 된 거니까. 어머니께 문병을 갈 시간이라도 아껴서 더 열심히 벌어 한 재산 장만해야지. 처음 계획대로 네가 로스쿨을 졸업하기 전에 돌아갈 수 있도록 열심히 노력할게. 그 무렵에는 너도 언제 시집을 가도 이상하지 않을 나이가 될 테니까, 어머니의 치료비뿐만 아니라 네 결혼 자금도 마련할 생각이야. 그러니까 넌 돈에 대해서는 오빠한테 맡기고, 공부와 어머니 간병에 전념해 줘. 그러니까 지난번 편지에서 네가 말한 아르바이트에 대해서는, 오빠는 반대다. 무리하면 몸이 망가져.

자, 머리가 좋은 너니까 아까부터 오빠가 'D · B'라고 쓰고 있다는 걸 이미 눈치챘겠지. 그래. 드디어 오빠가 정식으로 D · B로 등록되었어. 면허를 땄다고! 1차 시험과 2차 시험에는 지난번 편지를 썼을 때 이미 합격한 상태였지만, 3차 시험인 실기에 자신이 없었거든. 헛된 기대를 품게 하고 싶지 않아서 말 안 하고 있었어. 이제야 당당히 보고할 수 있게 되었단다.

공부에 자신이 없고 기계 다루는 게 특기라서 정비사가 된 내가, 실은 실기 시험에 불안을 품고 있었다니 넌 이상하게 생각하겠지. 스스로도 납득이 가지 않아서, 한때는 상당히 침울했던 적도 있었어. 이것도 지금이니까 할 수 있는 말이지만.

1차 시험은 소위 말하는 필기시험인데, 고속정 일반의 운항 법규나 조종 규칙, 위기 매뉴얼 등의 지식에 관한 시험이야. 2차 시험은, 그렇지, 네가 알기 쉽도록 표현하자면 일종의 논문 시험인데, 과거에 실제로 있었던 D · B에 의한 도망범의 탐색 · 발견 케이스가 문제로 나오고, 거기에 대해서 자신이라면 어떤 행동을 할 것인가, 또는 팀의 리더로서 동료에게 어떤 행동을 취하게 할 것인가, 하는 것을 리포트처럼 상세하게 써서 제출하는 거야. 너도 왜, 과거의 판례를 검토하고 그 의의나 문제점을 지적하는 리포트를 쓸 때가 있잖아? 그거랑 비슷한 거야. 그러니까 이 단계에서는 머리 회전이나 순간적인 판단력을 묻는 거지.

그리고 드디어 3차 시험이 되면, 이게 두 단계로 나뉘어. 1단계에서는 시뮬레이터에 탑승해서 D · P의 '필드'에 잭 인 하는 것에서부터 탐색 · 체포 행동까지 완전히 그대로 현실의 D · B의 업무를 충실하게 더듬어 간단다. 자랑하는 건 아니지만, 여기에서는 오빠가 언제나 우수한 성적을 거두었어.

아, 너 지금 이렇게 생각했지. '언제나'라니, 오빠는 이 시험을 대체 몇 번을 본 거야? 하고 말이야. 자백할게. 이번에 합격한 것까지 합쳐서 다섯 번째야. 과거 네 번은 네 번 다 3차 시험의 2단계에서 '탈락' 결정이 내려지고 말았지.

그 2단계 시험이라는 건, 실제로 '롯지'가 소유하고 있는 '고속접속탐사정'을 타고 제로 지점에 뛰어드는 것으로 이루어져. 드디어 진짜로 '구멍'에 들어가는 거지. 다만, 행선지는 지구에 있는 누군가의 '필드'가 아니야. '롯지'가 구멍 속에 설정한 가상공간으로서의 '필드'인데, 실제로는 존재하지 않는 곳이지. 그러니까 정확하게는, 완전히 구멍을 빠져나가서 이 테―라에서 지구라는 곳으로 이동하는 것도 아니지만, 그래도 구멍에 뛰어드는 것만은 진짜야.

오빠는 이게 굉장히 어려웠어. 몇 번을 해도 익숙해질 수가 없었거든.

남들이 하는 얘기는 많이 들었었어. 나름대로 지식은 많이 갖고 있다고 생각했지. 구멍에서 넘쳐 나오는 기묘한 빛――금색으로, 은백색으로, 아니면 그저 오로지 새하얗게, 시시각각 미묘하게 색깔을 바꾸면서 생물처럼 숨 쉬는 그 빛. 쥬나, 이것만은 직접 자기 눈으로 본 사람이 아니면 알 수 없을 거야.

뭐, 나도 육안으로 보는 건 항상 먼 발치에서였고, 실제로 뛰어들 때는 고글을 착용하는 게 의무니까 과장된 말을 하는 건 좋지 않겠지. 그래도 뭐랄까――그건 이 세상의 것이 아니야. 이 세상을 비추는 빛이 아니라는 건 단언할 수 있어. 본래 인간이 봐서는 안 되는 것일지도 몰라.

D · B 희망자 중에는 구멍을 통과할 때 '패스 식'에 걸려서, 그것을 어떻게 해도 극복하지 못하고 자격 취득을 포기하는 사람도 많대. 다행히 오빠한테는 그런 건 없었어. 기절해서 쓰러지거나 토하거나 두통으로 괴로워하는 일도 없었지. 하지만 구멍에 뛰어들 때마다 내장이 몸속에서 휘저어진다고 할까, 나만 중력에서 떨어져 나가 버린다고 할까, 혼을 쥐어짜는 것 같다고 할까, 뭐라고 표현하기 힘든 불쾌한 감각을 느낀 것은 부정할 수 없어. 처음으로 3차 시험의 2단계를 치렀을 때는, 그날 밤에는 전혀 잠을 잘 수가 없었고 다음 날에도 식사를 할 수 없었을 정도였어. 이미 시험은 끝나고 아파트의 내 방으로 돌아왔는데도, 서 있을 수도 앉아 있을 수도 누워 있을 수도 없는 거야. 어떤 자세를 취하고 있어도 그게 정상이라는 감각이 없었어. 비틀비틀 걸어 다니다가 벽에 부딪히거나 가구에 부딪히기도 하고, 스스로 자신의 따귀를 때려 보거나, 어쨌든 나는 여기에 있고 이게 현실이라는 것을 확인하지 않을 수 없고, 그런 주제에 확인하고 또 확인해도 불안한 거야. 그런 게 바로 몸 둘 바를 모른다는 게 아닐까?

말해 두겠는데, 이런 얘기는 어머니한테는 하면 안 된다. 오빠도 너니까 솔직하게 고백하는 거야.

하지만 두 번, 세 번 횟수를 늘려 가다 보니까 그런 불쾌한 느낌도 조금씩 엷어졌어. 그래서 네 번째 시험 때는 조금 자신이 붙어 있었지. 이번에야말로, 하고 말이야.

그런데 또 떨어진 거야. 정말이지 밑바닥까지 떨어진 기분이었어. 솔직히 포기할까 하는 생각도 했어. 그때 네게 편지를 쓰려고 했을 정도야. 어떻게 쓰기 시작하면 좋을지 알지 못한 채 날이 밝고 말았지만.

아침이 되면 오빠는 일을 하러 가야만 해. 또 D · B가 되지 못한 미쿠바 항만국 직원으로서――뭐, 정확하게는 시간제 임시직원이지만――파워로더나 자주식 화물 적재기의 수치를 살피느라 바쁜 하루가 시작되는 거지.

그런데 느릿느릿 준비를 하고 출근하려고 했을 때, '롯지'의 미쿠바 지국에서 연락이 온 거야. 오빠가 사는 아파트는 상설구조물용 총전력 통제를 받고 있어서(전에도 쓴 기억이 있지만, 이쪽의 전력 사용 규제는 수도보다 훨씬 더 엄격하거든. 어쨌든 이틀 간격으로 밤에는 완전히 정전이 되니까), 개인용 음성 연락기는 쓸 수 없어. 외부에서 온 연락은 관리인이 연결해 주게 되어 있지. 무뚝뚝한 아저씨인데, 그 관리인이 이른 아침부터 장례식이라도 있었던 것 같은 어두운 얼굴을 하고 문을 노크하더니,

"스피나 씨, '롯지'에서 호출이야. 당신, 대체 무슨 짓을 저지른 거야?"

라고 말하는 바람에 졸음도 다 날아갔어. 무서워졌지. 순간적으로, 어제 시험에서 곤란한 일이라도 저질러서 쉽을 손상시킨 건 아닐까 하고 생각했어. 그래서 호출된 게 아닐까 하고 말이야. 하지만 아무리 머리를 쥐어짜 봐도 내가 그렇게까지 위험한 조작 실수를 저질렀다는 생각은 들지 않더라고. 그래서 어쩌면 네 번이나 시험에 떨어졌으니까 이제 자격 취득 시험을 볼 수 없게 되었다는 통고를 받게 될지도 모른다고 생각했어. 그렇다면 어쩔 수 없지 싶더라. 안 그래도 이만 포기할까 하는 생각을 하고 있었으니까, 자포자기한 기분이 돼서 말이야.

지금은 이렇게 술술 쓸 수 있지만, 그 당시의 의혹과 갈등은 엄청났

어. '롯지'에 출두하지 말고 이대로 미쿠바 시에서 도망쳐 버릴까 하는 생각마저 했을 정도였지. 너도 잘 알고 있다시피, 오빠는 겁쟁이니까.

겁. 응, 이게 키워드지.

'롯지'의 미쿠바 지부는 시 청사가 있는, 미쿠바 타워라는 20층짜리 빌딩의 2층에 있어. 거기까지 가는 발걸음이 어찌나 무겁던지! 등을 웅크리고 터벅터벅 걸어가는 오빠의 모습을 상상해 봐. 배를 껴안고 웃어도 좋아.

간신히 출두해 보니 창구 직원이 선뜻 "아, 스피나 씨군요. 저쪽 면접실로 가세요. 담당자가 기다리고 있습니다" 하며 들여보내 주었어. 흠칫거리면서 문을 노크하고——또 깜짝 놀랐지. 왜냐하면, 거기에서 기다리고 있던 사람은 하얀 옷을 입은 묘령의 미녀였거든.

'롯지'에는 많은 직원이 일하고 있지만, 그들 모두 직접적으로 D · B들과 접촉하는 입장에 있는 사람들이야. 그중 하얀 옷을 입은 사람들이라면 두 종류밖에 없어. 하나는 연구원. 정식으로는 운항관리부 지관이라고 엄숙하게 불러야 하는데, 결국은 D · B들을 구멍 저편으로 보내는 시스템을 만들어내고 관리, 운영하는 과학자들이야. 또 하나는 의무 지관인데, 그들이 하는 일은 우리 테—라와 지구를 오가며 거친 일을 하고 있는 D · B들의 건강관리지. 의욕으로 가득 찬 D · B라도 정기적인 건강검진에서 의사에게 금지를 당하는 바람에 날 수 없게 되는 경우가 있대.

그리고 이 의사들은 D · B 자격 취득 희망자의 신체검사나 심리테스트도 담당하고 있어. 그러니까 오빠를 기다리고 있던 젊은 미녀는 심리분석 담당 의무 지관이었던 거야.

"앉으세요, 스피나 씨."

그녀는 생긋 웃으며, 책상을 사이에 두고 마주 보는 의자를 오빠에게 권해 주었어. 평범한 파이프 의자지만 이때의 오빠 눈에는 그게 처형용 전기의자처럼, 아니면 고급 클럽의 소파처럼 보이기도 했어. 그저 멍하니 그 얼굴을 바라보고 있기만 해도 꿈꾸는 기분이 되어 버릴 듯한 미녀의 입에서, 아름다운 목소리로 대체 어떤 엄격한 선고를 듣게 될까 하고 생각하니까 말이야.

그녀는 닥터 신크라라고 했어. 얇은 파일 한 권이 책상 위에 놓여 있었어. 슬릿식으로 바꿔 끼울 수 있게 되어 있는 등 부분의 타이틀에는 오빠의 이름이 적혀 있었지.

"어제의 시험 결과는 참 아까웠어요."

여전히 미소를 띤 채, 닥터 신크라는 붙임성 좋게 말을 꺼냈어. 오빠는 그녀의 차분함에 완전히 압도되어서, 영문을 알 수 없는 말을 웅얼웅얼 중얼거리면서 머리만 숙였지.

"한 번 더 자격 취득 시험에 도전하실 생각이신가요?"

희미한 향수 냄새와 함께 질문이 날아오더군. 오빠는 고개를 숙여 버렸어. 머릿속은 빙글빙글 소용돌이치고 있었지. '아니요, 포기하겠습니다'라고 말해 버리는 게 제일 간단하고, 실제로 그런 기분도 들고 있었고, 이만큼 했으니 그만 되지 않았나 하는 생각도 들었지만, 이 미녀를 향해서 그런 꼴사나운 패배 선언 같은 것도 솔직히 하고 싶지 않았고——. 정말로 구제 불능의 허영이라면서 네가 화내는 얼굴이 눈에 떠오른다. 하지만 남자란 그런 법이야. 만일 상대가 딱딱한 아저씨였다면 '네, 포기하겠습니다, 그동안 신세 많이 졌습니다' 하고 당장 자리에서 일어설 수 있었을 텐데 말이야.

결국, 어떻게 했느냐고? 오빠는 질문으로 대답하기로 했어.

"그렇게 물으시는 것은, 제게는 앞으로 합격할 일이 없을 거라는 뜻입니까?" 하고 말이야.

닥터 신크라는 깔깔 웃었어.

"아뇨, 그런 뜻이 아니에요. 오히려, 포기하지 말고 노력해 주셨으면 좋겠다고, '롯지'에서는 바라고 있답니다."

당장은 믿을 수가 없었어.

"실제로 이렇게 저희가 자격 취득 희망자와 개별적으로 면접하는 건 드문 일이에요. 스피나 씨에게는 그만큼 기대를 하고 있다는 뜻으로 생각해 주세요."

오빠는 허영을 부릴지는 몰라도, 적어도 자만에 찬 사람은 아니라고 생각하기 때문에 곧바로 뛸 듯이 기뻐할 수는 없었어.

"제 어떤 점에 기대를 하고 계시나요?"

한껏 마음을 가라앉히고 되물었지. 그랬더니 닥터 신크라는 파일을 펼치더니 오빠에게도 그 파일에 끼워져 있는 서류의 내용이 보이도록 내밀면서 말했어.

"이건 밈 머신의 타입별 적성검사의 결과예요. 잘 보세요. 스피나 씨는 전부 여덟 타입의 밈 머신에 전반적으로 잘 들어맞는다는 결과가 나와 있지만, 그중에서도 여기."

모양 좋은 손톱이 머리 하나만큼 불쑥 튀어나와 있는 막대그래프를 가리켰어.

"'Japan' 타입에 대한 적응도가 매우 높다고 나오고 있어요. 이는 매우 드문 일입니다. 그래서 'Japan' 타입에 적합한 D · B의 수는 항상 부족한 게 현실이에요."

밈 머신이 뭔지, 너도 잘 알고 있겠지. 그런 걸 머리(정확하게는 귓속이지만)에 박아 넣어야 한다니, 그것만으로도 D · B가 되는 건 위험하다, 나는 반대라면서 엄청 날 야단쳤으니까.

"그러니까 저는 그, 말하자면 인재로서 중요하다는 뜻인가요?"

"그래요."

"하지만 그……, 주워들은 지식에 불과하지만, 'Japan'이라는 곳은 D · B들의 탐사 지역으로서 그렇게 넓은 곳은 아니라고 들었어요. 그렇다면 그 사양의 밈 머신에 적합한 D · B는 그렇게 많지 않아도 되는 거 아닙니까?"

닥터 신크라는 머리 나쁜 학생이 처음으로 숙제에 정답을 써 온 것을 칭찬하는 선생님처럼 아주 상냥하게, 한편으로는 굉장히 오만한 느낌으로, 그러면서도 더더욱 고급스러운 아름다움을 드러내며 고개를 끄덕이고는 오빠에게 웃음을 지어 주었어.

"확실히 'Japan'은 작은 나라예요. 하지만 인구밀도는 높고, 경제적으로도 번영했고, 문화도 성숙해졌지만, 그래서 더욱더 사람들의 마음이 혼란스러운 나라이기도 하답니다. 스피나 씨, '지구'상의 지역 중에서 우리가 탐사 대상으로서의 중요도를 결정하는 요소가 되는 것은 국토의 넓이가 아니에요."

듣고 보니 그 말이 맞았어.

"그럼 '롯지'는 'Japan'에 탐사하러 갈 수 있는 D · B의 수를 늘리고 싶으니, 그 적성이 있는 저도 열심히 노력해 달라는 뜻인가요?"

"정확하게 말하자면 'Japan'에서 필요로 하며 충분한 탐사 활동을 할 수 있는 D · B를 찾고 있기 때문——이지요. 탐사하러 가는 것만이라면 적성이 없어도 괜찮으니까."

역시 의사지? 논리 정연해.

"알겠습니다" 하고 오빠는 대답했어. "하지만 저는, 솔직히 말해서 자신감을 잃었어요. 또 시험을 친다 해도 결과는 마찬가지가 아닐까 싶은데요."

그러자 닥터 신크라는 갑자기 이렇게 물었어. "스피나 씨, 무엇이 두려우세요?"

잠시 동안 대답을 할 수가 없었어.

"과거의 시험 결과를 보면 당신의 행동은 항상 적절해요. 시험에서는 정답을 내놓고 있어요. 그런데도 결과적으로 불합격되는 것은, 당신의 신체적 정서 반응 데이터가 원인입니다. 3차 시험의 2단계에서 당신은 항상 높은 레벨의 공포 반응을 나타내고 있어요. 터놓고 말하자면 구멍에 뛰어들 때마다 당신은 죽도록 떨고 있는 거지요. 그건 왜일까요. 스스로는 어떻게 생각하시나요?"

오빠는 몇 초 동안 눈을 크게 뜨고 입도 딱 벌린 채 닥터 신크라의 얼굴을 바라보고 있었을 거야.

그래서 그 질문에 나는 또 질문으로 대답했어. "닥터는 왜라고 생각하십니까? 저도 알고 싶어요. 저는 대체 무엇을 두려워하는 걸까요."

이제 더 이상 허영이니, 멋진 모습이니를 따질 때가 아니었어. 조금만 생각해 보면 알 수 있는 일이니까. 3차 시험이 되면, 우리 D · B 지망자들은 모두 뇌파나 심전도, 피부의 전기저항을 모니터링하는 기계를 가슴에 장착하게 돼. 거기에서 얻어진 데이터는 의무 지관에 의해 체크되어서 D · B에 대한 적성도를 판단하는 재료가 되지. 요컨대 이 멋진 닥터 신크라는 오빠가 D · B를 지원하고 있으면서도 실은 형편없는 겁쟁이라는 사실을, 확고한 숫자적 근거로 이미 알고 있다는 소리야. 감출 수도 없이 다 들통나 있는 거지.

"미지의 사물에 대해서는 누구나 공포심을 품는 법이에요. 그것은 생물로서 당연한 반응이지요. 공포와 경계. 그것이 적절한 다음 행동으로 이어지는 거니까요."

닥터 신크라는 차분한 말투로 말했어.

쥬나, 오빠는 정말, 작은 어린아이로 돌아가서 담임선생님과 이야기하고 있는 기분이 들었어.

"그러므로 더더욱 경험을 쌓음으로써 미지의 사물에 대한 미지도가 줄어듦에 따라 공포심도 줄어들어 가는데, 이 또한 자연스러운 심적 반응입니다. 하지만 스피나 씨, 당신은 과거 네 번의 3차 시험에서 늘 똑같이 공포감을 느끼고 있어요. 쉽게 말하자면 익숙해지지 않는 거지요. 이건 즉, 당신이 가진 공포의 근원이 구멍에 뛰어들어 그 너머의 '필드'에 내려선다는 직접적인 행위가 아니라, 그 이전의 좀 더 추상적인 개념에 있기 때문이 아닌가 하는 게 제 생각이에요."

더욱더 논리적인 얘기가 나오니까 한 번으로는 알아들을 수가 없었는데, 그 오빠의 표정을 읽은 닥터 신크라는 되풀이해서 설명해 주었어.

"네에……. 하지만 그 개념이라는 게 뭘까요?"

"아마" 하고 닥터 신크라는 황홀해질 정도의 각선미를 드러내면서 우아하게 다리를 꼬았어. 아, 말해 두겠는데 네 다리도 그렇게 나쁘지 않아. 하지만 그녀의 다리는 특급이었지.

"'롯지'에서 하고 있는 탐사 행위 자체를, 당신은 두려워하고 있는 게 아닐까요? 본래 이런 짓을 인간이 해도 될 리 없다고 말이에요."

어디선가 본 적이 있는 말이지? 응, 구멍의 넘치는 빛에 대해서 쓴 아까 그 구절은 이때 그녀가 한 말을 응용한 거야.

오빠는 또 고개를 숙이고 생각했어. 그리고 대답했지. 아주 정직한 기분이었어. 나 자신에게도 신선한 발견이었거든.

"그럴지도 몰라요. 분명히 제 마음에는 그런 기분이 있을지도 모릅니다."

인간이 이런 짓을 해도 되는 걸까? 전기적 신호가 되어서 다른 사람의 내적 세계에 들어가다니, 그게 과연 허용되는 일일까?

"그렇다면 이건 해결하기가 꽤 어려워지는군요."

닥터 신크라는 파일을 덮었어.

"저는 이 공포를 뛰어넘을 수 없다는 뜻인가요?"

"글쎄요, 그건 알 수 없지요. 제가 말할 수 있는 것은, 이건 이미 단순한 감정의 문제가 아니라 개인의 신념이나 심정, 윤리관의 문제라는 거예요. 우리 '롯지'의 의무 지관들은 거기까지는 손을 댈 수 없습니다. 또, 그것은 해서는 안 될 일이기도 하고요."

그리고 또 생긋 웃었어.

"실제로 '롯지'에서는 손을 더럽히고 있는 셈이지요."

순간 퍼뜩 생각나는 게 있어서, 오빠는 질문했어.

"닥터 신크라. 당신은 왜 '롯지'에서 일하고 계십니까? '대재앙' 이후로 의사는 어디에서나 부족해요. 일자리가 없었을 리는 없지요. 그런데 어째서 일부러 '롯지'를 직장으로 삼으신 겁니까?"

그녀는 망설이지도 않고 즉시 대답했어.

"저는 거칠고 난폭한 남자를 좋아해요. D · B들은 —— 개중에는 막돼먹고 불쾌한 사람도 있지만, 대개 호쾌하고 유쾌한 사람들이거든요. 몸으로 돈을 벌려고 하는 남자에게는 언제나 제일 먼저 자신의 몸의 안전을 생각하는, 머리만 큰 사무직 남자에게는 없는 매력이 있죠."

지금까지 편지에 쓴 어떤 의미와도 다른 의미로, 이 대답을 들은 순간 오빠는 주눅이 들었단다, 쥬나. 여자란 원래 다 그런 거니?

"그럼, 신념이나 신의를 위해서가 아닌 건가요?"

"그렇죠. 그건 이차적인 것 같아요."

"저도 그렇게 될 수 있을 거라고 생각하십니까?"

닥터 신크라의 검은 눈동자가 오빠를 보았어. 눈도 깜박이지 않고 물끄러미 바라보더라.

"그건 당신이 무엇을 추구하고 있느냐에 따라 다르다고 생각해요."

벌써 친구처럼 친밀한 태도였어.

"당신은 D · B에서 무엇을 추구하고 있죠?"

이번에는 오빠가 즉각 대답할 차례였어.

"돈입니다."

"보수란 말인가요?"

"네. 돈을 벌고 싶어요. 어머니의 치료비가 들기 때문에. 동생의 학비도 필요하고요."

거기서 겨우, 닥터 신크라의 긴 속눈썹이 산들거리고 눈동자가 깜박였어.

"그렇다면 자신의 신념이나 신의를 '그건 이차적인 문제'라고 생각해 버릴 수 있는지 없는지의 질문을 받아야 할 상대는 제가 아니겠네요. 당신의 마음도 아니잖아요. 당신의 지갑 사정이 우선이죠. 돈이 필요하다는 요구가 얼마나 절실한 것인지가 문제겠지요."

물론 그래. 그건 알고 있어. 알고 있지만——.

"난 단순한 겁쟁이지만 그것을 인정하고 싶지 않아서 다른 데서 공포의 원인을 찾고 있을 뿐이다, 그런 경우도 있나요?"

닥터 신크라는 대답해 주지 않고, 더욱 화려하게 웃었을 뿐이었어. 파일을 손에 들고 일어서더군.

"면접은 종료입니다."

그리고 문을 열면서 덧붙였어.

"몇 번 시험에 떨어지더라도 '롯지' 쪽에서 '이제 시험 그만 치시오' 라고 권고하는 일은 없답니다, 스피나 씨."

미쿠바 타워를 나와서 그 후 오빠가 어떻게 했느냐 하면, 항구로 갔어. 곧장 일터로 돌아가기 위해서가 아니야. 그럴 기분은 들지 않았기 때문에 땡땡이를 쳐 버렸지. 그리고 항만국의 동료들에게 들키지 않도록 몰래, D · B들이 쉽을 정박해 두는 부두 쪽으로 갔어.

고속접속탐사정의 출발과 도착 전용 부두는 11, 12, 13번이야. 항구 제일 안쪽에 있지. 다른 부두보다 새것이지만, 여기에 고여 있는 바닷물은 어찌 된 일인지 늘 하수구 냄새가 나. 산책하기에 최적의 장소는 아니지.

어째서 그런 곳에 갈 기분이 들었는지, 스스로도 잘 설명할 수가 없어. 부두에 가는 건 처음은 아니었어. 미쿠바에 온 그날, 두근거리는 가슴으로 찾아간 적이 있거든. 아마 편지에도 썼었지? 이 눈으로 고속접속탐사정을 봤다고 말이야. 오빠가 어린아이처럼 흥분하지 않았었니?

그 두근거림을 되찾고 싶었던 건지도 모르겠다……. 자, 나도 해내는 거야. 탈주흉악범을 붙잡아서 실컷 돈을 버는 거다. 그 김에 여자들한테도 인기 짱이 되는 거야! 하고 말이지.

D · B들은 가동 규제에 묶여 있어서 모든 쉽이 항구를 떠나는 일은 없어. 그때도 네 대쯤 부두에 묶여 있었지.

더러운 바다에 둥실둥실 떠 있는 쉽은 왠지 묘하게 가난해 보였어. 이상하지? 큰돈을 버는 D · B들의, 가장 소중한 도구이자 무기이기도 한 쉽이 비참한 폐품처럼 보이다니. 그건 경치가 그랬던 게 아니라, 그때의 오빠의 기분을 비추고 있었던 거야. 내게는 손이 닿지 않는 것을, 할 수 있는 한 얕보아 주려는 좁은 심보. 아니면 닥터 신크라가 멋지게 언어화하는 바람에 더 이상 시선을 돌릴 수 없게 된 오빠의 본심. 이 녀석들이 하고 있는 일은 잘못되어 있다. 이런 일은 인간이 해서는 안 되는 것이 아닌가 하는 혐오감.

하지만 오빠에게는 돈이 필요해. 절실하게 돈이 필요하단 말이야. 그것도 큰돈이.

이봐, 이봐, 쥬나, 걱정하지 마. 이 편지에 적고 있는 건, 오빠에게 있어서 지금은 전부 과거의 일이니까. 그때는 그렇게 생각하고 있었다는 심적 상태 말이야. 그렇지 않다면, 어째서 오빠가 이렇게 D · B가 될 수 있었겠니, 앞뒤가 맞지 않잖아?

글쎄. 지난 일을 돌아보며 정리해서 써 보니까 스스로도 참 이상하다. 청년 스피나는 이 시점에서 어떤 극적 개심을 거쳐 D · B가 될 수 있었던 걸까.

사실은 단순한 일이었어. 말을 걸어주었던 거지. 어떤 인물이. 아마, 이 녀석 부두에서 바다로 뛰어들어 죽을 생각인 거 아닌가 하고 걱정해 준 거겠지. 오빠는 엄청나게 고민에 찬, 어두운 얼굴을 하고 있었을 테니까.

그 만남이 오빠를 바꾼 거야. 하지만 쥬나, 지금 문득 시계를 보니까 시간이 엄청나게 지났구나! 오빠의 이야기는 아직 한참 남았으니까, 오늘 밤에는 우선 여기까지만 할게. 괜히 뜸 들이는 건 아니야. 네가 수면 부족에 빠지지 않도록, 착한 오빠가 배려해 주고 있는 거라고. 에헴!

어쨌든, 오빠는 잘 지내. 그리고 미래에 대한 희망을 품고 있어. 그것만은 똑똑히 마음에 새겨 두기 바란다. 그럼 다음 편지를 쓸 때까지, 잠시 동안 안녕.

2

"가끔은 에믈린에게도 감사 표시를 해야지."

마에스트로가 그런 말을 꺼낸 것은, 그날의 탐사 출동이 끝나고 구멍에서 빠져나와 미쿠바 항구로 돌아가던 도중의 일이었다.

"감사라니, 무슨 감사?"

바렌 쉽은 해상을 저공비행하고 있어서, 술렁거리는 파도 소리가 시끄럽다. 해는 지기 시작했고, 익숙한 연무가 저녁 어스름에 섞여 천천히 주위를 감싸려 하고 있다.

수평선에 걸린 것처럼 가까스로 고개를 내밀고 있는 붉은 태양은 식욕을 돋우는 맛있는 색깔로 보였다. 오렌지색의 커다란 팬케이크 같다.

"늘 우리가 먹을 식사를 만들어 주고 있지 않냐. 신세를 지고 있으니 고맙잖아."

마에스트로는 억센 손으로 반들반들한 머리를 쓰다듬으면서 그렇게 대답했다. 애써 아무렇지도 않은 듯 말하고 있지만, 눈썹이 침착하지 못하게 위아래로 움직이는 것은 수줍어하고 있기 때문이다.

"그러니까 그 답례로 아줌마한테 근사한 저녁 식사라도 대접하자는 거야?"

"안 되냐?"

셴은 한껏 낄낄거리며 웃어 주었다.

"마에스트로가 아줌마를 데이트에 끌어내고 싶은 거라면, 일일이 나한테 변명하지 않아도 돼."

"그런 게 아니야!"

"그럼 어떤 건데?"

친한 사이에도 예의가 있는 법이라는 둥, 어차피 어린아이는 어른의 우정이라는 것을 이해하지 못한다는 둥, 마에스트로가 장황하게 늘어놓기 전에 셴은 조종석을 벗어나 갑판으로 나갔다. 계기 체크는 순서대로 끝냈고, 이제는 항구에 들어갈 때까지 할 일이라고는 없다.

갑판 난간에 기대자 짭짤한 물보라가 날아온다. 한 손을 들어 햇빛을 가리며 멀리 전방을 바라보니, 먼저 귀환한 쉽 두 척이 관제실의 착륙 허가를 기다리며 호버링하고 있는 것이 작게 보였다. 마에스트로는 이렇게 먼 곳을 보지 못하지만, 셴은 아직은 눈이 좋다.

셴은 바렌 쉽의 조종실을 돌아보며 목소리를 높였다. "앵커는 내가 내릴게! 마에스트로는 레스토랑 안내 책자라도 찾아보지그래?"

대답은 없었다. 조종실 옆의 작은 현창 너머로 마에스트로의 둥근

뒤통수가 보인다. 현창의 원과 영감의 머리가 정확하게 동심원을 그리고 있다.

늘그막의 사랑. 거참. 저 머릿속에는 어떤 생각이 들어있을까? 에믈린과는 오랫동안 알고 지낸 사이고 그녀의 남편과도 친했다고 하지만, 그 남편은 이미 죽었고, 마에스트로는 남자고 아줌마는 여자다. 괜찮지 않은가.

그렇다, 에믈린은 어느 모로 보나 여자 그 자체다. 그리고 여자는 모두 남자를 대할 때 '엄마'의 부분을 갖고 있다. 갖고 있지 않더라도 갖고 싶어 한다. 그래서 에믈린도 셴의 생활에 이러쿵저러쿵 끼어드는 것이다. 밤늦게까지 놀러 다니는 건 정도껏 해. 술은 안 돼. 물론 약도 안 돼. 여자는 더 안 돼. 넌 원칙대로 하자면, 아직 '여자'가 아니라 '여자아이'랑 사귈 나이라고!

그러나 이 미쿠바에는 애초에 '여자아이'라는 게 없다. 시 바로 외곽에 있는 정부 공인의 환락가 '홀스래디시'에는 나이만 따지자면 '여자아이'라고 말할 수 있는 소녀들이 있지만, 그것도 속은 전부 여자다. 그렇지 않으면 장사가 되지 않는다.

셴이 셴 또래의 '남자아이'답게 여자아이와 손을 잡고 야외음악당에 고금의 명곡을 들으러 간다거나 공원을 산책한다거나 같이 집에서 공부를 한다거나, 그런 생활을 하길 에믈린이 진지하게 바라고 있는 것은 물론 아니었다. 진심으로 그렇게 생각한다면, 다른 어떤 것보다도 먼저 'D · B에서 손을 씻어'라고 말할 것이다.

에믈린은 단지 어머니다운 말을 하는 것을 즐기고 있는 것뿐이다. 셴도 그것을 알고 있기 때문에 대강 흘려듣거나 말대꾸를 하면서 어울려 주고 있다. 일종의 연극이다.

하지만 에믈린의 마음속에 이런 일상의 대화조차 잃어버린다면, 센이 애초에 자신이 아직 열여섯 살이라는 사실을 잊어버릴지도 모른다. 그렇게 되면 너무 불쌍하다는 기분도 있을 것이다. 그 아줌마에게는, 사춘기의 아이들은 어른에게 귀찮은 잔소리를 들으면서 자라야 한다는 고정관념이 있는 모양이다. 에믈린뿐만 아니라 그 나이의 아줌마는 모두 그런지도 모르지만.

그건 귀찮기 짝이 없는 일이다. 다만, 에믈린은 바보가 아니기 때문에 대놓고 그런 말을 하지는 않는다. 센을 불쌍해하지도 않는다. 그래서 센도 알아채지 못한 척하고 지낼 수 있는 것이다. 게다가 에믈린 본인이 그렇게 센에게 참견을 함으로써 그녀가 실제 인생 속에서 붙잡지 못한 것, 또는 붙잡았다가 잃어버린 것을 메우고 있는 건지도 모른다——는 짐작도 있다.

확실히 에믈린은 요리를 잘하기 때문에, 그녀가 미쿠바에 나타난 후로 마에스트로와 센의 식생활 수준은 비약적으로 향상되었다. 그 점에서는 신세를 지고 있다. 하지만 센으로서는 에믈린의 그러한 마음의 움직임에 어울려 줌으로써 충분히 답례는 하고 있다고 생각한다.

그러니까 레스토랑에는 마에스트로와 둘이서 가면 된다. 이 미쿠바 시에도 평소에 센과 마에스트로가 출입하는 가게보다 우아한 식당이 몇 군데는 존재하니까.

특히 오늘 밤에 두 사람이 외출해 준다면 이쪽도 다행이다. 유흥가에는 놀러 가는 게 아니었으니까. 에믈린은 이번에야말로 진심으로 타이르거나 말릴 것 같으니까.

사흘 전의 일이다.

'홀스래디시' 안에 있는 도박장에서, 센은 그리즐리라는 남자를 알게 되었다. 나이는 서른 살 정도, 얼굴에 큰 흉터가 있는 덩치 좋은 남자여서 틀림없이 D · B이거나 D · B 지원자일 거라고 생각하고 있었는데, 연방교통보정국의 조사관이라고 해서 놀랐다.

'대재앙' 이후로 지금까지 신연방국가의 도로 상황은 비참하기 짝이 없다. '대재앙'의 직접적 피해를 입은 지역도 있고, 그 후의 자연재해로 파괴된 곳도 있다. 그렇지 않아도 원래는 정기적으로 보수되어야 할 국도나 시도(市道)가, 돈과 일손이 없어서 오랫동안 방치되고 있었던 탓에 손상이 심해진 곳도 있다. 교통보정국은 그런 현재의 상황을 조사하고 보수의 순서나 정도를 결정하기 위해 각지에 조사관을 파견하고 있는 것이다.

비단 교통보정국뿐만 아니라, 그러한 조사관들은 마음먹기에 따라서는 상당한 이익이 발생하는 직업이기 때문에 제대로 된 인간은 없는 법이라고, 센은 처음부터 편견을 갖고 있었다. 편견이라기보다 이건 상식이다. 하지만 그리즐리라는 남자는 성실하고 착실했다. 그래서 더더욱 미쿠바 시 같은 곳에 파견된 건지도 모른다. 정직한 사람이 손해를 보는 것은 공무원 세계의 상식이다.

두 사람이 알게 된 것은 도박장에서 일어난 싸움을 말리려고 끼어들었기 때문이다. 보통의 싸움이라면 내버려두지만, 여자가 얽혀 있어서 그럴 수도 없었다. 게다가 그 '여자'가 에믈린이 말하는 바로 그 '여자아이'고, 얼굴 가득히 '저는 어제 장거리 버스를 타고 시골에서 올라왔어요, 홀스래디시에서 돈을 벌어 아버지의 빚을 갚아야 하거든요'라고 씌어 있었으니 더욱 그렇다. 똥오줌 냄새 정도가 아니라, 젖비린내와 퇴비 냄새가 날 것 같은 소녀였다.

그런 말랑말랑한 여자아이라도 24시간이면 상품으로서의 '여자'로 만들어 버린다. 홀스래디시뿐만 아니라 유흥가란 그런 곳이다. 하지만 개중에는 그 24시간 사이에 말랑말랑하고 젖비린내 나는 소녀만 찾아 괴롭히는 것을 즐기는 남자에게 걸려들고 마는 운 나쁜 아이가 있다. 이 소녀가 그랬다. 폭력 취향의 변태 둘이 일으킨 이 싸움도, 어느 쪽이 이 소녀를 괴롭힐지를 놓고 다투며 그녀의 양쪽 팔을 서로 잡아당기다가 일어난 것이었다.

그날 밤, 셴은 '뱀프'에서 상당히 이기고 있었기 때문에 슬슬 물러날까 생각하고 있었다. '뱀프'로 승부하지 않을 때는 양팔에 한 명씩 '여자아이'—— 에믈린이 말하는 그런 여자아이가 아니라 홀스래디시에서 말하는 '여자아이'——가 바싹 매달려 있었다. 한 사람은 잘 아는 사이, 한 사람은 신참이다. 두 여자아이는 셴을 사이에 두고 독사처럼 서로 으드등거리고 있었는데, 둘 다 말하는 게 재미있어서 그냥 데리고 있었던 것이다.

그때 싸움이 시작되었다. 산골 출신의 말랑말랑한 소녀는 조금 떨어진 곳에서 부들부들 떨고 있었다. 두 명의 변태가 서로를 욕하는 말과 떨고 있는 산골 출신 소녀를 한 번 본 것만으로도 상황은 금세 알 수 있었다. 그래서 처음에는 변태들끼리 서로 두들겨 패도록 내버려 두고 그 틈에 산골 출신 소녀를 몰래 도망치게 해 주려고 했다. 하지만 양팔에 매달려 있던 여자들이, "저런 애한테 참견할 거야?" "이봐, 너무하잖아. 저 돼지 같은 애가 뭐가 좋다고" 하며 갑자기 같은 편이 되어 공격하기 시작해서 타이밍을 놓치고 말았다. 서로 치고받던 변태들은 산골 출신 소녀를 놓칠 뻔했다는 것을 깨닫고, 그들도 갑자기 같은 편이 되어 공격해 온 것이다.

"어쩔 수 없군." 셴은 한숨을 쉬었다. 하지만 실은 즐기고 있었다. 변태를 패주는 것을 아주 좋아하는 셴으로서는 이런 좋은 기회를 놓칠 수가 없었다.

으샤, 조금 날뛰어 볼까——하고 생각했을 때, 옆에서 누군가가 튀어나왔다. 다음 순간에는 변태 한 명이 허공을 날고, 어라어라어라 하며 지켜보는 사이에 물리의 법칙에 따라 정확한 호를 그리며 도박장 바닥으로 떨어졌다.

그가 바로 그리즐리였다. 엄청난 펀치를 날린 후인데도, 그는 한 손을 허리에 대고 태연하게 서 있었다.

유흥가에는, 이렇게 멋진 폭력을 보면 왠지는 몰라도 순간적으로 피가 끓어오르고 마는 남자들이 모여드는 법이다.

그래서 그 후에는 완전히 아수라장이 되었다.

분위기가 진정되었을 무렵, 난투에 끼어든 이들 중에서 똑바로 서 있는 사람은 셴과 그리즐리 두 명뿐이었다. '여자아이'와 '여자'들은 이미 도망치고 없었다. 구석에 있는 바 카운터 안쪽에서, 이럴 때의 피난 방법을 잘 알고 있는 바텐더가 아무 일도 없었다는 듯한 얼굴로 일어선다. 그리고 곧 작업을 시작한다. 쓰러져 있는 남자들이 정신을 차리기 전에 주머니를 뒤져 정확하게 돈을 받아내는 것이다. 물론 수리비도 포함이다.

"여어" 하며 그리즐리가 셴에게 손을 내밀었다. 악수하자는 것이다. 아니꼬운 놈이라고 생각하면서도, 셴은 거기에 응했다.

"알고 있어?"

"뭘?"

"당신, 이곳 경호원까지 때려눕혀 버렸다고."

경호원은 뒤집힌 '뱀프'용 테이블 밑에 깔려 흰자위를 드러내고 있다.

"그거 미안한 짓을 했군. 완장이라도 차고 있지 않으면 구별이 되지 않아서 말이야."

참으로 상큼한 말투였다. 아, 이 녀석은 아니꼬운 게 아니라 이런 게 일반적인 세상에서 온 이상한 놈이로구나, 하고 센은 그제야 깨달았던 것이다.

그리즐리는 감추는 기색도 없이 자신의 정체를 술술 이야기했다. 교통보정국의 조사관은 모두 이렇게 싸움에 익숙하냐는 센의 물음에 그리즐리는 이렇게 대답했다.

"그렇지도 않아. 난투 속에서 벽을 차고 그 반동으로 천장까지 뛰어올라 공중제비를 돌면서 상대방의 등 뒤를 차지할 수 있는 D · B가 D · B의 전형이 아닌 것과 마찬가지로, 아마 나는 규격에서 벗어난 존재일 거야."

"내가 D · B라는 걸 알아?"

"알지. 완장을 차고 있지 않아도."

그리고 몸이 가볍다는 것은 무기로군, 하며 그리즐리는 기쁜 듯이 웃었다.

"좋은 걸 봤어. 고마워."

두 사람은 의기투합해서, 장소를 바꿔 아침까지 마셨다. 그리즐리는 각지를 돌며 위험한 경험을 이것저것 쌓은 것 같았다. 센은 '대재앙'의 결과로 테—라가 구멍 저편의 지구라는 곳에서 만들어내고만 혼란과 관련해, 정상적이지 못한 일들을 이것저것 보고 들어 왔다. 그러나 '대재앙'은 테—라 쪽에도 정상적이지 못한 일들을 산더미처럼 일으키고 있다는 사실을, 그리즐리는 체험으로 알고 있었던 것이다.

그 얘기를 듣고, 센은 문득 그럴 마음이 들었다. 꼭 무엇을 기대한 것도 아니었지만 이야기해 보았던 것이다.

"이런 세상이니까, 누군가가 갑자기 사라진다는 건 드문 일도 아니겠지만."

그렇게 전제를 두고, 리프의 이야기를 했다.

"내 친구가 갑자기 실종됐어. 어째서 갑자기 사라졌는지 짐작도 가지 않아. 다만 원래 기억장애를 갖고 있는 녀석이었으니까 우연히 과거를 생각해내고, 그래서 무슨 수를 써서라도 기억을 더듬으며 어디론가 가야 했던 건지도 모른다고는 생각하는데."

그리즐리는, 확실히 요즘 세상에 실종자는 드물지도 않다며 고개를 끄덕였다. '대재앙' 때문에 일어난 생이별도 많은 게 사실이다.

잠시 후에 그리즐리는 약간 고개를 갸웃거리며 물었다.

"네 친구는 과거의 자신에 대해서 아무것도 기억하지 못하고 있었다는 거지?"

"응."

"그렇다면 어딘가에 그를 걱정하고 있는 가족이 있을지도 몰라."

"그렇겠지."

리프가 그것을 생각해내고 서둘러 가족에게로 돌아간 거라면 좋겠는데. 하지만 그런 상황이라면, 가기 전에 센에게 한 마디 설명은 해 줄 수도 있었을 것이다.

"만일 네가 친구의 행방을 알고 싶다고 생각한다면, 실종자의 데이터를 조사해 볼 수는 있을 거야."

"그건 무리야. 리프는 자신에 대해서 아무것도 기억하지 못했어. 어떤 데이터도 남아 있지 않을 거야."

"그게 아니라, 그가 기억을 잃기 전에 같이 살던 사람들이—— 가족이든 연인이든 동료든——수색원을 냈을 가능성이 있다는 거야. 연방 전체에서 비슷한 나이의 실종자 수색원 데이터를 모아서 얼굴 사진을 보면, 넌 그 리프라는 친구의 얼굴을 알아볼 수 있지 않겠어? 설령 이름이 다르다 하더라도 말이야."

그건 할 수 있다.

"하지만 그런 데이터——."

"아무리 D·B라도 접근할 수는 없겠지. 하지만 나라면 할 수 있어. 주민관리국에도 연방수사국에도 아는 사람이 있거든. 데이터 송신이라면 눈 깜짝할 사이에 가능하고."

셴은 마음이 동했다. 지금까지 그런 생각은 해 보지도 못했다.

"하지만 리프가 기억을 되찾고 가족들한테 돌아갔다면, 이미 발견된 거니까 수색원은 벌써 취소되지 않았을까?"

"응. 그러니까 발견 보고도 거슬러 올라가면서 조사하면 되지."

셴은 생각했다. 가능성은 세 가지다.

① 발견 보고 중에도 수색원 중에도 리프의 얼굴이 없다. 그 경우는, 리프는 여전히 어디의 누구인지도 알 수 없다. 따라서 갑작스러운 실종의 원인도 알 수 없다.

② 발견 보고 중에 리프의 얼굴이 있다. 그 경우는, 리프는 기억을 되찾고 원래 자신이 있어야 할 곳으로 돌아간 셈이 된다. 미쿠바의 아파트에서 말없이 사라진 것은 셴에게는 약간 박정한 짓이었다고 생각하지만, 뭐, 이건 어쩔 수 없다.

③ 수색원 중에 리프의 얼굴이 있다. 이 경우는, 리프의 정확한 신원을 알 수 있다. 그러나 그는 그곳으로 돌아가지는 않은 셈이니, 기억이 돌아왔는지 아닌지는 알 수 없어도(기억이 돌아왔기 때문에 더더욱 돌아가지 않았을 수도 있다) 그가 어디의 누구인지는 판명된다. 미쿠바에서 실종된 이유는 여전히 알 수 없겠지만.

결과가 ①이었을 경우에는, 셴이 품고 있는 의문은 무엇 하나 풀리지 않는다. 하지만 ②나 ③인 경우에는 상당 부분 후련해지게 된다. 특히 ②라면 의문이 완전히 해결된다.

셴은 직설적으로 물었다. "그 일을 당신에게 부탁하면 얼마나 들어?"

그리즐리는 조사하러 간 곳에서 큰 폭풍우에 휘말려 죽을 뻔했을 때 생긴 흔적이라는 얼굴의 흉터를 누그러뜨리며 싱긋 웃었다.

"나는 천장까지 뛰어오를 수는 없고 공중제비를 돌아서 내려설 수도 없지만, 난투 중에 벽을 차고 날아서 상대방의 틈을 노릴 수 있다면 아주 기분이 좋을 것 같아. 게다가 아까 네가 한 것처럼 착지한 직후에 돌려차기를 할 수 있다면 더 즐거울 것 같고. 어떻게 하는 건지 가르쳐주겠어?"

근력만 있으면 쉬운 일이다. 셴은 손뼉을 쳤다. "알았어."

그렇게 해서 그리즐리는 데이터를 모아 주게 되었고, 오늘 밤에 셴은 그와 만나기로 되어 있는 것이다.

마에스트로에게는 말하지 않았다. 말하면 틀림없이, 트으으을림없이 반대할 게 뻔하기 때문이다.

"리프가 사라진 데에는 그만의 이유가 있을 거다. 네 힘을 빌리고 싶었다면 사라지기 전에 털어놨겠지. 리프가 그렇게 하지 않은 것은,

네가 알기를 바라지 않았기 때문이다. 그러니까 상관하지 마. 타인의 과거를 조사하고 다니지 마라. 몰라도 되는 일에 코를 처박지 말란 말이다."

그래도 센이 반항한다면 영감은 실력행사를 해서라도 막을 것이다. 마에스트로와 싸워서 질 센은 아니지만, 가능하면 그런 사태는 피하고 싶다. 그래 봬도 그 영감은 꽤나 벅찬 상대이기 때문이다.

에블린과의 데이트에 푹 취해서 센을 내버려 둬 준다면, 그것만큼 좋은 일도 없다. 만만세다.

이렇게 각자의 생각을 품고 무사히 착륙, 귀환.

"오늘 하루도 수고하셨습니다." 그리고 센은 물었다. "그런데 마에스트로, 뭘 입고 갈 거야?"

즉시 이동식 B 노이즈 탐사 장치의 배터리가 날아왔다. 이렇게 값나가는 건 던지지 마!

그리즐리는 미쿠바 타워 근처의 호텔에 묵고 있었다. 거긴 정부 관계자들이 자주 이용하는 곳이다. 서비스는 그저 그렇지만, 깔끔하고 싸서 손님은 많다.

그래서 센은 프런트에서 기다려야 했다. 호텔 직원은 센이 그리즐리와 약속이 있다고 말한 것을 거짓말이라고 생각한 모양이다. 이곳에서 숙박하려면 신분증을 제시해야 하므로 그리즐리가 누구인지를 그들은 알고 있는 것이다. 어째서 이런 애송이가 정부의 조사관과? 라는 의문을 드러낸 채, 직통 인터폰으로 그리즐리에게 꼬치꼬치 확인하고 나서야 간신히 출입을 허락해 주었다.

"뭣하면 신발 벗고 들어갈까?"

셴이 그렇게 말하자 프런트 직원은 못 들은 척했다. 게다가 옆을 향해 혀를 차기까지 했다. 이봐, 다 들린다고. 하지만 유감스럽게도 프런트가 있는 로비의 천장은 위층까지 뚫려 있다. 건축자재를 절약하려고 그랬는지도 모른다. 아무리 셴이라도 저기까지 뛰어오르기는 어려우니, 이 프런트 담당자에게 화려한 공중제비에 이은 돌려차기를 보여 주려면 다른 곳에서 덮칠 수밖에 없을 것 같다. 손이 너무 많이 가니 관두자.

그리즐리는 상의를 벗고 넥타이를 풀어헤친 편안한 차림새였다. 빈 포트가 두 개나 복도에 나와 있었던 것으로 보아 계속 방에 있었던 건지도 모른다. 방에 딸려 있는 책상 위에는 서류가 흩어져 있다.

"데이터를 받는 김에 밀린 보고서를 정리하고 있었어. 그쪽에 있는 서류는 제삼자에게 보여주면 안 되는 거니까, 거기에 없는 거로 쳐줘."

"난 도로보수공사의 입찰액 따위는 알아봐야 아무런 이득도 없으니까 흥미 없어."

"그럴 거라고 생각했어."

데이터는 그리즐리의 PP에 들어 있다고 한다. PP(포터블 팩)는 소위 말하는 '만능상자'다. 휴대용 단말기가 붙어 있는 소형 기억장치로, 정부의 공무원들은 대개 한 사람당 한 대씩 휴대하고 있다. 크기는 담뱃갑 정도. 그리즐리의 것은 구식 PP라더니 좀 무거웠다. 최신형 PP는 더 가볍다. 어떻게 이런 걸 알고 있느냐 하면, 이 또한 '홀스래디시'에서 시비를 걸어온 항만순찰대의 멍청이를 날려 보냈을 때 빼앗은 적이 있기 때문이다. 즉각 페그손에게 팔아넘겨 용돈을 조금 벌었었다.

"방의 모니터에 연결하고, 확대해서 보면 돼. 발견 보고 쪽은 적지만, 수색원은 상당히 건수가 많거든. 나는 이 서류를 마칠 때까지 손을 뗄 수 없으니까, 보다가 모르는 게 있으면 물어봐."

그리즐리의 꼼꼼한 배려에 감사해야 할 것 같았다. 리프의 소식에 목말라 있는 상황에서 데이터를 조사할 때 자신의 얼굴에 떠오를 것이 틀림없는 무방비한 표정을, 셴은 누구에게도 보이고 싶지 않았던 것이다.

신기하게도, 자기 기분을 눈치채고 미리 선수를 쳐 주는 그리즐리에게 셴은 수줍음을 감추기 위한 반감조차 품게 되지 않았다. 이렇게 지나치게 준비성이 좋은 어른은 평소에 셴이 좋아하는 타입이 아닌데도 말이다. 아마도 그리즐리의 멋진 주먹 솜씨에 가드가 느슨해진 건지도 모른다.

발견 보고 쪽에서는 리프의 얼굴을 찾을 수 없었다. 셴은 안심한 것 같기도 하고 낙담한 것 같기도 한, 어중간한 두근거림을 느꼈다. 이어서 수색원 쪽을 열어 보니, 확실히 방대한 데이터였다. 검색을 할 때 연령 폭을 15세에서 25세로, 추정되는 리프의 나이보다도 넓게 잡았기 때문에 그만큼 건수가 늘어나 버린 거라고 그리즐리는 설명했다.

"그런 건 상관없지만……, 그런데 이렇게 많은 실종자가 있단 말이야?"

"'대재앙'은 많은 미아를 낳았다는 뜻이지. 여러 가지 사정으로 수색원을 내지 못한 경우도 많을 테니까, 실제로는 이것의 두 배는 될 거야."

순간 떠오른 의문을 셴은 솔직히 입에 담았다.

"전부 어디로 가는 걸까?"

그리즐리는 작성하고 있던 보고서에서 시선을 들었다. "재미있군" 하고, 재미있어하는 게 아니라 진지한 말투로 중얼거렸다.

"뭐가?"

"어디로 가는 거냐고, 넌 물었어. 실종되는 인간에게 반드시 갈 곳이 있는 건 아니라는 생각은 안 해?"

"하지만 어딘가에 있을 거 아냐."

"결과적으로 거기에 있는 거랑, 거기에 가는 거랑은 달라. 게다가 무엇보다 실종자와 행방불명자는 다른 거야. 한데 묶어서 생각할 수는 없지."

그건 그렇지만……. 셴이 잠자코 있는 사이, 그리즐리는 다시 일로 돌아가 버렸다. 셴은 다시 데이터로 눈길을 향했다.

그리고 얼마 안 되어——.

진심으로 그런 상황을 바라고 있었던 건지 스스로 확신을 얻기도 전에, 어이없을 정도로 간단히, 셴은 데이터 속에서 리프의 얼굴을 발견하고 말았다. 틀림없이 리프다. 여자아이들을 끌어당기던 상냥한 눈매, 이 달콤한 입매, 헤어스타일 등 신체적 특징이 조금도 변하지 않은 리프 그대로다.

스크롤 버튼에 손가락을 올려놓은 채 셴이 제일 먼저 생각한 것은, 이렇게 많은 데이터가 있으니까 내가 마음의 준비를 할 때까지 조금 더 기다려 줘도 되는 거 아니냐는 것이었다.

적어도 10초 정도는 모니터를 노려보며 굳어져 있었다. 그 기척을 알아챘는지, 그리즐리가 이쪽으로 시선을 돌린다. 모니터를 응시한 채 셴은 말했다. "있어."

"그래?"

"하지만 이상해."

셴은 가까스로 스크롤 버튼에서 손을 떼고 의자 등받이에 기댔다. 겉으로 보기에는 호화롭지만 싸구려인 의자는 불안정하게 삐걱거렸다.

"너 흡연자야?" 하고 그리즐리가 물었다.

"평소에는 안 피워."

"지금은 '평소'가 아니지."

그리즐리가 담뱃갑을 던졌다. 셴은 여전히 모니터를 보고 있었지만 제대로 받아들었다. 박스 포장 안에는 종이로 만 담배 몇 개비와 호텔 성냥이 같이 들어 있다.

그리즐리는 책상 옆에 있던 작은 서랍을 열고 새 담뱃갑을 꺼냈다. 불을 붙인다. 셴은 기침을 하거나 하지는 않았지만 처음 한 모금을 빨았을 때는 어질어질했다. 정말 오랜만에 피우는 것이다.

"이 녀석은 리프가 틀림없어."

셴은 담배를 끼운 손가락으로 모니터를 가리켰다. 그리즐리도 모니터를 보고 있다.

"잘생겼군."

"인기 많았어."

"그렇겠네."

"실어증이었어."

그리즐리는 셴의 얼굴을 보았다. "기억장애만 있었던 게 아니라?"

"응. 하지만 손가락 글씨를 잘 썼기 때문에, 익숙해지면 서로 대화하는 데에는 전혀 지장이 없었어."

"그 사실은——."

"데이터에 틀림없이 실려 있어."

그 점에서도, 이 실종자는 리프가 틀림없다. 다른 누구일 수도 없다. 그러나 여기에서는 '다른 누군가'가 되어 있다. 이름이 다르다. 그리즐리는 그 말을 듣더니 달래듯이 고개를 저었다.

"그건 이상한 일이 아니야. 그는 자신의 정확한 신원을 잊고 있었으니까, 리프라는 이름은 기억상실이 된 후에 붙인 거겠지. 리프라는 이름으로 수색원이 등록되어 있었다면, 오히려 그쪽이 더 이상하다고."

"알고 있어. 하지만 이상해. 이 경우에는."

셴은 의자에서 일어서서 모니터로 다가갔다. 그리고 화면에 비추어지고 있는 글씨 위를 검지로 두드린다.

"진지 모리슨" 하고 그리즐리가 소리 내어 읽는다. "이게 본명인가?"

"그건 됐어. 이쪽 말이야. 날짜를 봐 줘. 이 수색원은 5년 2개월 전에 낸 거야."

그리즐리는 몸을 내밀어 모니터를 가까이 들여다보며 확인했다. "음, 그렇군."

"진지 모리슨의 실종 당시 나이는 17세."

그리즐리는 고개를 끄덕였다. 셴은 양손을 허리에 댔다.

"내가 알고 있는 리프도 열일곱 살 정도였어. 물론 정말로 정확한 건 알 수 없어. 하지만 열여섯이나 열일곱이나 열여덟이나, 그 정도로 보였던 건 확실해. 그렇다면 5년 전에 열일곱 살이었고, 5년이 지나고 나서도 열일곱 살이라는 뜻이야. 이상하지 않아?"

그리즐리는 대답하지 않고 한 손을 턱에 댄 채 모니터를 들여다보고 있다.

"수색원을 낸 건 진지 모리슨의 부모야. 에이브와 모이라 모리슨 부부. 진지는 장남이야. 단, 연락처는 이건——그들의 집은 아닌 것 같군. 재단법인 크라일 봉행회 사무국, 인가?"

"수상쩍군."

"명칭만으로는 확실히 말할 수 없어. '대재앙'과 관련된 행방불명자를 찾는 자원봉사 그룹일지도 모르지만……."

"그런 게 있단 말이야?"

"몇 개나 있지" 하고 그리즐리는 살짝 웃었다. "실은 나도 그런 그룹에 참가하고 있어. 각지를 돌아다니는 직업이라서 정보를 모으기 쉽거든. 하지만 크라일 봉행회라는 건 들어본 적이 없는데. 내가 소속되어 있는 그룹의 본거지는 탈리스라서, 다른 도시에 대해서는 잘 몰라."

탈리스는 신연방국가 안에서도 북단에 위치하는 지방 도시다.

"그럼 당신도 탈리스에 집이 있어?"

"응. 거의 돌아갈 일이 없는 집, 단순히 주민관리대장에 적혀 있을 뿐인 집에 불과하지만."

크라일 봉행회의 소재지는 수도 고리아테였다.

"그래서 어쩔 거야?" 그리즐리는 새 담배를 물었다. "여기에 연락해 볼 거야?"

"내가? 설마."

"모리슨 부부는 진지의 소식이나 정보를 얻을 수 있다면 틀림없이 기뻐할 거야."

"리프가 지금도 여기 있다면야 맞는 말이지. 하지만 사라져 버렸잖아. 연락해 봐야 헛된 기대만 줄 뿐이야."

"모리슨 부부는 헛된 기대라고는 생각하지 않을 거야. 내기를 해도 좋아. 행방불명자를 찾으려고 하는 부모에게는 아무리 오래된 정보라도 고마운 법이지."

셴은 그리즐리의 얼굴을 보았다. 성실한 정부의 조사관일 뿐만 아니라 행방불명자를 찾는 자원봉사를 하고 있다는 새로운 측면이 더해진 얼굴을. 그것을 알았다고 해서, 흉터가 있는 우락부락한 얼굴이 상냥하게 보이게 된 것은 물론 아니다.

"그건 당신의 실제 경험담?"

"그렇지."

"자원봉사자로서? 아니면 실종자를 찾으려고 하는 가족으로서?"

그리즐리는 미소를 지었다. "내게는 실종된 가족이라고는 없어. 그 짐작은 틀렸다고."

틀림없이 그런 줄로만 알았는데.

"그럼 당신은 순수한 선의로 자원봉사를 하고 있는 셈이로군."

"그렇게 요란한 건 아니야. 아까도 말했다시피 나는 직업상 각지를 이동하니까, 단서를 잡으면 알려줄 뿐이지."

"아무런 이득도 없는데도?"

"이득은 없지. 음. 넌 이득이 되지 않는 일은 안 해?"

"당연히."

"그렇다면 왜 D · B 같은 일을 하고 있지?"

"이득이 있으니까."

"목숨을 걸어야 하는데도?"

셴은 가볍게 양손을 펼치며 웃어 보였다. "지금 이 나라에서는 그저 살아가는 것만으로도 목숨을 걸어야 하잖아?"

그리즐리는 미소를 뺨에 담은 채 가볍게 받아치듯이 대답했다. "그렇지. 일부 특권계급을 제외하고는."

"당신이 하는 일도 목숨을 걸고 하는 상당히 위험한 일이지, 아마."

"너희들만큼은 아니야."

그리즐리는 담배를 재떨이에 비벼 끄고 의자에서 일어섰다. 창가로 다가가 기지개를 켠다.

"뭐, 그런 논의는 그만두지. 너나 나나, 서로의 신상 이야기를 할 마음은 없잖아. 그보다 어떻게 할 거야?"

"그러니까, 연락 같은 건 안 할 거라니까."

"내버려 둘 거란 말이야?"

"그러면 좀 어때."

"하지만 네 기분은 풀렸어?"

전혀 풀리지 않았다. 리프의 신원은 알았지만, 그가 대체 누구인가 하는 수수께끼는 오히려 깊어지고 말았다. 나이를 먹지 않는 인간이 있을까?

"기억이 상실되면 성장도 멈출 수 있을까?"

그리즐리는 하품과 함께 고개를 저었다. "그런 이야기는 들은 적도 없는데."

"그렇겠지……."

열다섯 살에서 스무 살이든, 열일곱 살에서 스물두 살이든, 외모는 반드시 변화할 것이다. 그 정도 나이 때는 외모의 변화도 심하다. 예순 살과 예순다섯 살의 차이와는 비교도 되지 않을 것이다.

"모리슨인가 하는 사람한테 연락해서……, 그런 괴상한 말을 하기는 싫어."

당신들의 아들은 나이를 먹지 않았습니다, 라니.

그리즐리는 셴을 돌아보며 살짝 웃었다. "넌 상냥하구나."

"개굴개굴."

셴은 PP를 끄고 모니터에 연결되어 있던 케이블을 뽑았다. 그리즐리는 말없이 지켜보고 있다.

셴은 이번만큼은 마에스트로의 말을 들을 걸 그랬다고 후회하고 있었다. 리프의 뒤를 쫓지 말았어야 했다. 탐색하지 말았어야 했다. 더 이상 관여할 마음이 없다면 코를 처박지 말았어야 했다.

"돌아갈 거야?"

"응. 실례 많았어."

"그럼 로비까지 바래다줄게."

"그럴 필요 없어."

"아니, 있어. 너 혼자서 나가면 십중팔구 종업원한테 신체검사를 당할 거야. 비품을 훔쳐내지는 않았나 하고 말이야. 아니면 네가 날 죽이고 현장을 떠나는 참인 건 아닌지 의심할지도 모르지. 여기서 난투가 일어나면 내가 곤란하다고."

분하지만 그 말씀이 옳습니다.

셴이 그리즐리의 뒤를 따라가는데도 프런트 담당자는 엄한 시선을 보내왔다. 그래도 이번에는 별로 신경 쓰이지 않았다. 리프의 일이 마음에 걸려 다른 데 신경 쓸 여력이 없었기 때문이다. 그나저나 진지라니, 촌스러운 이름이다. 그가 스스로 지은 리프라는 이름이 더 세련됐다.

로비에는 한 팀의 손님이 있었다. 프런트 옆의 소파에 마주 앉아 열심히 이야기를 나누고 있다. 50대 정도의 풍채 좋은 신사와 그 아들이라고 해도 될 정도의 젊은이. 젊은이는 작업복 차림이다.

신사는 그리즐리와 비슷한 공무원일 것이다. 이런 시간에 호텔에서 채용 면접을 할 리도 없을 텐데——하고 생각하면서 힐끗 쳐다보다가, 젊은이가 입고 있는 작업복이 미쿠바 항만 직원의 제복이라는 사실을 깨달았다. 그래서 잠깐 시선이 끌렸다.

젊은이도 셴을 보았다. 문득 눈을 크게 떴다. 하지만 곧 젊은이 쪽에서 시선을 피했다.

무사히 프런트 앞을 통과해 출입구로 향한다. 자동문은 소리도 없이 열렸다. 깨끗하게 닦인 유리문에, 원래는 필요 없어야 할 커다란 고무 손잡이가 붙어 있다. 홀수일의 정전 때에는 수동으로 여닫아야 하기 때문이다.

쩨쩨한 이 나라. '대재앙'의 흔적. 이런 작은 손잡이에서까지 그 흔적이 보인다.

"네가 내게 연락하고 싶어졌을 때를 위해서 PP 번호를 가르쳐주겠다고 말하면 어떡할 거야?"

그리즐리는 문 옆에 멈춰 서서 팔짱을 끼고 있다.

"연줄은 환영이니까 가르쳐달라고 할래."

그리즐리는 웃으면서 셔츠 주머니에서 카드를 꺼냈다.

"날 만나고 싶어지면 '홀스래디시'에서 난투를 일으키면 돼."

"좀 더 빨리 만나고 싶을 때는?"

셴은 연락처를 가르쳐주었다. 마에스트로와 살고 있는 그 배에는 PP와 똑같은 기능의 통신기가 실려 있다.

"하지만 당신은 이제 D · B와 연관을 맺을 일은 없을 것 같은데."

"공무원으로서는. 하지만 자원봉사자로서는 또 달라."

그렇게 말하고, 그리즐리는 슬쩍 손을 들어 셴을 가로막았다.

"걱정하지 마. 쓸데없는 짓은 안 할 거니까. 모리슨 부부는 내버려 둘게. 내게는 그들에게 관여할 권리가 없거든."

두 사람은 이렇다 할 인사도 없이 헤어졌다. 그리즐리가 호텔 안쪽으로 돌아갔을 타이밍에 맞춰, 셴은 뒤를 돌아보았다. 이미 로비에 그의 모습은 없었다.

이상한 공무원이다. 특이하다. 성실하고, 게다가 선의 따위를 갖고 있고.

언제였는지, 에믈린이 이런 말을 한 적이 있다. 무슨 얘기를 하다가 나온 얘기였는지는 잊어버렸다.

"있잖니, 셴. 넌 늘 그렇게 한껏 뻗대고 화를 내지만, 지금 세상에도 바보 같은 놈들만 있는 건 아니야. 제대로 된 사람들도 많이 있어. 그렇지 않다면 세상은 이렇게 성립하지 못할 거야. 물론 여러 가지 불만도 있지만, 그래도 우선 사회가 성립하는 건 그것을 위해서 열심히 일하고 있는 사람들 덕분이야. 그저 그건 쉽게 눈에 띄지 않을 뿐이지."

마치 밤하늘의 별 조각처럼. 마음먹고 찾으려고 하지 않으면 보이지 않을 뿐.

셴은 밤하늘을 올려다보았다. 안개를 머금고 흐르는 바람 저편에 별 따위는 보이지 않는다. 온전한 하나의 별도, 조각난 별도.

3

친애하는 쥬나.

오빠야. 신임 D · B인 네 오빠가, 이렇게 또 편지를 쓰고 있단다. 오늘은 짧게 쓸게. 내일이 되면 쓸 게 점점 더 늘어날 테니까.

왜냐고? 내일, 첫 번째 미션을 수행하러 가거든! 그래, 오빠를 고용해 줄 쉽을 찾았어. 2인 1조로 날던 베테랑 D · B인데, 파트너가 병으로 탈락해서 곤란해하고 있던 참이래.

오빠를 고용해 준 D · B는 예전에 해군 군인이었다고 해서, 사람들에게 '제독'이라고 불리고 있어. 언뜻 보기에는 작은 몸집에 야윈 노인이지만 꽤나 기개가 있을 것 같은 사람이야. 오빠는 우선 수습 대우를 받게 되지만, 어쨌거나 멤버는 두 명뿐이잖니. 느긋하게 있을 수는 없을 거야. 그만큼 빨리 실무를 몸으로 익힐 수 있지 않을까? 열심히 할게.

그나저나 지난번 편지에는 의기소침해서 미쿠바 항의 부두에 서 있었다는 데까지 썼지? 거기에서 어떤 인물이 내게 말을 걸었다고 말이야.

그 인물은 '롯지'의 직원이었어. 나이는 쉰 살 정도일까. 정장을 입고 가방을 들고, 깨끗하게 닦은 구두를 신고 있었어. 오빠보다 더, D · B들의 쉽이 정박되어 있는 하수구 냄새나는 부두에는 어울리지 않는 신사였지.

"왠지 안색이 안 좋아 보이는데, 괜찮나? 여기는 공기가 탁해서 말이야."

그렇게 말을 걸더니, 오빠가 대답하기도 전에 부두 쪽을 바라보며 말했어.

"나는 '롯지' 본부의 직원인데, 이쪽에 출장을 나오면 쉽이 나란히 있는 모습이 신기해서 꼭 산책하러 들르고는 하지. 본부에 틀어박혀 있으면 현장의 D · B들과 접촉할 기회가 적기도 하고."

몇 번을 봐도 마음이 심란해지는 광경이라고, 쉽을 가리키며 말을 이었어.

"저렇게 바다에 떠 있는 모습은 평범하고 초라한 배에 지나지 않아. 하지만 저게 항해하는 곳은 푸른 바다가 아니라 전기신호의 바다지. '롯지'에서 일하고 있을 때도, 가끔 문득 생각한다네. 이건 현실에서 일어나고 있는 일인 걸까. 우리는 정말로 구멍을 통해 오간다는, 터무니없는 사업을 감행하고 있는 걸까. 모든 것은 환상이 아닐까. 인간이 그런 일을 할 수 있을 리가 없는데, 하고 말이야."

오빠는 그 말투에 끌리고 말았어. '롯지'의 직원조차 그렇게 생각할 때가 있구나——그게 오빠에게는 구원처럼 생각되었거든.

그래서 마치 여자아이를 꾀는 것처럼, 잠깐 얘기 좀 나눌 수 있을까요? 하고 말해 보았어. 노먼 씨는 흔쾌히 시간을 내주었어. 아, 노먼이라는 게 그 사람의 이름이야.

근처에 있는 커피 하우스에 가서 둘이서 이야기했어. 노먼 씨는 다른 사람의 이야기를 아주 잘 들어주는 사람이어서, 정신을 차리고 보니까 오빠는 오빠의 기분을 완전히 다 고백해 버린 후였어. 상대가 '롯지' 사람이어서 더더욱 마음이 끌렸던 건데, D · B에 대한 의문까지 숨김없이 토해내고 있었지.

노먼 씨는 굵은 검은 테 안경을 썼는데, 그 안쪽에 있는 눈은 아주 온화하고 차분했어. 아버지가 살아 계신다면 이런 아저씨가 되어 있었을 텐데 하고, 그런 생각마저 했지 뭐야.

"자네 기분은 잘 아네. 지나칠 정도로 잘 알아" 하고 노먼 씨는 말했어.

"실제로 우리 '롯지'의 직원들도 항상 그 갈등과 싸우고 있네. 인간이 이런 짓을 해도 될 리가 없다고. 나는 D · P의 '필드'에 가 본 적은 없고, 구멍에 뛰어든 적조차 없네. 원래 정부의 직원이고, 태생이 문관이거든. 현장에는 나가지 않지. 하지만 이야기만 듣고 있어도, 구멍 저편에 펼쳐져 있는 이세계(異世界)의 모습에 등골이 오싹해질 때가 있어."

그 말에 격려를 받아, 오빠는 큰맘 먹고 말했어. "이제 D · B는 폐지해야 하지 않을까요? '롯지'도 해체하는 겁니다. 그 예산과 에너지는 테—라의 부흥에 쓰여야 해요."

"구멍은 어쩌고?"

"그대로 놔두는 겁니다. 엄중한 출입 금지 지역으로 지정하고. 우리 테—라 주민들의, 과거의 뼈아픈 실수의 기념비라고 생각하면 돼요."

"하지만 그렇게 하면 '지구'로 도망친 사형수들을 방치하는 게 되네."

그 말을 들으니 아무 말도 할 수가 없었어. 노먼 씨는 오빠에게 웃음을 지었어.

"아무것도 모르는 지구 사람들에게 우리의 실수에 대한 뒤처리를 떠맡길 수는 없지. D · B는 필요해. 자네의 윤리관에 비추어 보더라도 그런 결론이 나오지 않을까? D · B는 필요악이라고 말할 수 있을지도 모르지."

"남아 있는 흉악범은 몇 명이나 되나요?"

"현재까지 열일곱 명이 남아 있네."

겨우 열일곱 명이라고 생각할 수도 있지.

"지구는 넓지요? 인구도 테—라의 십여 배라면서요. 그 가운데에서 열일곱 명이라면……. 게다가 열일곱 명 전원이 지금도 위험한 흉악범의 의식을 유지한 채 '생존'하고 있다고 단정할 수도 없어요."

노먼 씨는 천천히 고개를 저었어.

"그것도 조사해 보지 않으면 알 수 없어. 방치해 둘 수는 없네, 스피나 군. 그것도 인간으로서 해서는 안 되는 일이야."

결국, 어느 쪽이든 '해서는 안 되는 일'이라는 거야.

"하지만 스피나 군, 자네는 D · B에 맞는 사람이라고, 나는 생각하네. 오히려 자네 같은 사람이야말로 D · B가 되어 주었으면 해."

이 말에는 놀랐어.

"어째서요? 전 D · B의 활동에 의문을 품고 있는데."

"그래서 더 어울리는 거야. 해서는 안 되는 일에 손을 담그고 있다는 의식이 있으면 몸을 다스릴 수 있지. 두려움은 겸허함으로 이어지고, 그것이 결국에는 정의를 낳을 걸세. 하지만 현재의 상황은 어떤가? D · B는 곧 무뢰한들의 집단이 아닌가. 윤리관도 양심도 전혀 없는 놈들이 고액의 보수를 노리고 최첨단 과학의 성과 위에 올라타서 마음껏 행동하고 있어."

노먼 씨는 화를 내고 있었어. 온화한 눈이 빛나고 뺨이 굳어져 있었지.

"물론 D · B들은 여러 가지 규정에 얽매여 있네. 하지만 '필드'에서 그들이 어떤 행동을 취하고 있는지, 사실은 알 수 없지. '롯지'도 계속 옆에 붙어서 감시하고 있는 건 아니니까, 실은 D · B들의 자기 신고에 의존할 수밖에 없어."

그 말이 맞아, 쥬나. 냉정하게 생각하면 지금까지 큰 불상사가 일어나지 않은 것은 기적이라고 할 수 있어. 아니, 불상사가 일어났다 해도 우리가 그것을 알아채지 못했을 뿐인지도 모르지.

실제로 돈만이 목적인 D · B는 무슨 짓을 저지를지 알 수 없어. 가령 탈주범과 손을 잡는다든지, 어떤 형태로 지구의 '필드'를 돈벌이에 이용하려고 한다든지. 이렇게 무서운 일이 또 있을까. 무엇보다, D · B라는 입장이 얼마나 두려운 건지 자각하고 있지 못하다는 것부터가 큰 문제야.

"그러니 스피나 군, 자네 같은 D · B가 필요한 걸세. 굳은 신념과 양심이 있는 D · B. 돈만 벌 수 있다면 뭐든지 좋다는 무뢰한이 아니라, 정의의 감시자로서 행동할 수 있는 D · B 말이야."

노먼 씨의 말은 오빠의 가슴에 깊이 스며들었어. 포기해선 안 된다——알 수 없는 힘이 넘치는 것을 느꼈지.

"하지만 노먼 씨. 저도 보수에 끌려서 D · B가 될 생각을 한 겁니다. 어머니가 편찮으셔서——치료비가 들거든요."

"그거야말로 훌륭한 이유 아닌가! 자네는 그냥 사치를 하고 싶은 게 아니야. 게다가 D · B의 보수가 고액인 것에, 나는 아무런 불만도 없네. 위험한 일이니 대가가 큰 게 당연하지. 다만, 진실로 그것을 받을 자격이 있는 인간이 D · B가 되고 있는 게 아니라는 현실을 걱정하고 있는 거야."

그렇지. 오빠가 추구하는 돈은 무뢰한이 추구하는 돈과는 근본적으로 의미가 달라. 그런 당연한 이치조차도, 혼란에 빠진 오빠는 잊고 있었던 거야.

나야말로 D · B가 되어야 할 인간이다, 라고 새삼 확신했어.

그렇게 우린 꽤 오랫동안 얘기를 나누었어. 정신을 차려 보니까 해가 기울고 있더구나. 나는 노먼 씨에게 약속했어. 반드시 D · B가 되고 말겠다고. 마음의 망설임이 사라지고 새로운 목적이 생겼으니까, 이번에야말로 괜찮을 거라는 자신감도 생겨났어.

노먼 씨는 아직 미쿠바 시에서 할 일이 있다면서, 묵고 있는 호텔을 가르쳐주었어.

"언제든지 연락해 주게. 자네가 합격하면 둘이서 축배를 들자고."

그리고는 아저씨답지 않게 익살기 가득한 얼굴을 하고 오빠에게 충고했어.

"나처럼 생각하는 사람은 '롯지' 안에 적지 않아. 특히 본부에서는 말이야. 하지만 현장의 지부에서는 아직 이단자라고 할까, 그런 말을 하면 완전히 찍히게 되네. 시끄러운 이상주의자가 하는 말에는 신경 쓰지 마라, 저런 놈들은 현장의 발목을 잡을 뿐이다, 하고 말이야. 그러니 자네도 나와 면식이 있다는 건 아무에게도 말하지 않는 편이 무난할 거야."

물론 이해했어. 정의의 감시자는 수다를 떨지 않는 법이니까.

그리고 다음 시험에서 합격해서, 나는 드디어 D · B가 된 거야. 마음이 다르면 이렇게나 달라지는 건가 하고 생각했지. 오빠는 이제 아무것도 두렵지 않게 되었어. 아니, 두려운 일이기 때문에 더더욱, 나는 눈을 똑바로 뜨고 있어야 한다는 각오를 가질 수 있게 된 거야.

합격한 사실을 알렸더니 노먼 씨는 매우 기뻐해 주었어. 그날 얼마나 많이 얻어먹었는지 몰라. 게다가 화제가 풍부한 사람이어서 계속 흥미진진한 얘기가 나오는 바람에, 시간을 잊어버릴 정도였어.

아, 맞다, 노먼 씨를 호텔까지 바래다주고 나서 로비에 자리를 잡고 앉아 이야기를 하고 있을 때, D · B를 한 명 봤어. 최연소 D · B라서 미쿠바에서는 유명해. 그쪽은 오빠를 모르겠지만 오빠는 여러 가지 소문을 들은 적이 있었고, 잘못 볼 수 없는 얼굴을 하고 있기에 금방 알 수 있었어.

셴인가 하는 이름의 남자아이야. 정말로 남자아이란다. 어린아이지. 하지만 실력은 뛰어난가 봐. 게다가 미소년이라서 '홀스래디시'에는 팬이 많이 있대. 아, '홀스래디시'라는 건 이쪽에 있는 환락가야. 오빠도 항만국 선배에게 끌려서 몇 번 간 적이 있어. 나쁜 짓은 하지 않았으니까 화내지 마.

소문대로, 눈에 띄는 멋진 소년이었어. 하지만 오빠는 별로 좋아하지 않아. D · B로서 함께 날고 싶다고도 생각하지 않고. 그냥 걷고 있을 뿐인데도 채찍처럼 팽팽하게 조여져 보이고 빈틈이 없었어. 암기처럼 위험한 분위기를 두르고, 날카롭게 긴장하고 있었지.

언뜻 눈이 마주쳤어. 예쁜 눈이더라. 확실히 여자아이들이 소란을 피울 만하더구나. 하지만 오빠는 한순간 오싹했어.

쥬나, 죽은 물고기의 눈을 본 적이 있니? 평소에 '죽은 물고기의 눈 같다'고 말할 때는 흐릿하게 탁해지고 생기가 없다는 뜻을 나타내지. 하지만 진짜 죽은 물고기의 눈은, 그런 것과는 달라. 맑고 예쁘단다. 다만 생명이 없지. 아무런 감정도 없어.

셴의 눈은 그런 눈이었어. 피가 통하지 않는. 인간이 아닌 존재의 눈 말이야.

그는 혼자가 아니라 연상의 남자와 함께 있었어. 그 남자는 호텔에 묵는 손님인지, 셴이 호텔을 나가자 곧 돌아와서 엘리베이터로 올라갔어.

노먼 씨도 셴을 알아본 모양이야. "D · B가 이 호텔에 출입하다니 별일이군. 아니, 스피나 군, 자네는 다르지만" 하고 곧 말했어.

"저 소년을 아시는군요?"

노먼 씨는 고개를 끄덕이고, 목소리를 낮추더군. "통탄할 일이지. 저 아이는 원래 같으면 아직 학교에 다니면서 학문에 힘쓰고 있을 나이일세. 사회성을 익히기 위한 훈련을 받고 있어야 한단 말이야. 저 아이를 D · B로 인정하고 살인자들을 사냥하는 역할을 준 '롯지'의 직원은 문책을 들어 마땅하다고 생각해. 저 나이에 D · B라는 입장으로 '필드'에 서서 D · P의 생사여탈을 쥐고 절대적 권력을 휘두르는 것에 맛을 들여 버린다면, 그는 대체 어떤 어른으로 성장할까? 상상만 해도 몸이 떨릴 것 같네."

오빠도 동감이야. 그리고 마음속으로 다짐했어. 셴 같은 D · B가 길을 잘못 들지 않도록 감시하겠다고. 그게 오빠에게 주어진 역할이라고.

쥬나, 오빠를 지켜봐 줘. 사법의 길을 가려고 하는 너도 사회정의의 수호자라는 올바른 인간이지만, 오빠도 네게 지지 않도록 노력할 테니까.

그럼, 다음에는 미션에 대해 보고하는 편지를 쓸게. 어머니께도 오빠는 잘 지낸다고 전해 줘. 얼굴을 들고, 자랑스럽게 가슴을 펴고 일하고 있다고 말이야.

게다가 이제 치료비를 걱정할 필요는 없게 되었어. 이게 제일 중요하지. 잘 설명해서, 걱정이 많은 어머니를 안심시켜 드려!

4

이번 미션에서는 '제독'과 공동으로 탐색을 한다고 한다. 마에스트로의 설명에 셴은 고개를 갸웃거렸다.

"그 영감, 드디어 쉽을 조종하는 게 버거워진 거야?"

넌 정말 말버릇이 고약하구나, 하며 에믈린이 꾸짖는다.

"제독님의 실력은 아직 확실해. 무례한 말 하지 마라."

바렌 쉽은 부두에 매어져 있고, 출발 전의 점검을 하고 있는 중이다. 에믈린은 "하는 김에 안을 좀 정리해 줄게"라며 안에 타고 있다.

"당신들, 둘 다 이 세상에는 청소라는 말이 있다는 걸 모르나 보네."

에믈린도 재훈련을 마치고 D · B 등록을 했기 때문에 비행 자격은 있지만, 평소에는 셴 일행과 따로 행동하고 있다. 대기조라고나 할까. 이곳저곳의 D · B 동료들 중에서 일손이 부족한 곳에 불려가 돕는 것이다.

"제독님의 파트너가 쓰러졌어. 오랫동안 무리한 탓이겠지."

파트너와 제독은 오랫동안 콤비로 일해 왔고 양쪽 모두 나이 많은 할아버지였으니, 언제 쓰러져도 이상하지는 않다고 셴은 생각했다.

"제독님도 한때는 같이 은퇴할까 하는 생각을 했던 모양이지만, 아직 돈을 더 벌고 싶어서 최근에는 파트너를 찾는 중이었어."

"마에스트로는 날 추천해 주었지만."

에믈린이 조종석 밑에 기어들어가 걸레질을 하면서 말했다.

"제독님한테 거절당했어. 그 사람은 군인 출신이라서 여자랑 같이 쉽에 타는 건 금기거든."

"요새는 해군에도 여성이 있는데 말이오."

"제독님은 잠수함 선원이었잖아? 그러니 절대 안 돼, 아직도 잠수함 선원은 남자들뿐이거든. 머리가 굳었다니까."

그보다 바다 밑이라는 밀실에서 엉겁결에 사귀게 되기라도 하면 곤란하기 때문이 아닐까, 하고 셴은 생각했다.

"그런데 말이야——."

바로 얼마 전에 둘이서 밀실 놀이를 했을 마에스트로와 에믈린은 어떻게 되었느냐고 이제 막 물으려고 하자, 클립보드가 가차 없이 날아왔다.

"엔진 체크하고 와!"

마에스트로는 가끔 독심술을 쓴다. 네네, 하며 셴은 쉽에서 나갔다.

갑판에 나가자 누군가가 부르는 소리가 들려왔다.

"여어, 셴 아가. 오늘 잘 부탁한다."

제독이다. 부두에 서서 손을 흔들고 있다. 그도 바렌 쉽을 탄다. 그의 배는 옆자리인 11번 부두에 정박되어 있다. 마에스트로의 쉽보다는 훨씬 작고 장비도 가볍다. 셴 일행은 탐사 전용 바렌 쉽을 타면서 체포 미션도 하는 거친 일솜씨가 특기지만, 제독은 정말로 오로지 탐사만 한다. 그래서 이 나이에도 현역일 수 있는 것이다.

"오오, 나한테 맡겨둬."

제독의 목소리에 답하며 셴은 난간 너머로 크게 소리를 질렀다.
"하지만 제발 그 '셴 아가'라는 말은 좀 안 하면 안 돼?"
"넌 내 손자랑 같은 나이야."
"당신 손자도 이제 '아가'라고 불리면 화낼 거야."
"그런가?"
제독은 사실 이제 손자와는 만나지 않는 게 아닐까 하고 셴은 생각한다. 낡은 사진을 보고 있을 뿐인 게 아닐까. 하지만 그건 캐묻지 않는 게 예의다.
마침 그때 관제사령실 쪽에서 키 큰 젊은이가 달려왔다. 손에서 서류가 팔랑거리고 있다.
"제독님, 제 허가증을 받아왔습니다."
젊은이가 내민 서류는 그대로 둔 채, '제독'은 다시 셴을 올려다보았다.
"셴 아가, 내 조수다. 오늘부터 같이 날게 됐어. 신참이니까 여러 가지로 폐를 끼칠지도 모르지만, 잘 좀 돌봐 줘라."
어느새 마에스트로가 불쑥 뒤에 서 있었다.
"오오, 저희야말로 신세 지겠소이다."
키 큰 젊은이는 예의 바르게 머리를 숙였다. "스피나라고 합니다. 잘 부탁드립니다."
"예의 바른 분이군요. 누구도 보고 배웠으면 좋겠는데."
마에스트로의 빈정거림은 똑똑히 들렸지만, 셴은 대꾸하지 않았다. 스피나라는 신참 D · B의 얼굴을 어디서 본 적이 있는 것 같은 기분이 들었던 것이다. 바로 최근에 어디에선가 만났거나 본 적이 있는——.

금방은 생각나지 않는다. 결국 "잘 부탁해" 하며 손만 흔들고 인사를 끝냈다. 이제 출발할 시간이다.

"그럼 '필드'에서 만나세!"

참으로 고풍스러운 인사를 남기고, 제독은 쉽에 올라탔다. 스피나가 신병처럼 빠릿빠릿하게 그 뒤를 따른다. 뒷모습을 지켜보고 나서 셴은 중얼거렸다.

"그렇군. 신참이랑 같은 조가 돼서 우리의 서포트가 필요했던 거구나."

"우릴 믿고 있는 거다."

마에스트로는 코 밑을 문지르고 있다.

"하지만 선행파만 나온 단순 탐사가 아니야. 제독님 일행이 계속 탐사를 해 왔고, 바로 어제 보류 관찰 기간이 지난 안건이다."

"귀찮아질 것 같아?"

"모르지. 하지만 걸러낼 수 없는 B · N(브레인 노이즈)이 집요하게 존재하고 있어. 제독님의 이야기에 따르면 '필드'는 평온 그 자체지만, 그 평온함도 마음에 걸린다더군."

뭐, 가 보면 알게 되겠지.

확실히 평온한 '필드'이긴 하다. 전혀 인기척이 없다.

"이건 대체 뭐지?"

경계 아슬아슬한 곳에 정박시킨 바렌 쉽의 갑판에, 셴은 마에스트로와 나란히 서 있었다. 제독과 스피나의 바렌 쉽도 양쪽의 난간이 서로 스칠 듯한 정도의 거리에 멈춰 있다.

"지난번 탐색 때까지는, 이런 건 여기에 없었네."

제독은 그렇게 말하며 쌍안경을 내렸다.

"나랑 파트너가 찾아왔을 때는 언제나, 여기에는 거리의 풍경이 펼쳐져 있었어. 너저분한 주택지인데, 조잡한 집들 사이로 공장이 섞여 있었지. 군데군데 공터가 있고, D · P는 대개 거기에서 놀고 있었네."

"그럼 이곳의 D · P는 어린아이로군요?"

마에스트로의 물음에 제독은 고개를 끄덕였다.

"여덟 살 정도 된 아이라네. 남자아이지."

'제독'이라는 통칭은 어디까지나 그의 경력 때문에 붙여진 것이다. D · B가 되고 나서는 군복을 입고 있었던 적도 없고, 여봐란듯이 군대 용어를 쓰는 일도 없다. 하지만 지금 그 손안에 있는 낡은 쌍안경에는 구연방의 해군사관학교 문장이 찍혀 있었다. 분명히 무슨 기념으로 학교에서 하사한 것이리라. 제독의 젊은 시절의 추억이 담겨 있는 물건. 우수한 사관후보생이었을지도 모른다.

하지만——이 쌍안경도 넓은 바다나 적의 함대가 아니라 이런 괴상한 것을 보기 위해 쓰이게 되다니, 어쨌거나 가엾은 일이다.

돔——이라고 하면 제일 비슷할까. 둔한 은색으로 빛나는 거대한 반구를 씌운 것. 그게 '필드'의 대부분을 차지하고 있다. 떠도는 하얀 안개에 돔 꼭대기 부분이 희미하게 가려져 있다.

"레스토랑에서 이런 걸 쓰지?" 하고 셴은 말했다. "그 왜, 요리가 식지 말라고 뚜껑을 덮잖아."

"비슷하지만 달라. 여기에는 들어 올리기 위한 손잡이가 없잖아."

"……뭐, 있어도 들어 올릴 수 없으니까 됐어."

마에스트로는 제독을 돌아보았다.

"입구 같은 건 눈에 띄지 않지만, 이 안에는 지금까지와 똑같은 거리의 풍경이 펼쳐져 있을지도 모르외다."

"흠……. 하지만 어떻게 안으로 들어가지?"

영감들의 대화가 들리는 건지 들리지 않는 건지, 아니, 아마 들리지 않을 것이다. 신참인 스피나는 더 이상은 무리가 아닐까 싶을 정도로 눈도 크게 뜨고 입도 크게 벌린 채 갑판 위에 우두커니 서 있다.

"괜찮아?" 하고 셴이 말을 걸었다. "제독님, 댁의 신입이 얼어붙어 있어."

제독이 가볍게 스피나의 팔을 두드렸다. 스피나는 찬물을 뒤집어 쓴 강아지처럼 펄쩍 뛰어오르며 제정신으로 돌아오더니, 순식간에 창백해졌다. 빨개지지 않으니 그나마 안심이지만, 이렇게 파래지는 것도 심각하다.

"이것이 좀처럼 볼 수 없는 광경이라는 건 분명하지만, 기묘하다고 해서 반드시 위험한 건 아니라네. 진정하게."

조금 떨어진 곳에 있는 셴의 눈에도 스피나의 이마에 식은땀이 흐르는 게 보였다. 눈도 멍하다.

"죄, 죄송합니다."

스피나는 떨면서 양손으로 얼굴을 문지른다. 그렇게 해서 지금 본 것을 문질러 털어내려는 것 같다.

"훈련 때는……, 이렇게 엄청난 걸 본 적이 없어서."

"엄청나지도 않아. 단순한 뚜껑인데 뭐. 사이즈가 다를 뿐이야."

셴은 웃었다. D · P가 어린아이일 경우, 일상생활에서 가까이 있는 물건들이 터무니없는 크기가 되어 '필드'에 출현하는 일은 드물지 않다.

“어쨌든 난 내려가 볼래. 마에스트로, 만약을 대비해서 쉽은 좀 거리를 두고 세워 두는 게 좋을 것 같아. 이 커다란 뚜껑이 ‘필드’를 이동하는 일이 벌어질지도 모르니까.”

“그래, 나는 컨트롤에 좌표를 세울 수 있을지 어떨지 확인하마.”

“센, 우리는 반대쪽 기슭으로 가겠네” 하고 제독이 말했다. “마에스트로와 함께 이것을 포위하듯이 상세 탐사를 해 보지.”

“그게 좋겠는데. 그리고 스피나는 아직 쉽에서 내려놓지 않는 게 좋을 것 같아.”

죄송합니다, 하고 스피나가 고개를 떨어뜨렸다.

“아니, 사과할 건 없네. 누구나 처음에는 그런 법이야. 경험을 쌓으면서 배짱이 생기는 거지.”

제독은 스피나의 어깨를 툭 두드렸다.

“센, 탐사 헬멧을 쓸 거냐? 내 쉽에는 숄더 카메라를 실어 두었는데.”

“아, 그럼 그걸 빌려줘. 우선 한 바퀴 걸어 다니면서 찍어 볼게. 모니터해 줘.”

그때 갑자기 ‘필드’를 점거하고 있던 거대한 금속제의 뚜껑 중 일부가 탁 열렸다. 창문처럼 밖을 향해 열리는 게 아니라 벽이 덜그럭덜그럭 어긋나며 네모난 공간이 생긴 것이다.

거기에서 어린아이의 머리가 나왔다. 그런데 나오나 싶더니 다시 쏙 들어갔다. 한 호흡을 두고 또 덜그럭덜그럭 벽이 움직이더니 뚜껑은 원래대로 돌아가고 말았다.

조종석으로 돌아간 마에스트로를 제외한 세 사람은, 셋 다 지금 일어난 작은 움직임을 목격했다.

“제독님, 방금 그게 D · P야?”

“음. 거리가 멀지만 아마 그럴 거다.”

“정말로 작은 어린아이네.”

“다카시라는 아이야. 착한 아이지. 좀 지나칠 정도로 얌전해.”

“제독님을 잘 따라?”

“글쎄. 나는 쉽에서 모니터로 관찰할 때가 많았어. 계속 저 아이랑 접촉하고 있었던 건 내 파트너였지.”

“쌍안경 좀 잠깐 빌려줄 수 있어?”

센은 쌍안경을 받아들었다. 그리고 거대한 뚜껑을 찬찬히 관찰한다. 방금 그 벽의 움직임. 뭔가 짐작 가는 바가 있었던 것이다.

줌을 당기다 보니 매끈하고 평평해 보이는 금속성의 뚜껑 표면에 아주 가느다란 직선이 몇 개나 나 있는 게 보였다. 구부러지거나 교차하며 복잡한 좌표를 형성하고 있다.

센은 쌍안경을 눈에 댄 채 제독에게 물었다. “저 아이, 평소에 뭘 하면서 놀았어?”

“막대기로 땅바닥에 그림을 그릴 때가 많았지.”

제독은 미소를 지었다. “파트너의 얼굴을 그려준 적도 있었어. 꽤 잘 그리더구나.”

“막대기 외에 놀이 도구를 갖고 있었던 적은 없었어? 장난감이라든지.”

제독은 잠시 생각했다. “퍼즐을 좋아하는 것 같았어. 조립하면 만화의 그림이 완성되는, 그 왜, 블록 퍼즐이라는 게 있잖으냐? 큐브가 많이 조립되어 있고, 그 색깔을 맞춰 나가는 퍼즐을 갖고 있었던 적도 있었어.”

"그거야." 셴은 쌍안경을 돌려주었다. "잘 봐. 저 커다란 뚜껑도 퍼즐로 되어 있어."

제독이 쌍안경을 눈에 댄다. 스피나도 머뭇머뭇 난간으로 다가가 자세히 살펴보고 있다.

"저 뚜껑은 촘촘한 금속판들이 모여서 만들어진 거야. 그걸 미끄러뜨리면 창문이 열려. 같은 요령으로 출입구를 열 수도 있을 거야, 틀림없이."

제독은 크게 고개를 끄덕였다. "오오, 그렇군. 분명히 그래. 용케도 저렇게 손이 많이 가는 것을 만들어 두었군. 저 아이는 어엿한 퍼즐 마니아야."

"어떻게 할 거야?" 스피나가 아직도 식은땀이 남아 있는 이마를 번들거리며 셴에게 물었다.

"내려서 말을 걸어 볼게. D · P를 만나지 못하면 아무것도 시작되지 않으니까."

어린아이가 저 안에 있는 건 틀림없으니, 찾는 수고를 덜 수 있는 것만으로도 도움이 된다.

숄더 카메라를 오른쪽 어깨에 장착하고 모니터의 상태를 체크한 후, 셴은 가볍게 '필드'로 뛰어내렸다. 발밑에 와 닿는 땅바닥의 감촉은 불안할 정도로 부드럽다. D · P가 아직 어린아이이기 때문이다.

"다짐할 필요도 없겠지만, 큰 소리 내지 말아 줘. D · P가 무서워하게 하고 싶지 않아."

"그야 두말할 필요도 없는 일이옵나이다" 하고 제독이 말했다.

무슨 말투가 그래?

"좌표가 세워졌소이다, 제독." 마에스트로가 불렀다.

제독의 바렌 쉽이 가볍게 이동하기 시작한다.

셴은 B무선으로 마에스트로를 불러서 물었다. "B · N은 어때?"

"패턴은 제독님의 탐사 기록과 똑같아. 더 강해지지도 않았고, 약해지지도 않았어."

"D · P의 뇌파는?"

"정상 영역에 있어. 아니, 잠깐 기다려."

마에스트로는 2초쯤 침묵했다가 말을 이었다. "이 아이는 머리에 외상을 입었을 가능성이 있어. 왼쪽 측두엽이다. 하지만 뇌파의 흐트러짐은 미약하니까, 본인은 아무것도 느끼지 못하고 있을 테지."

셴은 눈을 가늘게 뜨고 커다란 금속 뚜껑의 퍼즐을 올려다보았다.

"제독님, 지금까지 탐사하면서 그런 흔적을 발견한 적은 있어?"

"전혀 없어." B무선 너머로 들리는 목소리로도 제독이 놀라고 있다는 것을 알 수 있었다.

"우리가 보류 관찰하고 있는 사이에, 이 아이는 사고라도 당한 걸까? 뇌진탕을 일으켰다거나——."

그래서 '필드'에 극적인 변화가 일어난 것이리라. 충분히 있을 수 있는 일이다.

"어쨌든 걸어 볼게."

셴은 천천히 걸음을 옮겼다. 똑바로 금속 뚜껑의 퍼즐로 다가가지는 않고 일부러 지그재그로 나아갔다. 그동안에도 퍼즐이 다시 열리지는 않을까 싶어 눈을 떼지 않았지만, 움직임은 전혀 없었다.

퍼즐에서 2미터 정도 되는 거리에서 걸음을 멈추었다. 마에스트로의 바렌 쉽을 돌아보며 위치를 확인한다. 아까 창문이 열린 곳은 정확하게 이 자리 바로 위다.

“어—이!”

센은 한 손을 입에 대고 불렀다.

“다카시! 거기 있지?”

대답 없음. 커다란 금속 뚜껑은 침묵하고 있다.

“엄청난 퍼즐을 만들었네. 네 친구인 할아버지가 깜짝 놀라서 턱이 빠질 뻔했어. 어떻게 만든 거야?”

여전히 침묵.

“늘 너를 찾아오던 할아버지들 말이야, 기억나지? 너랑 사이좋은 할아버지, 네가 얼굴 그림을 그려준 할아버지가 병에 걸려서 오늘은 올 수 없었어. 그래서 형이 온 건데, 다카시, 잠깐 얼굴 좀 보여 주지 않을래?”

달칵 소리가 났다. 센은 뚜껑의 벽면을 따라 시선을 미끄러뜨렸다. 아까 그곳이 아니다. 다른 곳에서 퍼즐이 움직이고 있다.

오른쪽에서 목소리가 들려왔다.

“보우 할아버지 아파?”

얼른 쳐다보니 벽면에서 튀어나와 있던 작은 얼굴이 당황해서 쏙 들어갔다. 센은 그 자리에서 움직이지 않고 그냥 몸만 틀어서 그쪽을 향하며 대답했다.

“응. 병원에 입원해 있어. 어쨌든 나이가 많아서 걱정이지. 하지만 보우 할아버지도 다카시를 걱정하고 있었어.”

다카시는 침묵했다. 퍼즐의 창문은 아직 열려 있는 것 같다.

B무선에서 제독의 목소리가 들려왔다. “보우는 내 파트너의 별명이라네. 저 아이한테는 보우 할아버지라고 부르게 하고 있었지.”

“아름다운 얘기네.”

잠시 후, 다카시는 아까보다 작은 목소리로 물었다. "보우 할아버지, 죽는 걸까?"

"죽지는 않아. 의사 선생님한테 진찰을 받고 나면 좋아질 거야."

실제로는, 이제 보우 할아버지가 D · B로 복귀하는 일은 없을 것이다. 구멍의 독 때문에 폐인으로 가는 길을 달리게 될 뿐이다. 하지만 어린아이인 D · P에게 그런 얘기를 들려줘서 어쩌겠다는 말인가?

"그럼 나랑 또 놀아 줄까?"

"놀아 줄 거야."

"이 퍼즐, 보여 주고 싶었는데."

"보우 할아버지도 기대하고 있을 거야."

다카시의 목소리가 어린아이답게 즐겁게 튀어 올랐다.

"구체 퍼즐은 어렵다고, 보우 할아버지가 가르쳐 주었어. 내 힘으로는 만들 수 없었어."

"그래? 하지만 이건 훌륭한 퍼즐이잖아."

"반구인걸."

창문이 닫힐 기미는 없다. 다카시는 거기에 있는 것이다.

"다카시, 형이 너한테 가까이 —— 그쪽으로 가도 돼?"

침묵해 버렸다. 이거 도망치겠구나 생각하며 귀를 기울이고 있자니, 아니나 다를까 달칵 소리가 들렸다.

하지만 곧, 이번에는 왼쪽에서 소리가 났다. 셴이 있는 곳에서 5센티미터도 떨어지지 않은 곳이다. 눈높이도 비슷하다. 다카시의 얼굴이 잘 보인다.

야위고 안색이 나쁜 남자아이였다. 코 위에 큰 반창고를 붙이고 있다. 눈 밑이 까맣다.

"잘 만든 퍼즐이네."

진심으로 감탄하고 있었다. 아이가 안쪽에서 창문을 열어줄 때까지는, 어떻게 하면 그곳이 열리는지 셴으로서는 짐작도 하지 못했던 것이다.

다카시는 기쁜 듯이 작게 웃었다.

"정말?"

"응. 너는 머리 좋구나."

"나 혼자서 만든 건 아니야. 모즈미 아저씨가 도와주었어."

불쑥 이름이 나왔다. 셴은 표정을 바꾸지 않고 친밀감 넘치는 형의 웃음을 유지했다. 그건 경험치다. 하지만 내심 두근두근의 세제곱 정도로 심장 언저리가 갑자기 싸늘해졌다.

모즈미. 풀네임은 모즈미 로스. 탈주 사형수 중 한 명이다. 25세에 전과 3범. 실탄을 사용해 두 명을 살해한 강도 살인사건으로 사형이 확정되었다.

B무선은 얌전히 침묵하고 있다. 마에스트로도 제독도, 경험치라면 담보로 잡혀도 좋을 만큼 많이 쌓였기 때문이다. 스피나는 아직 모즈미라는 말만 듣고 금세 감이 오지는 않을 테니, 이게 얼마나 중대한 발언인지 깨닫지도 못했을 것이다.

모즈미 로스가 이 '필드'에 있다. 다카시와 함께. 제독과 파트너인 보우 할아버지가, 미약하지만 집요한 B · N을 내버려 두지 않고 경과 관찰 조치를 취해 둔 것은 정답이었다.

그러나 기묘하다. D · P가 잠입해 있는 탈주범과 접촉했다면, 벌써 옛날에 모즈미 로스의 갓싱 뇌파가 감지되었어야 하는데——.

"어쨌든 대단해."

셴은 느긋하게 발을 바꿔 디뎠다. 그 김에 반걸음 정도 다카시에게 다가갔다.

"안은 넓겠지? 네가 좋아하는 집인 셈이구나."

"응. 굉장히 즐거워, 여기에 있으면."

다카시의 혈색 나쁜 뺨이 누그러졌다. 이 아이는 왜 이렇게 홀쭉한 얼굴을 하고 있는 걸까. 제대로 된 식사는 하고 있는 걸까.

"혼자서 심심하지 않아?"

"모즈미 아저씨가 있는 걸."

모즈미도 이 퍼즐의 돔 속에 숨어 있는 것이다. 그리고 다카시를 회유하고 있다. 이쪽으로서는 D · P를 인질로 잡힌 거나 마찬가지다.

그러나, 그렇다면 왜 모즈미의 갓싱 뇌파가 나오지 않는 걸까? 왜 B · N밖에 탐지되지 않는 걸까?

"모즈미 아저씨는 네 친구야?"

"응."

"그 아저씨도 퍼즐을 좋아하나 보네."

"굉장히 잘해."

"지금도 있어?"

다카시는 고개를 저었다. "지금은 없어. 나갔어."

마치 엄마는 볼일이 있어서 나갔다고 말하는 것 같은 느낌이었다. 전혀 경계하지 않고 있다. 모즈미 아저씨라는 인물에 대해서도, 오늘 처음 만났을 뿐인 낯선 형이 모즈미 아저씨에 대해서 뭔가 질문을 하고 있다는 사실에 대해서도.

"나갔다, 라."

지금은 다카시가 눈치채지 못하는 곳에 숨어 있는 건가?

센은 B무선을 향해 속삭였다. "마에스트로, 패턴은 어떻게 나오고 있어?"

"여전히 변화가 없어. 지금까지 제독님이 탐사한 결과와 똑같다."

모즈미의 것이든 누구의 것이든, 갓싱 뇌파는 전혀 나오지 않고 있다. 그러나 B · N도 사라지지 않았다——고 한다. 실체화되지는 않았지만, 분명히 다카시 이외의 다른 사람의 뇌파가 존재한다는 것을 나타내는, 전기적 신호의 잡음. 그게 B · N이다.

"묘하지?" 하고 제독의 목소리가 끼어들었다. "우리가 선행파 포착 보고를 받고 제일 먼저 탐사를 시작했을 때부터 계속 이 상태였다네."

탈주범들은 최종적으로는 D · P를 손에 넣기 위해 그 꿈의 '필드'에 들어온다. 접근 방식은 제각기 다르다. 처음부터 폭력적으로 위협하는 경우도 있고, 친밀하게 다가가는 경우도 있다. 또 종교적인 계시를 보여 주어서 D · P의 마음을 조종하려는 경우도 있다.

어떤 경우이든 D · P가 탈주범을 인식했다면, 그때까지는 B · N밖에 없었던 탈주범들의 뇌파가 뚜렷하게 개체를 식별할 수 있는 갓싱 뇌파로 고정된다. 그 고정될 때 나오는 것이 선행파다.

다만 그 선행파 단계에서는 아직 어떤 탈주범인지 분간하기는 어렵다. 또 대부분의 경우, D · B가 이 선행파를 캐치하고 달려가 봐도 탈주범은 모습을 감춘 후다. D · P가——정확하게 말하자면 D · P의 뇌가 탈주범들의 갓싱 뇌파, 즉 자신이 발한 게 아닌 전기적 신호를 인지하면 재빨리 그것을 제거하기 시작하기 때문이다. 즉, D · B라는 타인의 도움을 빌리지 않아도, D · P의 뇌 자체가 탈주범들을 거절하는 것이다.

그래서 탈주범들은 '필드'에 모습을 드러내어 D · P와 접촉하기 전——B · N에 머물며 갓싱 뇌파로 고정되기 전——에 신중하게 탐색을 한다. 본래 D · P의 뇌에 거절당할 게 뻔한 자신의 존재를 받아들이게 하려고, D · P를 교란시키고 속여서 끼어들 틈을 찾는 것이다. 탈주범들이 종종 D · P가 무서워하는 것이나 잃어버리고 후회하고 있는 것, 얻으려다가 얻지 못한 것의 모습을 빌리거나 그런 상황을 연출하는 것도 결국 이런 목적이 있기 때문이다.

그래서 트라우마 즉, 충격적인 마음의 상처나 병에 의한 체력 저하 등으로 처음부터 틈이 많은 D · P가 위험한 것이다.

그리고 탈주범들이 그런 틈이 있는 D · P를 발견하거나, 교묘하게 틈을 만들어 D · P를 함락시키는 데 성공한 경우에는, D · B들과 정면에서 얼굴을 맞대고 한바탕 싸움을 벌이게 된다. D · P를 이용해서 D · B들을 쫓아낼 수 있다——다시 말해서 조금만 더 하면 D · P를 완전히 손에 넣을 수 있다, 충분히 승산이 있다고 판단하면, 탈주범들은 끈질기게 저항한다——.

"형, 누구랑 얘기하고 있는 거야?" 하고 다카시가 물었다.

"형의 동료야. 같이 다카시를 만나러 왔는데, 볼일이 있어서 배를 세워 둔 곳에 남아 있어."

"배를 타고 왔어?"

"그래. 보고 싶어?"

"응! 나도 타 봐도 돼?"

"좋아. 나중에 태워 줄게. 지금은 형한테 이 퍼즐을 좀 더 자세히 보여 줘."

다카시는 순순히 고개를 끄덕이며 퍼즐의 벽면에 난 창문으로 고개를 내밀어 센의 장비를 신기한 듯 바라보고 있다.

이상하다. 아무리 생각해도 모순되어 있다.

다카시는 분명히 모즈미를 만났다. 그리고 그가 퍼즐 만드는 것을 도와주었다고 한다. 아이는 '필드' 속의 모즈미를 인식하고 있는 것이다.

그런데도 모즈미의 갓싱 뇌파는 한 번도 관측되지 않았다. 단 한 번도. 계속 B · N만 관측될 뿐이다.

그리고 다카시는 지금, 모즈미는 '없다'고 한다. 모즈미가 어딘가에 숨어 있는 거라면, 다시 말해 '필드'에 숨어 있는데도 단순히 다카시의 눈이 닿지 않는 곳에 있을 뿐이라면, 그래도 역시 갓싱 뇌파는 나올 것이다. 다카시가 한 번이라도 모즈미를 인식한 적이 있는 이상, 나오지 않을 리가 없다. 다카시의 뇌가 그것을 식별하기 때문이다. '이건 내가 발하고 있는 전기적 신호가 아니야'라고.

한편 모즈미가 정말로 '없다'면, 그가 D · P인 다카시의 '필드'를 떠나 버렸다면, B · N도 소실되었어야 한다. 그러나 실제로는 B · N이 집요하게 계속 존재하고 있다.

센은 아랫입술을 꽉 깨물었다. 어떤 의문이든, 해결의 열쇠를 쥐고 있는 건 D · P다. '필드'는 D · P의 것이니까.

"저기, 다카시. 형은 이 퍼즐 속도 보고 싶은데. 안 될까?"

B무선으로 마에스트로가 말했다. "센, 무리하지 마."

센은 그 말을 흘려들었다. "다카시, 들여보내 줄래?"

어깨의 카메라를 약간 들어 올려 보이며 더 다정하게 말했다.

"이 퍼즐을 찍어서, 보우 할아버지한테 가져가서 보여 주려고. 분명히 기뻐하실 거야. 네가 엄청난 것을 만들었다면서."

다카시는 불안한 표정으로 자신의 손가락을 비틀어대기 시작했다. 그 내성적인 옆얼굴을 내려다보면서, 센은 생각했다. 모즈미는 이 아이의 어디에 파고든 걸까. 이 아이 안의 어떤 요소가 모즈미를 받아들이고 만 걸까.

마음의 상처. 이 야위고 뼈대가 가는 몸과 제대로 햇볕을 쬐지 못한 것 같은 창백한 얼굴. 왼쪽 측두엽에 남아 있다는 뇌파의 흐트러짐. 다쳤을 가능성.

"으—응, 있지."

다카시는 곤란해하고 있다.

"모즈미 아저씨가, 있지. 저기, 모르는 사람을 여기에 들이면 안 된다고 말했어."

그야 그렇게 말했겠지. 센은 분노를 누르며 고개를 끄덕여 보였다.

"그래? 여긴 너와 모즈미 아저씨의 집이니까 그렇겠다."

"아니, 아니야. 모즈미 아저씨는 말이지, 내가 여기에 있으면 안전하기 때문이라고 말했어. 아무도, 여기에는 들어올 수 없으니까."

"흐음. 그렇다면 너희 아빠나 엄마도 들어오면 안 돼?"

센으로서는 별로 깊은 생각이 있어서 던진 질문이 아니었다. 그러나 다카시의 반응은 격렬했다.

작은 얼굴이 굳어졌다. 손가락이 퍼즐의 벽면을 꽉 움켜쥐었다.

이건——센은 재빨리 다카시에게 다가가, 몸을 굽히고 그와 눈높이를 맞추었다.

"왜 그래? 형이 무슨 이상한 말을 했어?"

다카시는 떨고 있었다. 센이 아이의 어깨에 손을 올려놓자, 얇은 피부 바로 밑에 가냘픈 뼈가 있는 것이 느껴졌다. 정말로 바싹 말랐다.

이 녀석, 정말로 밥을 얻어먹지 못하고 있는 거다.

"아, 아, 아빠는."

다카시는 부들부들 떨며 말했다. 이가 딱딱 울린다. 그 눈에 처음으로 빛이 켜졌다. 그것은 밝은 빛이 아니었다. 경고등이었다.

그때, 연속해서 달그락달그락 금속음이 나는가 싶더니, 다카시가 얼굴을 내밀고 있는 바로 옆의 벽면이 해치처럼 네모나게 열렸다. 약간 머리를 숙이면 들어갈 수 있을 정도의 크기다.

"다카시, 형을 들여보내 주자."

거칠고 굵은 남자의 목소리였다. 돔 안쪽에서 들려온다. 다카시는 놀라는 기색도 없이 자신의 등 뒤를 돌아보았다.

"모즈미 아저씨, 있었네."

"지금 돌아왔어. 잘 있었지?"

남자는 상냥한 목소리로 말한다.

"그 형은 손님이야. 그러니까 특별히 들여보내 주자. 내가 잠깐 형이랑 얘기해 볼게. 그러니까 다카시는 안에서 책을 읽고 있어."

"네에!"

기운차게 대답하고, 다카시는 꼼꼼한 손놀림으로 퍼즐 조각을 움직여 자식이 연 벽면의 창문을 닫았다. 그리고 곧 돔 안쪽으로 사라져 버렸다. 가벼운 발소리만이 잠깐 동안 들렸다.

셴은 네모나게 잘린 돔 안쪽의, 정체를 알 수 없는 어둠을 노려보았다.

"자, 들어와."

남자의 어투가 바뀌었다. 상냥함과 달콤함이 사라지고 어미가 낮게 가라앉아 있다.

"위세 좋은 형씨, 당신 D · B지?"

"어떻게 알지?"

"D · B하고는 몇 번이나 만났어."

"여기에 오기 전에?"

"그래. 나도 벌써 오랫동안 방랑해 왔으니까."

약간이지만 사투리가 있어서 '나'가 '내'라고 말하는 것처럼 들린다. 아까와는 완전히 딴판으로 야비한 말투인데, 이쪽이 본성일까?

"부드러운 목소리로 어린아이를 꼬드겨서, 간신히 있을 곳을 발견했다는 거로군. 응? 모즈미 씨."

대꾸하면서, 셴은 얼굴에 동요를 드러내지 않으려고 노력하고 있었다. 모즈미는 여기에 있다. 말을 걸어온다. 그런데도 갓싱 뇌파는 없다. 너무나도 괴이하다.

"안으로 들어와. 아직 정리는 안 됐지만."

모즈미는 셴의 도발에는 넘어가지 않았다. "다카시는 여러 가지 물건을 주위에 늘어놓는 것을 좋아해. 계단이나 벽장도 좋아하지. 그래서 잔뜩 만들어 주었어. 그 아이는 숨을 수 있는 곳을 좋아하거든. 나도 그런 기분은 잘 아니까."

그리고 기쁜 듯이 목을 울리며 웃었다.

"걱정하지 않아도 돼. 형씨를 잡아먹진 않을 거야."

셴을 놀리고 있는 건 아닌 것 같았다. 모즈미는 정말로 지금의 이 상황을 즐기며 기뻐하고 있다.

"내가 백업하러 갈 때까지 기다려."

마에스트로가 B무선으로 고함쳤다.

"너 혼자서 들어가면 안 돼."

"괜찮아." 셴은 대답하고, 입구로 발을 들여놓았다. "어쨌거나 우리는 모두, 이미 모즈미의 손바닥 안에 들어와 버린 모양이니까. 그렇다면 여기에 있든 쉽에 있든 마찬가지지. 이 녀석이 마음만 먹으면 우리를 삼키는 건 일도 아니야. 그렇지, 모즈미?"

믿을 수 없어――하고 제독이 중얼거리고 있다.

셴은 돔 안으로 들어갔다. 출입구에 그늘이 져 있었을 뿐, 내부는 밝다. 거의 봄의 오후 햇살 속에 있는 것 같다.

눈을 크게 떴다. 그가 미리 말한 대로 정말로 어질러져 있다. 장난감이나 그림책이나 프라모델이 여기저기 널려 있다. 발 디딜 곳도 없을 정도다.

그 이상으로 이 광경을 혼란스럽게 만들고 있는 것은, 돔의 내부를 마치 혈관처럼 종횡무진으로 달리고 있는 계단이었다. 층계참이 있는 계단, 나선계단, 긴 계단. 짧은 계단. 계단에서 계단으로 사다리가 걸려 있는 곳까지 보인다.

셀 수 없을 정도로 많은 계단이 서로 얽혀 돔 안쪽의, 결코 좁지는 않은 공간에 입체 미로를 만들어 내고 있다. 계단과 계단이 교차하는 곳에는 모즈미의 말대로 문이 달려 있는 창고나 벽장이 있다.

"뭐야, 이거. 설계 센스가 엉망이잖아."

셴이 감탄의 소리를 지르자, 모즈미는 또다시 즐겁게 웃었다. 여전히 모습은 어디에도 보이지 않는다. 어디에서인지 모르게――천장 쪽에서일까――그의 목소리만이 들려온다.

"이것도 퍼즐이야?"

"그렇게 만들 수 있다면 재미있겠군. 다카시랑 같이 생각해 보지."

"다카시는 어디에 있지?"

"잘 있어."

"그러니까 어디에?"

"형씨가 있는 곳에서는 보이지 않아. 하지만 안전해. 여기라면 그 아이는 안전해. 그러니까 형씨는 신경 쓰지 마. 얘기는 어른들끼리 하자고."

하긴, 형씨도 어른인지 아닌지 애매하지만, 하며 또 웃는다.

셴은 카메라를 움직여 촬영은 계속하고 있었지만, 함부로 안까지 들어갔다간 길을 잃을 것 같았다. 몇 걸음만 이동하면 금세 계단에 가로막히는 곳도 있다.

"자, 앉아, 형씨."

"어디에?"

"계단에 걸터앉으면 되잖아."

셴은 좌우를 둘러보고, 이쪽으로 올라올 수 있게 되어 있는 나무 계단에 걸터앉았다.

"이런 이상한 걸 만들다니, 당신 여기서 뭘 하고 있는 거야?"

모즈미는 대답하지 않았다. 계단투성이인 공간에, 자세히 보니 먼지가 떠돌고 있다.

"형씨는 날 붙잡을 수 없어."

잠시 후, 모즈미는 그렇게 말했다.

"난 그런 건 묻지 않았어. 단지 여기에서 뭘 하고 있느냐고 물었을 뿐이야."

"난 붙잡히지 않아." 모즈미는 되풀이했다. "D · B는 우리를 도로 데려가면 정부의 연구소에 넘기지? 그리고 우리는 사라져 버리는 거야. 그렇지?"

"전에 만난 D · B가 그렇게 말했어?"

"그래. 그렇지?"

"—— 그래."

셴이 고개를 끄덕일 때까지, 1초 반 정도 공백이 있었다. 그동안에 광속에 가까운 속도로 여러 가지를 생각하고 있었던 것이다.

포획되어 테—라로 송환된 탈주범들은 어떻게 되는 걸까. '사라진다'는 것은 '롯지'가 외부에서 그런 질문을 받았을 때의 공식 답변이다. 분명히 탈주범들은 사라진다. 사라지는 것으로 되어 있다. 구연방정부의 '프로젝트 나이트메어'에서 실험체로 이용되던 사형수들은, 특이하게 길을 돌아간 끝에 특이한 사형에 처해지는 셈이다.

하지만 실제로는 어떤 D · B도 '롯지'의 공식 답변이 100퍼센트 진실이라고는 믿지 않는다. 홍보 활동을 통해 '롯지'의 활동에 대해서 알고 있는 이 테—라의 주민들, 신연방국가의 국민들도 마찬가지일 것이다.

회수한 '실험체'들을 전혀 이용하지 않고 없애 버리다니 그런 아까운 짓을 정부가 정말로 할 리 없지 않은가. 신연방정부는 역시 구연방정부의 '프로젝트 나이트메어'를 물려받고 싶은 것은 아닐까.

아니, 실제로는 그것이 이미 계승된 것은 아닐까. 그리고 도로 끌려간 탈주범들은 그곳에서 또다시 실험 재료로 이용되고 있는 것은 아닐까——.

왜냐하면 한 번 시작된 연구나 개발은, 되돌아갈 수는 있어도 중지되지는 않는 법이니까. 그게 과학기술의 진보라는 것이니까.

'제로 지점 대책본부 내 특별관리과', 통칭 '감옥'에는 의료교도소가 부설되어 있다. '롯지'는 그곳으로 끌려간 탈주범들을 인도받는

'감옥'에서는, 분자 레벨에서 '스타프'와 결합해 의식만 남은 존재가 된 그들을 조사하고 '프로젝트 나이트메어'라는 파일을 닫기 위한 종말 자료를 제작한 후에 그들을 소거한다——고 한다. 또한 동시에 '감옥'에서는 빅 올드 원의 폭주가 어떻게 해서 테—라와 지구 사이에 구멍을 뚫게 된 것인지, 그 원인과 메커니즘에 관해서도 조사 연구하고 있다고 한다.

'롯지'는 그렇게 설명한다. '롯지'를 총괄하는 신연방의회도 그렇게 설명한다.

하지만 정말로 그것뿐일까? '감옥'의 존재 의의는 그것뿐일까?

슬슬 대재앙의 열기도 식기 시작했다. 그게 완전히 식어 버리고, 신연방국가의 국민들이 그 아픔을 잊는——아니, 잊지 않도록 기억해 두어야 한다고 일부러 의식하기 시작할 정도로 대재앙이 먼 과거의 일이 되는 날에는, '감옥'은 진짜 모습을 드러내는 게 아닐까.

불길하니까 프로젝트의 명칭은 분명히 변경될 것이다. 하지만 내용은 바뀌지 않는다. '프로젝트 나이트메어'는 여전히 진행된다. 그것을 벗어도 괜찮다는 타이밍이 올 때까지, '감옥'은 계속 가면을 쓸 것이다. 그리고 의료교도소 안에서는 이미 '사라졌'어야 할 탈주범들이 계속해서 연구 재료가 되고 있을 것이다——.

그런 의혹을, 조금이라도 머리가 돌아가는 D · B라면 모두 품고 있다. D · B뿐만이 아니다. '롯지'의 활동을 먼발치에서 보고 있는 국민들 사이에도 그 의혹은 존재하고 있다. 모두가 바보는 아니기 때문이다. 그런 바보가 아닌 국민들이 모여서 만들었을 정부가 왠지 바보 같은 짓을 되풀이할 가능성이 있다는 것도, 아는 사람은 알고 있기 때문이다.

그래서 수도에서는 반(反)'롯지'를 기치로 내건 저항자 그룹, 즉 '프리커'라는 그룹이 나타나게 되었다. '롯지'를 물리침으로써 신연방정부의 야망을 쳐부수자는 것이다.

야망——'프로젝트 나이트메어'여, 다시 한 번.

그 야망이 단순한 신기루인지, 아니면 틀림없이 존재하는 것의 그림자인지, 셴은 모른다. 마에스트로도 모른다. 가끔 뒷덜미가 선뜩해지는 듯한 불길한 느낌을 받을 때가 있어도, '하지만 탈주범들을 내버려 둘 수는 없어, 우선은 그게 더 중요해'라고 생각하고, 그 이상은 고찰하지 않는다.

지금도 셴은 가볍게 머리를 흔들며 모습이 보이지 않는 모즈미에게 말을 걸었다.

"불쌍하지만 그렇게 됐어. 하지만 당신은 원래 사형에 처해져야 했어. 그게 조금 뒤로 미뤄졌을 뿐이잖아."

결국 자업자득 아니냐고, 셴은 말했다. 모즈미는 또 침묵하고, 셴은 가볍게 춤추는 먼지를 눈으로 좇는다. 약간이지만 바람이 흐르고 있다? 그 바람의 발생원에 모즈미가 숨어 있는 건 아닐까.

"형씨, 다카시를 봤어?" 하고 모즈미는 물었다.

"봤어. 작은 아이더군. 당신, 그런 아이를 속이는 게 부끄럽지도 않아?"

"속이지 않았어!" 모즈미의 목소리 음량이 갑자기 올라갔다. "속인 적 없어! 난 그 아이를 돕고 싶은 거야. 앞으로도 계속 지켜 줄 거라고."

셴은 양손을 펼치고 과장되게 눈을 부릅떠 보였다. "어라, 이 흉악범 씨가 무슨 헛소리를 하시나? 다카시에게 위험한 건 네 쪽이야!"

"난 그 아이를 때리거나 하지 않아!"
날카로운 비명 같은 반론이 돔 안에 울려 퍼졌다.
"다카시는 부모에게 맞고 있어. 형씨, 그게 어떤 건지 알아?"
모즈미는 숨을 헐떡이며 말을 이었다. 그 말을 듣고 나니, 개운치 못했던 의문이 분명한 형태를 이루었다. 해답이 보였다. 센은 그제야 이해했다.
발육 불량의 약한 아이. 머리에 외상이 의심됨.
"다카시는 부모에게 학대를 받고 있다는 거야?"
센은 저도 모르게 일어서서 모즈미에게 물었다.
"그래. 그 아이의 부모야. 친부모는 아니야. 엄마는 진짜지만, 아버지 쪽이 진짜가 아니야. 그래서 둘이서 다카시를 괴롭히고 때리는 거야."
센은 기억을 더듬어 탈주범 모즈미 로스의 프로필을 떠올렸다. 아마 초등교육조차 제대로 받지 못했을 것이다. 어휘나 언어 표현은, 실은 다카시와 비슷한 정도의 수준일지도 모른다.
"그건, 엄마는 다카시의 생모지만 아버지 쪽은 의붓아버지인 관계라는 뜻이야?"
"의, 의붓이 뭐야?"
"그러니까, 다카시네 엄마의 남자지, 다카시와 혈연으로 맺어진 아버지는 아니라는 뜻이냐는 거야."
모즈미는 정리하려고 노력하고 있는 모양이다. 으—음, 그러니까——하며, 그야말로 다카시처럼 생각하고 나서 말했다.
"다카시에게는 그 외에도 아버지가 있어. 엄마의 남자가 아니라 옛날 남자인데."

"알았어, 알았어."

모즈미가 어디에 있는지 알 수 없어서, 셴은 계단 전체를 향해 손을 펼치며 달랬다. "어쨌든 지금 다카시는 그 사람들이랑 같이 살고 있는 거로군. 어린아이는 혼자서 살 수 없는 법이니까."

"으, 응."

"그리고 맞고 있단 말이야?"

"그래, 때린다고."

"다카시가 마음에 들지 않는대?"

"말을 듣지 않는다고, 못된 아이라고 해." 모즈미의 목소리가 또 높아진다. "그놈들은 전부 그래. 자기 기분에 따라 때리면서, 아이 탓을 한단 말이야!"

"흥분하지 마."

셴은 다시 계단에 걸터앉았다. 왠지——돔 안이 약간 더워진 듯한 기분이 든다.

"이봐, 모즈미. 우리도, 그 아이가 비교적 최근에 머리를 다친 게 아닌가 생각하고 있어."

"아, 맞아. 얻어맞고 정신을 잃었어. 형씨도 알아?"

"탐사하면 알 수 있어. 그 상처를, 당신은 봤어?"

"봤지. 그래서 내가 나갔어."

셴은 벌떡 일어났다. "뭐라고?"

나갔다? D · P의 행동을 지배하며 표면에 나섰다는 건가? 그건 다시 말해, 모즈미가 완전히 다카시를 손에 넣었다는 뜻이 아닌가!

모즈미는 셴이 놀라는 것도 아랑곳하지 않고 서두르듯이 더듬거리면서 고꾸라질 듯이 말했다.

"아버지가 때렸어. 엄청 심하게 때렸어. 그 아버지는 비겁한 놈이야. 계속 다카시를 때려 왔지만, 멍이 남지 않도록 해 왔거든. 주위의 어른들이 눈치채지 못하도록, 교활하게 해 왔던 거야. 하지만 그때는 인정사정없이 때렸고, 그래서 다카시는 캄캄해졌어. 나는 다카시가 죽겠다고 생각했어. 그래서 나간 거야. 그 아버지가 두 번 다시 다카시를 때리지 못하게 해 주려고 했어."

얻어맞은 다카시가 기절해서 의식을 잃었다. 그때 모즈미가 표면에 나섰다——.

"하지만 분하게도, 다카시의 몸은 너무 작고 가늘어서 그 아버지란 놈을 실컷 때려 줄 수가 없었어."

그렇게 말하고, 갑자기 모즈미는 날뛰었다.

"나, 내 몸이 필요해. 내 몸이 있으면 그런 망할 아버지도 엄마도, 한꺼번에 패 죽여 버릴 텐데!"

셴은 멍하니 생각하고 있었다. 모즈미, 네 몸은 이미 없어. '빅 올드 원'이 폭주, 폭발했을 때 깨끗이 증발해 버렸다고.

"다카시를 지키겠다는 건 그런 뜻이야?"

"그래. 그, 그것 말고 또 뭐가 있겠어?" 모즈미의 목소리가 뒤집어진다. "부모는 자식을 때려선 안 돼. 어린아이를 때리는 어른은 최악이야. 인간이 아니야. 난 다카시가 두 번 다시 그런 일을 당하게 하지 않을 거야. 다카시는 내가 지킬 거라고."

"앞으로도 다카시가 망할 아버지나 망할 어머니한테 맞으려고 할 때마다, 네가 나서서 때려주겠다는 거야?"

자신의 침착함을 되찾고 머릿속을 정리하기 위해, 셴은 일부러 천천히 말했다.

"하지만 너도 말했다시피 다카시는 아직 작고 무력해. 머릿속은 너라고 해도 몸은 여전히 어린아이란 말이야. 만약 그 상태로 때렸다간, 이 꼬맹이가 부모에게 대드는 거냐면서 더 심한 일을 당하게 되지 않을까? 그렇게 생각해 본 적은 없어?"

"…… 지난번에는 잘 됐어."

"다카시의 힘없는 주먹으로도?"

"망할 아버지는 때리는 것을 그 즉시 멈췄단 말이야. 겁을 집어먹었고."

그 아버지라는 자는 아마, 자신에게 맞고 쓰러져 기절했을 다카시가 갑자기 일어나 자신에게 맞서는 이상 사태에 멈칫했을 것이다.

"어떻게 겁을 집어먹었지?"

"어떻게라니……, 기분 나쁜 꼬마라고 하면서."

"그렇게 말한 후에는 때리지 않았어? 다시 한 번 기절할 때까지 때리지 않았느냐고?"

모즈미는 우물거린다. "때리려고 해서, 내가 물어뜯어 버렸지. 그리고 말했어. 주위 어른들에게 일러 주겠다고. 그랬더니 도망쳤어. 그때는 엄마는 없었지만, 나중에 돌아와서 둘이서 소곤소곤 얘기를 나누더군. 그리고 엄마가 다카시에게 말했어. 아버지의 말을 들어야 한다고."

센은 계단에 기대어 한껏 얼굴을 찌푸렸다. 엄청나게 화가 나지만 여기에서 화를 낸다 한들 아무런 소용이 없었다. 우선 머리카락을 헝클어뜨리며, 여기저기 치거나 걷어차고 싶은 충동을 조금 누그러뜨렸다.

"난 그런 것을 계속 봐 왔어." 모즈미는 말을 이었다. 아직 목소리가 뒤집어져 있었지만, 그 자신도 애써 차분하게 이야기하려고 하는 것 같다. 이윽고 슬픈 듯한 한숨 소리가 한 번 들려왔다.

"그래서 그런 망할 부모들의 방식은 잘 알고 있어. 형씨는 그런 거 모르지?"

다행히도 셴은 부모에게 맞은 적이 없다. 아버지는 뼛속까지 패기가 없는 사람이어서, 뭔가 정말로 절실한 이유가 있어서 때려야만 하는 상황에서도 셴을 때리지는 못했을 테고, 어머니는 셴을 낳고 버렸을 뿐이다. 탁아소의 선생님은 아이들이 위험한 짓을 했을 때는 때려서 야단을 쳤지만, 그건 마음 내키는 대로 아이를 때리는 것과는 차원이 다르다. 폭력이 아니다.

"그래, 분명히 나는 몰라. 경험한 적이 없으니까. 하지만 어린아이라든지 노인이라든지, 자신보다 약한 자에게 폭력을 휘두르는 빌어먹을 놈들과는 몇 번이나 만난 적이 있어."

마에스트로가 B무선으로 말을 걸었다.

"모즈미 로스의 데이터를 불러내 봤어. 놈은 수감 중에 심리학자를 몇 번 만난 적이 있다. 그 면접 기록에 따르면, 어린 시절에 부모로부터 심한 학대를 받았다는 사실을 상세히 이야기했어. 몇 가지 사례에서는 증거도 나왔고."

셴은 얼굴을 들고 모즈미에게 말했다.

"모즈미. 당신도 부모에게 맞으며 자랐지?"

"그래." 모즈미는 대답하고, 신음하는 듯한 목소리를 냈다. "그래서 나는 잘 알고 있다는 거야."

"그럼 묻겠어. 침착하게 생각해 봐. 당신, 지금의 방식으로 정말 다카시를 지킬 수 있다고 생각해?"

모즈미는 즉각 대답했다. "지킬 수 있어!"

"정말로? 틀림없이 지킬 수 있어? 잘 생각하고 하는 말이야? 다카시는 약해. 그 몸은 다카시의 것이지 당신 게 아니라고. 말라빠진 어린아이가 싸워 봐야 승산은 없어. 지난번에는 처음이었으니까 잘됐을 뿐이지, 다음부터는 그렇게는 안 될 거란 말이야. 망할 아버지는 자신에게 거역했다며 더욱더 화를 내고, 더욱더 심한 폭력을 휘두르게 될 거야. 폭력 행위가 점점 더 심해질 거라고. 그 결과, 다카시는 정말로 죽게 될지도 몰라."

모즈미는 잠시 침묵했다. 셴은 대답을 기다리면서 이마의 땀을 닦았다. 어느새 머리띠가 젖어 버린 것을 깨달았다. 역시 덥다. 기온이 올라가고 있다.

"……난 다카시를 지킬 거야."

모즈미는 한층 더 완고한 말투로 대답했다.

"그러니까, 그런 방식으로는 지킬 수 없다는 거야!"

"그럼 앞으로 때리지 않으면 되잖아? 꾹 참고 있으면 돼. 잘 피할 수 있도록 하면 돼. 도망쳐서 숨을 수 있을 때는 그렇게 하면 되고. 주위 사람들의 눈에 띄는 곳에 있으면서, 망할 아버지와 망할 엄마가 다카시에게 손을 대기 어렵게 하면 돼. 그렇지? 그렇게 해서 시간을 버는 거야."

모즈미는 여태까지는 생각도 못 했을 정도로 명석하게 단언했다.

"다카시의 몸이 커질 때까지 기다리겠어. 나, 다카시에게 싸우는 법을 가르쳐 줄 거야. 그리고 충분히 몸이 만들어지면, 일격에 망할 아버지와 망할 엄마를 해치워 주겠어."

이번에는 셴 쪽이 말문이 막힐 차례였다.

"그때까지는, 아무래도 맞을 것 같은 순간이 있으면 다카시를 숨기고 내가 맞겠어. 내가 밖으로 나가서 맞으면 다카시는 아무것도 느끼지 못해. 무서워하지 않아도 돼. 아파하지 않아도 돼. 울지 않아도 돼."

"당신, 다카시 대신 맞을 셈이야……?"

"난 맞는 데 익숙해. 다카시의 몸이 심하게 다치지 않도록 교묘하게 맞을 수 있어."

모즈미——하고 센은 불렀다. 하지만 다음 말이 나오지 않았다. 확실히 모즈미의 작전은 현재 상황에서는 제일 효과적일지도 모른다. 어린아이를 학대하는 부모에게 그것이 옳은 방식인지 어떤지는 알 수 없다. 하지만 다카시를 지킨다는 의미로는 가장 쉬운 길이다.

센이 망설이고 있는 것을 눈치챘는지, 모즈미의 말투에 기세가 돌아왔다.

"다카시는 얌전하니까, 망할 아버지와 망할 엄마가 밥을 주지 않으면 배가 고파도 참고 있어. 그냥 참기만 할 뿐이야. 하지만 그것도 나라면 어떻게든 해 줄 수 있어. 어떻게든 해서 밥을 먹을 수 있도록, 나라면 손을 써 줄 수 있어."

그건 다카시에게 도둑질을 가르치는 것으로 이어질지도 모른다. 하지만 그게 과연 나쁜 일일까?

잘못된 짓이라고 딱 잘라 말할 수 있을까?

가령——정말로 그렇게 잘 되어서, 다카시가 그렇게 먹을 것을 훔치고 있는 모습을 제삼자에게 들키게 되고, 그것이 계기가 되어 아이가 학대받고 있다는 사실을 외부 사람들도 알게 될지도 모른다. 그러면 지구의 누군가가, 뭔가 그런 공공기관의 책임자가 다카시를 부모에게서 떼어놓고 보호해 주는 일도 있을 수 있다. 지구에도 아동 보호국 같은 기관은 있을 테니까.

"나는 앞으로도 계속 다카시랑 같이 있을 거야. 그렇게 결심했어."

네가 밖으로 나가서, 한껏 겁을 주며 다카시의 망할 부모와 얘기해 보면 어때——하고 셴은 말하려다가, 곧 바보 같다는 생각이 들어서 입을 다물었다. 그런 짓을 했다간 다카시의 부모는 더욱더 다카시를 기분 나쁘게 여기며 꺼리게 될 뿐이다.

지구의 어디에선가 학대받고 있는 어린아이에게, 이쪽에서 어떤 도움을 줄 수 있을까? 모즈미의 계획은 철저하게 대증요법(對症療法)이긴 하지만, 적어도 현재 상황의 다카시에게 도움의 손길을 뻗어 주는 결과는 된다.

마음이 내키지 않았지만, 셴은 굳이 심술궂게 물었다.

"너, 우리한테 붙잡히고 싶지 않아서 그런 소릴 하는 거지?"

아니라고, 모즈미는 대답했다. 격앙하는 기색은 없었다. 그저 슬픈 것 같았다.

"다카시한테 물어봐 줘. 다카시도 나랑 같이 있고 싶어 해."

"그럼 내가 다카시랑 얘기해서 다카시가 생각을 바꾼다면 넌 우리랑 같이 갈 거야? 남의 머릿속에 숨어 있다니, 정상적인 일이 아니라고, 모즈미."

"다카시는 나랑 있고 싶어 해."

모즈미는 대답했지만, 별로 자신은 없는 것 같았다.

"게다가 나……, 이제 어떻게 하면 나만으로 돌아갈 수 있는지 모르겠고."

"무슨 뜻이지?"

"난 이미 다카시란 말이야."

갓싱 뇌파는 나오지 않는데, 사라지지 않는 노이즈. 틀림없이 이 '필드'에 있는데 개체가 식별되지 않는 모즈미.

어떻게 하면 나만으로 돌아갈 수 있는지 모른다.

센의 머리에 터무니없는 생각이 스쳤다. 실은, 모즈미는 다카시를 손에 넣은 게 아니지 않을까. 모즈미가 다카시 안에서 안정된 존재가 되었는데도 갓싱 뇌파는 나오지 않고 두 사람이 일종의 공존 관계로 정착한 것은, 다카시가 모즈미를 흡수해 버렸기 때문인 게 아닐까.

그런 바보 같은. 지금까지 그런 케이스는 한 번도 들은 적이 없다.

"너, 지금 어디에 있는 거야? 얼굴을 좀 보여 주지 않겠어?"

그 물음에 모즈미는 약한 웃음소리를 내며 대답했다. "계속 여기 있었어."

"응, 그러니까 어디?"

"여기 말이야. 형씨는 내 안에 앉아 있잖아."

이 돔인가! 센은 순간 굳어져 버리고 나서, 천천히 몸을 일으켰다.

"그렇게 겁먹지 않아도 돼. 난 아무 짓도 하지 않아. 여기에는 다카시도 있고."

센은 계단 미로로 가득 찬 퍼즐의 돔을 새삼 한 바퀴 둘러보았다. 아까부터 이곳의 기온이 올라가고 있는 것은 모즈미의 기분이 고양되고 있기 때문이었던 것이다.

"난 이렇게 해서 다카시를 지킬 거야. 다카시는 내 안에 있으면 안전하고 즐거워. 아무도 이 안에 들어올 수 없어. 망할 아버지나 망할 엄마도, 다카시가 여기에 있는 한은 손을 댈 수 없어. 여기는 다카시의 요새거든."

정말이지 그 말 그대로였다. 다른 어떤 한마디 말도 나오지 않는다. 모즈미의 설명은 횡설수설이었지만, 알아들을 수는 있었다. 확실히, 이래서야 어떤 D · B라 해도 모즈미를 다카시에게서 떼어내어 연행하는 것은 불가능하다. 붙잡을 수가 없다.

"항복인가 보군, 셴." B무선의 마에스트로도 그렇게 말했다. "일단 돌아가서, '롯지'에 보고할 수밖에 없겠어."

"무슨 짓을 해도 안 돼!" 모즈미는 갑자기 고함쳤다. "당신들이 몇 명 오든, 어떤 방법을 쓰든, 나는 여기에서 떠나지 않을 거야. 다카시를 버리다니, 그럴 수는 없어. 이대로 내버려 둔다면 점점 심해져서 살해당하고 말지도 모르니까. 당신들도, 나쁜 짓이라고는 하나도 하지 않은 지구의 어린아이를 죽일 수는 없겠지? 그렇지?"

다카시가 모즈미를 필요로 하고, 모즈미는 그에 응해 여기에 있다. 부당한 폭력을 당한다는 가혹한 체험이 두 사람 사이에 유대감을 형성했다. 그렇다면 퍼즐 돔, 다카시의 요새를 바깥쪽에서 부수는 것은 아무도 할 수 없다.

그렇다고 해서 방치해 두어도 되는 걸까? 앞으로 어떤 일이 벌어지게 될까? 여러 가지로 상황이 호전되어서, 다카시가 모즈미의 존재를 필요로 하지 않게 되었을 때는 어떻게 될까? 아니, 그런 때가 와 준다면 다행이지만——.

지금은 도저히 아무런 생각도 나지 않는다. 눈이 빙글빙글 돌 것만 같다.

"어쨌든." 셴은 한 손으로 이마를 누르며 말했다. "다시 한 번 다카시를 만나게 해 주지 않겠어? 그 아이의 마음을 물어보고 싶어. 그게 끝나면 우리는 돌아가겠어."

"다카시를 만나게 해 주면, 앞으로는 더 이상 우리에게 상관하지 않고 가만히 내버려 둬 줄 거야? 못 본 척해 줄 거냐고? 약속할 수 있어?"

"그런 약속은 할 수 없어. 우린 '롯지'의 목줄을 차고 있으니까."

그렇게 말하고, 센은 한숨을 쉬었다.

"하지만 '롯지'의 높으신 분들에게, 무엇보다도 D·P의 안전을 확보하기 위해 이번 일에는 신중한 접근이 필요하다고 설득할 수는 있어."

"해 줄 거야?"

"해 볼게. 나도 어린아이를 괴롭히는 어른은 질색이야."

"고, 고마워."

모즈미는 작게 울기 시작했다.

"나, 노력할 거야. 다카시가 나처럼 되지 않도록, 노력할 거야. 다카시는 나처럼 돼먹지 못한 인간이 되어선 안 돼. 다카시는 착한 아이니까. 정말이야."

B무선이 중얼중얼 말했다. 알아들을 수 없어서 귀를 기울여 보니, "—— 의사에게" 하고 귀에 설은 목소리가 이야기하고 있다. 아아, 그렇군, 스피나다.

"그 아이를 의사에게 —— 보낼 수는 없나요?"

확실히, 이쪽의 탐사로는 뇌파에 남아 있는 이상(異常)의 흔적밖에 발견할 수가 없다. 골절이나 타박상, 몸의 다른 부분의 상처 상태나 다카시의 현재 건강 상태를 알아보려면 좀 더 깊이 탐색해서 다카시의 뇌가 다카시의 몸의 상황을 어떻게 파악하고 있는지 조사해야 하고, 그러려면 기억의 자리까지 내려갈 필요도 있다.

그러나 그것은 쉬운 일이 아니고, 결행하는 경우에는 다카시의 안전을 100퍼센트 보장하기도 어려웠다. 그런 경우에는 전기적 환상(幻像)으로서 D · P의 '필드' 속을 돌아다니는 D · B는 더 이상 도움이 되지 않는다. '롯지'에서 직접 D · P에게 손을 써야 한다. 그런 기술은 ── 이론상으로는 가능할지도 모르지만 ── 아무도 확립하지 못했다. 아무도 시도한 적이 없다. 아직 그럴 필요가 없었기 때문이다.

스피나의 말대로 모즈미가 다카시를 컨트롤해서 의료 기관을 찾아가도록 할 수 있다면 좋겠지만, 어쨌든 다카시는 여덟 살이다. 아마 지구의 ── 게다가 다카시가 있는 'Japan'의 의료제도는 복잡해서, 보험증인가 하는 종이쪽지가 필요할 것이다. 전에 탐사한 적이 있는 D · P에게, 당뇨병인가 하는 지병이 있어서 정기적으로 병원에 가야 하는데 엄청나게 사람이 많아서 한참이나 기다려야 한다는 이야기를 들은 적이 있다. 그렇게 바쁜 곳에 작은 어린아이가 갑자기 혼자서 찾아간다 해도, 진지하게 상대를 해 줄지 어떨지 알 수 없다. 엄마랑 같이 오렴, 이라는 말을 듣는 게 고작이지 않을까.

"모즈미, 다카시는 지금 어떤 상태지?" 하고 셴은 물었다. "어디 아픈 데는 없어? 당신이 밖으로 나갔을 때, 눈에 띄는 상처나 멍은 없었어?"

"여기저기 아파" 하고 모즈미는 대답했다. "하지만 말했잖아? 그 망할 아버지는 교활하다고. 눈에 띄는 곳은 때리지 않아."

"학교에는 다니고 있겠지?" 이번에는 마에스트로다. "학교 선생님에게라면, 입고 있는 옷을 벗고 눈에 띄지 않는 곳에 있는 상처나 멍도 보여줄 수 있을 거다. 그리고 고백해 보면 어때? 선생님, 아빠가 저를 때려요, 하고 말이야."

"학교 선생님한테 부탁해 본 적 있어?"

그렇게 묻고, 센은 귀를 쫑긋 세웠다.

"없는데……. 그런 생각은 미처 못 해 봤어. 다카시는 선생님도 무서워하고 있거든. 공부를 잘 못하니까. 야단만 맞아."

"누군가 아이의 이야기를 이해해 줄 것 같은 선생님을 찾아서 해 보도록 해. 알겠지? 우리는 당신을 당장 잡아가거나 하진 않을 거야. 하지만 다음에 상태를 보러 왔을 때 당신이 지금 말한 것을 시도해 보지 않았다면, 생각을 바꿀 수밖에 없어."

"아, 알았어. 꼭 해 볼게. 응, 나, 해 볼 거야."

다카시를 만나 보아도, 그 아이가 친하게 지내고 있고 모즈미에게 '매달리고 있다'는 것을 알았을 뿐 얻은 것은 없었다. 무리도 아니라고, 마에스트로는 말했다. 여덟 살짜리 어린아이다. 어떻게 할 수도 없을 정도로 무섭고 괴로운 상황 속에서, 모즈미가 갑자기 나타난 슈퍼맨처럼 보이는 건 당연하다.

"그 아이에게는 모즈미 외에는 같은 편이 없으니까 말이야."

드문 경우임에는 틀림이 없어서, '롯지'에 보고서를 쓰는 것도 큰 일이었다. 미쿠바 항으로 귀환하자, 일동은 마에스트로의 바렌 쉽에 모여서 협의했다.

"카메라의 영상은 내가 편집할게. 제독님은 지금까지의 탐사에 대해서 다시 한 번 상세 보고서를 써 줘."

"그야 쉬운 일이지. 그 김에 문병도 갈 겸 파트너에게도 얘기를 들어보고 오마. 모즈미가 언제부터 그런 형태로 다카시 안에 정착한 건지, 파트너의 얘기가 단서가 될지도 모르니까 말이야."

두 번째로 만났을 때도 다카시는 천진하고 연약한 어린아이였지만, 이 녀석은 탈주범을 삼켜 버린 D · P다——그렇게 생각하면 센은 조금, 그렇다, 정말로 아주 조금이지만 이 작은 어린아이가 약간 으스스한 존재로 여겨지기도 했다.

인간은 필요하다면 어떤 일에도 적응한다. 무엇이든지 이용하고, 무엇이든지 흡수한다. 여덟 살짜리 어린아이라도.

"D · P와 탈주범의, 보기 드문 공생 케이스로군."

마에스트로의 말꼬리를 잡아, 센은 대꾸했다. "그거, 드레크슬러 박사가 할 것 같은 말이야."

"그렇군. 그 박사가 당장 달려들 것 같은 연구 재료다."

"자, 잠깐 기다려 주세요!"

갑자기 당황하며 스피나가 끼어들었다. 센 일행은 그의 얼굴을 보았다. 창백했던 뺨에 약간 핏기가 돌아오고, 양손을 무릎 위에서 움켜쥐고 있었다.

"왜 그러시오?"

마에스트로가 조용히 되물었다. 스피나는 거친 숨을 내쉬며 말했다.

"결국, 당신들은, 그 모즈미라는 탈주범을 붙잡고 싶은 건가요? 다카시라는 남자아이의 문제가 해결되면, 모즈미를 체포해서 도로 데려오고 싶은 건가요? 보고서를 내고 경과를 관찰한다는 건, 그런 의도가 있기 때문이지요? '롯지'가 어떤 대책을 생각해 줄 거라고 기대하고 있는 거고요."

나머지 세 사람은 얼굴을 마주 보았다.

"그래" 하고 제독이 대답했다. "그것이 우리들의 임무야."

"임무? 임무란 뭔가요? 탈주범을 도로 데려와서 상금을 받는 건가요?"

스피나는 벌떡 일어서서 셴 일행에게 등을 돌렸다. 벽을 온통 차지하고 있는 조작 패널을 마주 보며, 두 어깨를 긴장시키고 있다.

"체포되면, 모즈미는 이쪽으로 돌아와서 어떻게 되는 겁니까?"

"원래의 사형수로 돌아가지요" 하고 마에스트로가 간결하게 대답했다.

"그리고 처형되나요? 아니면 또 실험 재료가 되나요? 그런 소문을 들었어요. 정부는 '프로젝트 나이트메어'를 포기하지 않은 모양이라고. 당신들도 들은 적이 있겠지요?"

못 본 척해 줄 수는 없나요――하고 스피나는 낮은 목소리로 말했다.

"그럴 수는 없어. 어쨌든 보고서는 내야 해."

"보고서야 어떻게든 할 수 있어요."

셴은 눈을 크게 뜨고 힐끗 마에스트로를 보았다. 확실히 바로 최근에, 셴과 마에스트로와 에믈린은 함께 복무규정 위반을 저지른 적이 있다. 그러나 근육이 울퉁불퉁한 영감은 얼마 전 있었던 그런 일 따위는 잊어버린 것처럼 무겁게 잘라 말했다.

"아니, 어떻게든 할 수 없소이다. 보고서에 거짓을 쓸 수는 없어요."

말은 잘한다.

"왜 못 본 척해 주자고 생각하는 거지?" 하고 제독이 옆에서 물었다. "다카시라는 D·P는, 확실히 힘든 상황에 둘러싸여 있네. 그러니 모즈미로 하여금 그를 지키게 하려고 못 본 척해 주자는 건가? 그건 틀렸어. 우리가 해야 하는 일은, 우선 다카시의 상황에 긍정적인 변화를 일으킬 수는 없을지 나름대로 시도해 보는 걸세. 그러려면 모즈미의 협조도 필요해. 하지만 그렇다고 해서, 그것 때문에 우리가 그를 멋대로 사면해 줄 수는 없어. 그건 사법기관이 해야 할 역할이지, 우리가 할 일이 아니기 때문일세."

역시 군인 출신이다. 말투에도 위엄이 묻어난다.

스피나는 머뭇머뭇 몸을 돌리고는, 말이 전혀 통하지 않는 사나운 괴물을 보는 듯한 눈으로 세 사람을 보았다.

"그는 반성하고 있는지도 몰라요" 하며 불끈 쥔 주먹을 흔들었다. "그렇게 생각하지 않으세요? 그의 말을 들었잖아요? 다카시를 나처럼 돼먹지 못한 인간으로 만들 수는 없다고 말했어요. 그는 자신의 인생이 폭력으로 물든 것을 후회하고 있는 겁니다. 그리고 자신과 똑같이 괴로운 어린 시절을 보내고 있는 다카시를 진심으로 동정하고 있어요. 그래서 지켜 주려고 하는 거예요!"

스피나의 말은 알겠지만, 알기 때문에 더더욱 세 사람 다 침묵하고 있었다.

"어떤 흉악범이든 갱생할 수는 있을 거예요. 정신만 남은 존재가 되어서 다른 세계를 방랑하는——그런 특이한 경험을 통해서, 모즈미는 아마 극적으로 개심했을 겁니다. 그런 인간을, 아직도 처벌해야 한단 말인가요?"

"그러니까" 하고 마에스트로는 변함없이 조용히 말했다. "처벌하는 건 우리가 아니외다. 모즈미를 어떻게 처벌할지를 결정하는 것은 정부고 재판소지요."

"그러니까 우리로서는, 일련의 사정을 설명하고——."

말하려는 제독을 가로막고, 스피나는 거친 목소리로 말했다.

"체포해서 끌고 와 버리면, 더 이상 D · B가 탈주범에게 관여할 수는 없어요! 설명한다니 어떻게 말입니까? 청원서라도 낼 건가요? 공청회를 열게 할 건가요? 그런 건, 설령 할 수 있다 해도 흉내일 뿐이에요. 정부의 대답은 처음부터 정해져 있어요. 아니, 당신들에게는 처음부터 그런 일을 할 마음도 없는 거겠지요? 모즈미를 붙잡아서 상금을 받을 수 있다면 그것으로 만족일 테니까."

"뭘 그렇게 혼자서 흥분하고 있어?"

빈정거림이 섞인 분노가 치밀어 올라, 셴은 비웃듯이 말했다.

"모즈미를 놔 준다고? 그것참 마음이 따뜻해지는 이야기로군. 그러면 만사 오케이, 모두가 행복해졌습니다, 하고 원만하게 수습될 거라고 생각해?"

스피나의 뺨에서 핏기가 사라졌다. 이번에는 공포나 긴장 때문이 아니라 분노 때문이다. "수습돼. 수습될 거야. 실제로 그는 다카시를 지키고 있어. 다카시는 그를 필요로 해. 그 두 사람은——."

이번에는 셴이 스피나를 가로막았다. "지금은 그렇지. 지금은 말이야. 하지만 다카시를 둘러싸고 있는 상황이 호전된다면? 그 아이가, 그 아이가 사는 세계에서 도움을 받을 수 있게 된다면? 모즈미는 어떻게 되지? 다카시는 그래도 여전히 자신의 머릿속에 모즈미가 살기를 바랄까? 아니면 그 아이가 성장해서 스스로 자기 나름대로 문제를 해결할 방법을 찾기 시작한다면? 그때 모즈미와 의견이 대립한다면? 모즈미가 그 아이의 표면으로 나가고 싶어 하고, 다카시가 그것을 싫어한다면? 그래도 아무 문제도 없다, 다카시는 모즈미와 있는 편이 행복하고 안전하다고, 당신 책임지고 단언할 수 있어?"

스피나는 입을 한일자로 다물고 몸을 부들부들 떨었다. 그가 등지고 있는 조작 패널에는 아직 몇 개의 램프가 켜져 있다. 그 빛이 하얀 새 작업복의 어깨와 팔 언저리에 언뜻언뜻 비쳤다.

"나, 나는 그냥——."

"그냥, 뭐?"

"모즈미의 선의를 이해해 주고 싶을 뿐이야."

선의라. 셴은 문득 그리즐리의 억센 얼굴을 떠올렸다. 에믈린의 말도 떠올렸다. 누구나 갖고 있는, 누군가가 갖고 있는, 별 조각처럼 반짝이는 것.

"100퍼센트의 악인은 없어요" 하고 마에스트로가 말했다. 말투는 전혀 변함이 없다. 마치 날씨 얘기라도 하고 있는 것 같다.

"모즈미에게도 선의가 있소이다. 당신의 말대로 그가 개심함으로써 그 선의가 빛나고 있는 건지도 모르지요. 하지만 스피나 씨, 당신도 D · B로서 살아갈 생각이라면 기억해 두는 게 좋을 겁니다. D · P의 '필드'에서, 우리는 탈주범들이 이런저런 짓을 하는 걸 보게 되고, 또한 놈들이 이런저런 말을 하는 걸 듣게 되오. 그중에는 오늘의 모즈미처럼 정당하고 옳은, 배려가 넘치는 언동도 있지요. 하지만 잊어서는 안 되오. 그것들은 전부, 놈들이 정신만 남은 존재가 되어 방랑하며 D · P의 머릿속에 장소를 빌리고 있다는 특수한 상황에서 일어나는 일이외다."

"믿을 수 없다는 건가요?"

스피나는 약하게 반론했다. 마에스트로는 고개를 저었다.

"그런 말은 안 했소. 그저, 있는 그대로 받아들이는 건 위험하다는 뜻이외다."

무라노 리에코의 미션 때, 셴과 마에스트로는 굳이 복무규정에 등을 돌리고 탈주범 왓츠의 '선의'를 믿기로 했다. 그것도 위험한 내기였다. 왓츠가 이미 약해질 대로 약해져서 이쪽이 완전히 컨트롤할 수 있는 상태가 되어 있었고, 게다가 내버려 두어도 조만간 사라질 거라는 예상이 없었다면 도저히 발을 내디딜 수 없었을 것이다.

아니――마에스트로는 리에코 사건 때 그런 행동을 취한 것을 역시 후회하고 있는 것이 아닐까. 왓츠는 '앵커'째로 가키모토라는 범죄자에게 삼켜지고 말았다. 마에스트로가 그것을 몹시 걱정하고 있다는 사실을, 셴은 똑똑히 느끼고 있는 것이다.

그 후회의 마음이 있기 때문에 더더욱, 마에스트로가 스피나에게 설교하는 말투에는 한 치의 흔들림도 없는 것이다. 마에스트로는 스피나에게 이야기하면서 자기 자신을 징계하고 있는 것이리라. 기꺼이 후회를 짊어지고, 만약의 경우에는 몸을 던져서 책임을 질 각오가 되어 있지 않다면, 또한 그럴 만한 능력을 갖고 있지 않다면, 쉽게 감정에 휩쓸려 탈주범들의 말을 받아들여서는 안 된다고.

그런 일은 신참인 스피나에게는 무리다. 완전히 무리다.

"저는 모르겠어요" 하며 스피나는 신음했다. "납득이 가질 않아요. 저는――모즈미를 동정하게 돼요. 그도 어릴 때 학대를 받지만 않았다면 좀 더 제대로 된 인생을 걸을 수 있었을 거예요. 그도 그것을 알고 있어요. 이해하고 있어요. 그렇기 때문에 다카시를 지키려는 거지요. 그런 그를 사형에 처하다니, 저는 싫어요. 저는 그런 생각은 도저히 할 수 없어요."

"그럼 더 이상은 생각하지 마." 제독이 말했다. 이건 명령이었다. "내가 생각하마. 넌 내게 고용된 거니까 내 판단에 따르도록 해라."

자, 돌아가서 쉬어 —— 하고 스피나를 향해 말했다.

"첫 미션이 나나 마에스트로 같은 베테랑마저 놀랄 만한 일이었던 건 자네의 불행일세. 하지만 장기적으로 보자면, 이건 귀중한 경험이야."

스피나는 고개를 끄덕이지 않았고 대답도 하지 않았다. 고개를 푹 숙이고 한순간 입술을 꽉 깨물더니, 바렌 쉽에서 뛰쳐나갔다.

그가 모습을 감추자 마에스트로가 말했다.

"정의감이 있는 친구외다."

셴은 코웃음으로 자신의 감정을 대신 표현했다.

스피나는 다카시가 모즈미의 보호를 필요로 하지 않게 되고 그를 꺼리게 된다면, 그때는 모즈미가 다카시에게 날카로운 이빨을 드러낼지도 모른다는 가능성을 조금도 생각하지 않고 있다. 날 쫓아내지 마, 계속 내 말을 들어! 모즈미가 그렇게 다카시를 위협할 수도 있다는 것을 상상조차 하지 못하는 것이다. 그런 일이 있을 리 없다며, 선의인지 뭔지를 철석같이 믿고 있을 뿐이다.

원래, 한 번 폭력에 물들어 다른 사람에게 손을 대 버리면, 그 행동양식에서 빠져나가는 것은 쉬운 일이 아니다. 폭력은 불평의 여지가 없이 강한 것이다. 마지막 비장의 카드다. 망설임 없이 그것을 행사할 수 있는 인간과 맞서는 것은 정말 어려운 일이다.

모즈미는 그것을 체험으로 알고 있다. 자신이 강하다는 것을 알고 있다. 폭력의 공포를 맛보며 자랐기 때문에 더더욱 그 파워를 알고 있다. 그게 타인을 움직인다는 것을 너무도 잘 알고 있다.

지금은 모즈미가 깊은 동정심을 품고 다카시의 편을 들고 있지만, 그것은 모즈미가 개심했기 때문이 아니라 단순히 상황이 그렇기 때문이다. 모즈미가 알고 있는 방식――다카시를 때리는 망할 아버지를 때려 준다. 다카시에게 쏟아지는 폭력을 대신 받아 준다――을 바꾸지 않더라도 다카시를 위해 도움이 되는 행동을 취할 수 있다. 그런 사회형태가 이루어져 있기 때문이다.

모즈미가 갖고 있는 별 조각이 반짝이고 있는 것은, 지금 다카시 밑에서 처음으로 거기에 빛이 닿았기 때문이다. 지금까지 닿지 않았던 빛이 닿았기 때문이다. 약한 사람을 주먹으로 지킨다――확실히 그것은 모즈미에게도 다카시에게도 좋은 상황을 만들어 줄 것이다. 하지만 그게 오래 갈 거라는 보장은 없다. 폭력이, 즉 주먹이 비장의 카드이자 유일한 처방전이 되는 동안에는 모든 것이 불안정하고 위태롭다.

그래서 모즈미와 다카시를 모두 구해줄 수 있는 방법을 생각하지 않으면 해결은 없다. 모즈미에게는 다카시에게서 떨어져 나와 붙잡힌다는 사태가 다른 관점에서 본다면, 실은 구원이기도 하다. 타인의 머릿속에 들어가서 그 몸을 지배할 수 있다는 것은 어느 쪽이 보호자이고 어느 쪽이 피보호자인가에 상관없이, 양쪽 다 정상적인 일이 아니니까.

모즈미가 정말로 갱생하기 위해서는, 또 그에게 그럴 생각이 있다면, 우선은 다카시에게서 떨어져 나와야만 한다. 자신의 주먹에서 떨어져 나와야만 한다. 모든 것은 거기에서 시작된다. 모즈미가 그것을 이해하지 못한다면, 역시 아무것도 변하지 않은 것이다.

스피나는 그것을 모른다. 그에게 있는 것은, 그야말로 넘쳐나는 '선의'에 대한 신뢰감뿐이다.

"어째서 저런 녀석이 D · B가 된 걸까?"

셴은 중얼거렸다. 처음부터 탈주범들에게 동정적인 D·B는, 그 존재 자체가 모순되어 있는 것이다.

"'프리커'의 첩자 아니야?"

마에스트로도 제독도 대답하지 않았다. 마에스트로는 자신의 매끈매끈한 머리를 어루만지고 있다. 생각에 잠긴 듯한 눈빛이 전에 없이 어둡다.

"내 생각에는——" 하고 제독이 천천히 입을 열었다. "여러 가지 문제가 복잡하게 얽혀 있군. 스피나는 처음부터, 갱생할 가능성이 있는 죄수를 사형하는 데 반대인 거겠지. 모즈미가 D·P의 '필드'에 있는 탈주범이 아니라 지금 현재 신연방국가에서 사형 판결을 받고 처형을 기다리고 있는 죄수라 해도, 그는 똑같은 주장을 했을 거야. 그건 우리가 상관할 문제가 아니지."

말해 두겠는데 나는 사형 제도 지지자일세, 하고 제독은 아무렇지도 않게 덧붙였다.

"목숨은 목숨으로 보상할 수밖에 없는 경우도 있다고 생각하기 때문이야."

셴은 어깨를 으쓱해 보였다. 마에스트로는 머리를 어루만지던 것을 멈추고 팔짱을 낀 채 물끄러미 제독의 얼굴을 바라보고 있다.

"스피나는 게다가, 사형수니까 인체 실험의 재료로 삼아도 좋다는 사고방식에도 반대인 것 같아. 그 생각에는 나도 찬성일세. 구연방정부는 잘못된 짓을 했어. 그러니 가령——스피나는 '그런 소문'이라고 말했지만, '감옥'이 '롯지'의 그늘에 숨어 '프로젝트 나이트메어'의 재개와 속행을 꾸미는 정부의 기관이 되어 가고 있다면, 그건 내가 찬동하는 바가 아닐세."

마에스트로가 고개를 끄덕이고 있다. 여기에 대해서 마에스트로가 어떤 반응을 보이는 것을, 셴은 처음으로 보았다.

"하지만 이 두 가지는 모두, 우리 D · B만으로는 아무리 발버둥쳐도 해결할 수 없는 문제일세. '롯지'는 의회 밑에 있고, 우리는 '롯지' 밑에 있어. 물론 우리도 개인으로 목소리를 낼 수는 있네. 끌고 온 사형수의 처우에 대해서 정보를 공개하라고 다그친다거나——."

D · B의 뜻을 한데 모아 청원하는 건 무리지만 말이야, 하며 제독은 웃었다.

"D · B의 태반은 그런 일에는 둔감하니까."

"그 말씀이 옳소이다."

마에스트로가 또 고개를 끄덕인다.

"의원 중 누군가가 지금까지 그런 요구를 제시한 적이 있었나? '롯지'와 '감옥'의 활동 기록을 공개하라고 말이야. 아니면 스피나가 말하는 '소문'의 확증을 요구하고, 그 허실을 밝혀내기 위해서 움직이려고 한 의원이 있었나? 또는 의회가 그런 식으로 움직여야 한다고, 국민들의 목소리가 높아진 적은 있었나?"

아니, 없다. 아무도.

'롯지'도 '감옥'도, 대재앙의 뒤처리를 위해 만들어진 기관이다. 부흥에 바쁜 신연방국가의 국민들은 모두, 가능하면 이런 화제에 관여하고 싶어 하지 않는다——정부는 제대로 뒤처리를 하고, 두 번 다시 이상한 실험은 하지 않겠다고 표명했으니, 그러니까 됐지 않느냐며.

하지만 한편으로는 국민들 역시 그런 주제에 그들을 계속 의심하고 있다. 불안과 불만이 여전히 사라지지 않은 것이다.

그게 테—라의 현재 상황이다.

신연방정부가 도입한 시민계급제도도 마찬가지다. 이 파괴되고 황폐해진 테—라를 부흥하기 위해서는 국민에게 '구체적으로 눈에 보이는 노력 목표'가 필요하다고 정부는 주장했다——부지런히 일해서 계급의 사다리를 기어 올라가는 것이 테—라의 생활환경을 개선하는 것과도 이어지는 것입니다. 여러분, 그러기 위해서는 언뜻 보기에 불공평해 보일지도 모르는 계급제도가, 실은 필요불가결한 것입니다.

국민은 그것을 받아들였다. 그래서 이 법안이 의회를 통과해 성립되었고, 실시도 하게 된 것이다. 물론 불만이나 불편은 있다. 계급을 정하는 방식에 대한 의혹도 있다. 하지만 아무도 변화를 추구하며 움직이려고 하지는 않는다.

"지구로 도망친 탈주범들을 어떻게 할 것인가 하는 문제와 도로 끌고 온 그들을 어떻게 처우할 것인가 하는 문제는 별개로 생각해야 하는 사안일세. 스피나는 그것을 한데 묶어서 생각하고 있어. 스피나뿐만 아니라 '프리커'인가 하는 놈들도 그래. 아무리 '롯지'나 D · B를 공격한다 해도, 신연방정부가 '프로젝트 나이트메어'에 대한 흑심을 품고 있다면 그것을 없앨 수는 없네. '롯지'의 상황이 나빠지면 다른 기관을 만들면 될 일이거든."

여기에서 제독은 에헴 하고 헛기침을 했다. 부사관을 향한 연초의 훈시——같은 분위기가 되었다.

"하지만 그것과는 별도로 탈주범들은 역시 테—라로 돌아오게 해야 해. 지구에 보낸 채 방치해서는 안 되네. 나는 그렇게 생각했기 때문에 D · B가 된 거야."

물론 돈도 매력적이었지만, 하고 연설조의 말투로 덧붙이니 웃기다.

"나 같은 노인이 혼자 이 험한 테―라에서 살아남으려면 돈을 벌어야지. 안 그런가?"

마에스트로가 시선을 발치로 떨어뜨리며 미소를 지었다.

"알 것 같소이다."

제독은 또 에헴 하며 얼굴을 든다. "스피나는 모즈미가 다카시를 지키려고 하고 있으니까 못 본 척해 주라고 하지만, 내 의견은 정반대일세. 모즈미가 다카시에게 영향을 주고 있고, 다카시에게 심하게 간섭하고 있으므로 더더욱 그를 붙잡아야 한다고 생각해. 그 상황은 다카시에게 결코 좋지 않아. 그 아이는――큰 위험 속에 있네."

셴의 의견도 같다. 아아, 제독은 알고 있구나, 하고 안심했다.

"스피나는 거기에서도 두 가지 사항을 뒤섞어서 생각하고 있어. 부모의 학대라는 위험과 모즈미가 들어와 있는 것에 따른 위험. 이건 따로따로 해결해야 해. 그렇지?"

"그 말이 맞네."

"칭찬해 주시니 영광입니다, 각하."

"스피나에게도 방금 그 연설을 다시 들려줘."

"――녀석의 귀에는 들어가지 않을 거야."

셴의 말에 왠지 제독은, 갑자기 기가 죽은 것 같았다. 그리고 "피곤하군" 하고 중얼거렸다. "나도 늙었어."

동감이라며, 마에스트로가 작게 웃었다. 눈가와 이마에 깊은 주름을 지으며.

5

——그런 연유로, 쥬나, 오빠는 쉽에서 뛰쳐나오고 말았어.

오빠는 역시 D · B는 될 수 없어. 아무리 높은 보수를 받는다 하더라도 이런 더러운 일은 할 수 없어. 오빠는 잘못 생각하고 있었던 거야.

지금 이렇게 있어도 "내버려 둬 줘" "난 다카시를 지킬 거야"라고 말하는 모즈미의 목소리가 들려오는 것 같아. 두려워하면서도 필사적으로 부탁하고 있어. 다카시에 대한 그의 동정과 애정은 진짜라고 생각해.

지금부터 노먼 씨를 만나러 갈 생각이야. 아까 호텔에 연락했더니, 곧 시간을 내겠다고 약속해 주었어. 오빠의 목소리도 모즈미처럼 떨리고 있었을지도 몰라. 노먼 씨는 굉장히 걱정해 주는 것 같더라.

갔다 와서 편지를 계속 쓸게.

쥬나, 좋은 소식이야.

지금은 한밤중. 아파트 안은 쥐 죽은 듯 조용해. 오빠는 이 편지를 다 쓰고 나면 곧 짐을 꾸릴 거야. 새벽이 되기 전에 미쿠바 시를 떠날 거거든. 어디로 갈 거냐고?

우선은 수도 고리아테로 갈 거야. 오빠는 '프리커'라는 지하조직에 들어가기로 했어. 넌 알고 있으려나? 반(反)'롯지', 반(反)D · B 활동을 하고 있는 그룹이야.

놀라지 말아 줘. 노먼 씨는 '롯지'의 간부 직원이면서도 '프리커'의 멤버이기도 하단다. '롯지'의 방식에 의문을 갖고, 3년쯤 전부터 '프리커'에 협조하기 시작했대.

노먼 씨가 오빠에게 접근해 온 것은 결코 우연이 아니었어. 그는 오빠가 시험에 떨어졌을 때의 데이터를, 특히 심리 분석 기록을 손에 넣었다가 닥터 신크라와 똑같은 느낌을 받았던 거야. 구멍에 대한 오빠의 공포와 D · B라는 존재에 대한 의문. 그것을 보고 느낀 거야. 그래서 어떻게든 오빠를 '프리커'의 일원으로 삼을 수는 없을까 하고, 처음부터 생각하고 있었던 거지.

"그렇게 일원을 조직하는 활동을 하는 게, '프리커'에서 내게 부과한 임무거든."

그는 자격 취득 수험자뿐만 아니라 현역 D · B의 상태도 체크하고 있어. D · B 중에 협력자가 있으면 '프리커'의 활동을 훨씬 더 강화할 수 있으니까.

"우리의 목표는 '롯지'를 내부에서부터 해체하는 걸세. 그리고 최종적으로는 신연방정부의 계획을 저지하는 거야. '프로젝트 나이트메어'는 절대로 재건되어서는 안 되는 것이니까."

그래. 신연방정부가 '프로젝트 나이트메어'를 재개하려고 하고 있다는 건 단순한 억측이나 소문이 아니었어. 사실이란 말이야. '프리커'들은, 단편적이기는 하지만 확실한 증거를 몇 개나 쥐고 있대. 수도로 가면 오빠도 그것을 알 수 있을 거야.

말도 안 되는 일이지. 반드시 저지해야만 해.

하지만 노먼 씨로서도, 이렇게 빨리 오빠에게 진실을 털어놓게 될 거라고는 예상하지 못했대. 한동안은 오빠랑 연락을 취하면서 D · B

로서의 오빠의 활동을 지켜볼 생각이었다더라. 반년이나 1년―― 그보다 더 시간이 걸릴지도 모른다고 생각하고 있었대.

그래서 오빠가 첫 미션에서 모즈미 로스와 같은 특수 케이스에 부딪힌 것을, 생각지도 못한 행운이라며 기뻐해 주었어. 물론 모즈미를 돕겠다는 약속도 해 주었어. D · B 중에 '프리커'의 멤버가 끼어 있으면 결코 어려운 일은 아니야.

그래서 실은 오빠도, 그렇다면 나도 D · B를 그만두지 말고 그런 '이중 스파이'가 되겠다고 말했어. 하지만 노먼 씨는 반대했어. 너무 위험하대. 오늘 오빠는 제독이나 셴에게 정면에서 반론해 버렸잖아? 그런데 하룻밤 만에 태도를 갑자기 바꾸면, 오히려 수상하게 생각할 거라는 거야. D · B들 사이에서도 '프리커'의 존재는 알려지기 시작하고 있으니까. 게다가 설령 거기까지 의심하지는 않는다 하더라도, 한 번 '탈주자를 놓아주자'는 말을 꺼낸 D · B는 동료들 사이에서 경계 대상이 되고 만대. 그렇겠지, 제독은 이제 오빠를 신용하지 않을 거야. 이대로 있으면 행동하기 어려울 건 확실해. 그래서 오빠도 미쿠바를 떠나라는 노먼 씨의 의견을 납득했어.

그래서 제독 앞으로 '나는 D · B 일을 하지 않겠다'는 내용의 쪽지를 남겨 두기로 했어. 문장은 노먼 씨가 생각해 주었으니까, 그대로 베껴 쓰기만 하면 돼. 그 쪽지를 읽으면 제독도, 그 콧대만 높은 셴도, 오빠를 두고 겁쟁이가 도망쳤다며 비웃겠지. 흥, 실컷 웃으라고 해. 오빠는 도망치는 게 아니야. 싸우기 위해서 장소와 입장을 바꿀 뿐이지.

맞다, '프리커'로 활동해도 그에 걸맞은 보수는 받을 수 있어. 그러니까 돈은 예정대로 보낼 수 있을 거야. 노먼 씨도 역시 거기에 대해서는 아직 구체적인 이야기를 해 주지는 않았지만, 말하는 것으로 봐서는 아무래도 의회 관계자나 특권계급의 부유층 중에 '프리커'의 강력한 지지자가 몇 명이나 있는 모양이야. 활동 자금은 넉넉하게 확보되어 있대.

멋진 전개지? 쥬나, 믿을 수 있겠니? 겁쟁이 오빠가, 반정부 활동의 투사가 되는 거야!

다음 편지를 언제 쓰게 될지 모르겠다. 하지만 시간이 나면 꼭 쓸게. 그리고 네게 오빠의 상황을 알려줄게. 네가 오빠를 자랑스럽게 생각할 수 있도록 말이야.

어머니를 부탁해. 법률가를 목표로 하는 너도, 오빠의 자랑이라는 것을 잊지 말아 줘.

6

스피나가 모습을 감추었다고 한다.

제독은 탐사 활동이 없는 날이면 약 한 시간 정도 산책을 하는 습관이 있다고 한다. 자신의 다리로 부지런히 자주 걷는 것이야말로 건강 유지의 비결이니까.

오늘 아침에는 내친김에 스피나가 어떻게 지내고 있는지 보기 위해 그의 아파트에 들러 보았다. 아직 자고 있을지도 모른다는 생각에 조심스럽게 문을 두드렸지만, 대답이 없었다. 게다가 문이 살짝 열려 있었다. 걱정이 되어 들여다보니, 방 안은 깨끗하게 정리되어 있고 침대의 얄팍한 매트리스 위에는 제독 앞으로 남긴 편지가 있었다.

"관리인에게 물어봤더니, 집세는 월말치까지 선불로 내 두었다더군."

마에스트로와 셴이 사는 곳은 폐선(廢船)이 된 레저용 호화 고속정이다. 제독은 신기하다는 듯이 실내를 돌아다니며 이것저것 관찰하다가, 짧은 시간에 마에스트로와 셴도 지금까지 전혀 알아채지 못했던 감추어진 붙박이장이며 벽 금고를 발견해 버렸다.

"지금까지 아무도 지적한 적이 없었나?"

"손님이라고는 온 적이 없으니까."

"그래? 하긴 우리 집도 그렇군. 하지만 이렇게 넓으니, 만에 하나 내가 지금 사는 곳에서 쫓겨나게 되거든 신세를 좀 져도 되겠는데."

"그럴 가능성이 있어?"

"조금."

제독은 무엇을 위해 돈을 벌고 있는 걸까. 손자의 존재가 셴의 머리를 언뜻 스쳤다.

제독이 순시하는 동안 마에스트로는 무엇을 하고 있었는가 하면, 아침 식사를 준비하고 있었다. 하지만 부엌까지 온 제독은 그 메뉴를 보더니 살짝 얼굴을 찌푸리고, 냉장고와 보관고를 열어 에플린이 사다 놓은 재료를 체크하고는 말했다.

"내가 해군식의 파워풀한 아침 식사를 만들어 주지."

제독은 즉시 만들기 시작했다. 단순한 재료로 만들었지만, 양은 상당히 많았다. 해군 군인들이 날마다 이런 아침 식사를 하고 있다면 건강하고 튼튼할 만도 하다.

현재 신연방국가의 국내 정세는 비교적 안정되어 있지만, 연방에 참가하지 않은 주변 소국들과의 작은 다툼이 완전히 사라진 것은 아니었다. 그래서 육군과 해군도 정기적인 훈련을 반복하고 있고, 장비도 갖추고 있다. 다만 대재앙 이후로는 '군비 축소'의 경향이 강해서 장교급의 조기 퇴역이 장려되거나 신병 모집 인원이 줄어들고 있어 꾸려나가기는 힘들 것이다. 제독은, 내가 있었을 때가 해군이 가장 화려했던 시기라며 자신이 만든 아침 식사를 바라보고 그리운 듯 눈을 가늘게 떴다.

"그래서, 편지에는 뭐라고 씌어 있었소이까?"

마에스트로가 여섯 장인지 일곱 장째의 팬케이크로 손을 뻗으면서 물었다.

제독은 아침 식사에는 손도 대지 않고 파이프를 피우고 있다. 연기를 내뿜으면서 시선을 들어 천장을 올려다보았다.

"자신은 역시 D · B에는 맞지 않는다는 것을 알았다. 미안하지만 이제 비행은 할 수 없다――짧은 편지였네."

"딱 한 번 비행하고는 질려 버린 것이로군요."

"그는 자격을 따기까지 고생을 많이 했던 모양일세. 세 번인가 네 번 떨어졌지만, 그래도 포기하지 않고 열심히 노력해서 간신히 합격했다고 하더군. 나도 그 말을 듣고, 성실해 보이는 얼굴이기도 하고 해서 고용한 건데."

"어째서 그렇게까지 노력했을까?" 하고 센은 물었다. "보통은 그렇게 끈질기지 않잖아."

뭔지 잘 모르겠지만, D · B는 멋지다는 이유로 자격 취득 시험을 보는 젊은이들도 많이 있다. 특히 시민계급제도의 낮은 계급 쪽에 속해 있는 젊은이들은, 어지간히 뛰어난 능력이나 기술을 갖고 있지 않은 한 성실하게 일하는 것만으로는 계급의 사다리를 올라갈 수 없기에, 스스로 계급제도 밖으로 나가기를 바라는 것이다. 물론 돈을 많이 벌 수 있다는 것도 매력이겠지만, 이런 젊은이들에게는 그 이상으로 D · B의 '자유'가 부러워 보일 것이다. 그건 사실 상당한 오해지만. 그러나 그런 젊은이들일수록 한 번 시험에 떨어지면 단번에 의욕을 잃는 경우 또한 많다. 시험을 통과하고, D · B 역시 '롯지'라는 잔소리 많은 두목에게 묶여 있다는 현실을 알고 나면, 그들이 멋대로 만들어 낸 '자유'의 환상 따위는 눈 깜박할 사이에 엷어지고 마는 모양이다.

"어머니가 중병을 앓고 계셔서 치료에 돈이 든다고 하더군."

마에스트로가 벌컥벌컥 커피를 마셨다. 소처럼 먹고 말처럼 마신다. 아침 댓바람부터.

"자격 취득 시험에 붙을 때까지, 스피나는 항만국에서 일하고 있었네. 혹시나 해서 연락해 봤지만, 그쪽은 시험에 합격하고 나서 곧바로 퇴직한 후 계속 연락이 없었다고 하더군. 오늘 아침에도 본인이 얼굴을 내민 적은 없네. 어머니를 위해 돈이 필요하다면 당장 직장을 찾아야 할 텐데 말이야."

"스피나가 어디 출신인지는 들으셨소이까?" 하고 마에스트로가 묻는다.

제독은 고개를 저었다. "몰라. 다만, 어머니 외에 여동생이 있는 모양일세. 관리인이 가르쳐주더군. 스피나는 그 동생에게 부지런히 편지를 썼던 것 같아."

"아파트를 떠난 것을 보면 D · B만 그만두는 게 아니라 미쿠바시를 떠날 생각이었겠지요. 그 동생이 있는 곳으로 돌아갈 생각이었거나——."

마에스트로가 말하며 그제야 식사하던 손을 멈추었다. 어떻게 제독과 이야기하면서도 그런 속도로 먹을 수 있는지 모르겠다.

"돌아가다니, 지금의 그 녀석은 D · B란 말이야. 그만두기로 결심했다 해도 신분 증명은 아직 D · B라고. 그럼 미쿠바 시에서 나갈 수 없어. 검문에서 걸릴 테니 말이야. 스피나 녀석, 그것을 모르는 거 아니야?"

셴의 말에 아마도——하며 제독은 쓴웃음을 지었다.

"일단 D · B가 된 이상 그렇게 쉽게 원래의 시민계급으로 돌아갈 수는 없다는 것을 이해하지 못하고 있는 거겠지. 뭐, 검문에 걸려서 도로 돌아오게 되면 곧 통감하게 될 거야. 결국은 미쿠바에 머물 수밖에 없다는 것을 알면, 다시 항만국으로 돌아올지도 모르지. 원래 스피나는 정비사였다고 하더군. 항만국 주임의 이야기로는, 실력은 나쁘지 않았던 모양일세."

"처음부터 그것으로 만족했으면 좋았을 텐데" 하고 마에스트로가 중얼거린다. "숙련된 정비사는 D · B보다도 귀중한 존재지요."

"뭐, 그냥 내버려 두면 된다니까." 셴은 의자 등받이에 기댔다. 몸을 앞으로 숙일 수 없을 만큼 배가 부르다.

"그럴 수는 없네. 나는 '롯지'에 이 상황을 알려야 해."

제독이 고용했던 신참 D · B가 행방을 감추었으니 보고 의무가 있는 것이다.

"그리고 쓸데없는 참견 같긴 하지만 스피나의 여동생에게 연락해 줄까 하네. 항만국에 남아 있는 이력서에 동생의 주소와 PP 넘버가 적혀 있어서, 간 김에 받아왔거든."

"어째서 그런 일을 해 주는 거지?"

제독은 셴의 얼굴을 보았다. 말없이 손가락 끝으로 입 옆을 두드리는 제독을 보고, 셴은 자신도 따라 해 보았다. 음식 부스러기가 묻어 있었다.

"스피나가 검문에 걸려서 망연자실해 하기만 한다면야 괜찮지만, 혹시 그것에 항의하거나 저항하면 신병이 구속될 우려가 있어."

"오오, 오오" 하며 마에스트로가 손뼉을 친다.

"그런 경우에는 제일 먼저 가족에게 연락이 가겠지. 동생은 쓸데없는 마음의 고통을 느끼게 될 걸세. 아마 병든 어머니의 수발은 그녀가 혼자서 들고 있을 테니까. 아니면 이미 스피나가 동생과 연락을 취했을지도 모르지. 그 경우에는 그녀가 스피나에게, 미쿠바 시에서 나갈 수는 없으니까 어쨌든 한 번은 '롯지'로 돌아가라고 말해줄 수 있을 걸세."

"명안이외다" 하며 마에스트로가 일어선다. "여기 있는 PP를 쓰시지요."

"실은 그럴 생각으로 왔네" 하며 제독은 웃었다. "우리 집에는 시외로 통하는 PP가 없거든."

"제독님, 스피나에게 꽤나 친절하네."

제독은 마에스트로가 재떨이로 쓰고 있는 빈 캔에 파이프를 두드려 딱딱, 하는 좋은 소리를 냈다. 그러고 나서 말했다.

"그런 젊은이는 해군에도 있었네. 지위나 보수만 바라는 게 아니라 어떤 뜻을 갖고 군인이 되지. 하지만 실제로 현장에 서 보면 싸움이라는 것에 대한 진지한 의문을 품게 되네. 전쟁이란 결국은 서로를 죽이는 거다. 직업군인이란 어차피 국가의 인정을 받은 살인자에 지나지 않는다——하고 말이야. 그리고 스피나는 내게 그런 젊은이를 생각나게 해. 그와는 좀 더 자세히 얘기해 보고 싶네. 병든 어머니를 위해서도 돈을 벌어야 하니, 할 일이 필요할 테고."

역시 친절하잖아——하고 셴은 생각했다.

"그럼 셴, 넌 설거지를 해라."

마에스트로는 멋대로 결정하더니, 제독을 안내해 PP가 있는 갑판으로 올라갔다. 셴은 약간 발끈했지만 스피나의 여동생에게는 아무런 흥미도 없어서 순순히 뒷정리를 하기 시작했다. 어쨌거나 누군가가 설거지를 해야 한다. 에믈린은 저녁때나 되어야 돌아올 테고, 그때까지 더러워진 식기를 내버려 두면 호되게 야단을 맞을 것이다.

셴이 뒷정리를 마친 후에도 할아버지 콤비는 갑판에서 내려오지 않았다. 뭐가 이렇게 오래 걸리는 걸까. 스피나의 동생이 엄청나게 섹시한 목소리의 여자인 걸까? 그런 생각을 하고 있는데 마에스트로와 제독이, 부주의하게 정체를 알 수 없는 무언가를 입에 넣어 버렸다——는 듯한 얼굴로 뚱하게 내려왔다.

"왜 그래?"

떫은 얼굴의 제독 대신 마에스트로가 대답했다. "편지가 도착하지 않았어."

"응?"

"스피나는 1년 전에 집을 떠났어. 그리고 미쿠바 시에 왔지. 아파트를 빌리고 나서 곧 동생한테 편지를 보냈어. 그 후로 한 달에 한 번 정도의 비율로 몇 통의 편지를 보냈어. 하지만 두 달쯤 전에, 항만국에서 건강하게 일하고 있다, D · B 시험에는 아직 통과하지 못했지만 열심히 하겠다——는 짧은 편지가 도착하고, 그 후로는 소식이 끊겼다는 거야."

“스피나는 최근 부지런히 편지를 썼다고, 관리인은 말했네” 하고 제독이 말한다. “D · B 자격시험에 통과했을 때도, 몹시 기뻐하면서 당장 동생한테 알리겠다고 말했다더군. 관리인이 직접 스피나에게 그렇게 들었어. 하지만 그 편지는 도착하지 않았지. 적어도 동생은 받지 못했네. 편지 간격이 뜸해져서, 오빠가 어떻게 지내고 있는 건지 걱정하고 있었다고 하더군.”

스피나의 어머니와 동생은 수도 고리아테 남부에 위치한 이르라는 도시에 살고 있다고 한다. 미쿠바 시에서 대략 300하크로는 떨어져 있다.

“동생 쪽에서 스피나에게 편지는 안 보냈대?”

“처음에는 보냈었다고 하더라. 하지만 너도 알다시피 외부에서 D · B 앞으로 오는 편지는 ‘롯지’의 검열을 받아야 하지 않니. 동생은 그게 싫어서——딱히 남이 보면 곤란한 내용을 쓰는 건 아니지만 개인적인 편지를 남이 개봉하는 데에 거부감이 있어서——어지간히 급한 볼일이 없는 한, 답장은 쓰지 않았다는군. 그건 스피나도 잘 알고 있었어. 동생에게 보내는 편지는 오빠의 일기 대신이라면서.”

확실히 묘한 얘기지만 어째서 두 사람이 이렇게 심각한 얼굴을 하는 건지, 셴은 아직도 감이 오지 않았다. 편지를 썼지만 보내지 않았을 뿐인 게 아닐까?

“뭐, 본인이 돌아오면 물어보면 되잖아. 스피나는 미쿠바 시에서는 나갈 수 없어. 어디로도 갈 수 없단 말이야. ‘롯지’에 그 녀석이 사라진 사실을 보고하면, 공문에도 본인에 대한 출두 명령이 실리잖아? 스피나도 자신의 입장이 얼마나 어중간한 건지 알면 돌아오지 않을 수 없을걸.”

그런 것보다, 제독은 그렇게 친절한 걱정을 하고 있지만, 녀석이 검문에 걸려 구속된다면 일이 제일 간단하다. 스피나도 검문에서 거친 취급을 받으면 정신이 번쩍 들 테니 일석이조다——셴은 그렇게 느긋하게 생각하고 있었다.

"그보다, 모즈미를 어떻게 할 건지 그게 더 큰일이잖아? 어쨌거나 '롯지'에 상세 보고서를 내고, 어떻게 손을 쓰면 좋을지 머리를 짜보라고 해야지. 우리도 개별적으로 탐문 조사를 받게 될 테고."

모즈미와 다카시에 관한 일은 드레크슬러 박사에게는 정말로 맡기고 싶지 않다고, 셴은 생각했다. 하지만 그 땅딸보 대머리 박사는 '롯지'의 고문연구원이고, 그중에서도 제일 유능하다. 여러 가지 의미로 유능하다. 그렇게 의미심장한 안건을, 잠자코 못 본 척해 줄 거라고는 생각할 수 없다.

하지만 드레크슬러 박사가 멋대로 다카시를 만지작거릴 수 있을 거라고 생각한다면 큰 오산이다. 절대로 그런 짓을 하게 놔두지는 않겠다.

"난 '롯지'의 허가만 나오면 다음 탐사 출동 때 제일 먼저 다카시의 '필드'에 가고 싶어. 아직 이렇다 할 변화가 있을 것 같지는 않지만, 가능한 한 그 아이를 모즈미와 단둘이 있게 하고 싶지 않단 말이야. 나도 그 아이랑 사이가 좋아질 수 있다면 제일 좋겠는데."

"너처럼 난폭한 녀석은 무리야."

"모즈미는 난폭하지 않다는 거야?"

"의미가 달라."

말을 주고받는 셴과 마에스트로 옆에서, 제독은 아직도 곰곰이 생각에 잠겨 있다.

열흘이 지나도, 스무날이 지나도 스피나는 여전히 사라진 채 돌아오지 않았다. '롯지'의 출두 명령에도 응하지 않고, 검문에도 걸리지 않는다. 항만국으로 돌아오지도 않았다.

스피나는 미쿠바 시내 어딘가, 항구에서 떨어진 곳에서 다른 직장을 찾았을 거라고 마에스트로는 말한다. D · B의 신분증으로 제대로 된 곳에서 일하는 것은 우선 불가능하다——비록 정비사가 될 수는 없지만, 자투리 일자리라면 얼마든지 찾을 수 있다. 청소나 정리, 고철 줍기.

셴도 그렇게 생각한다. 하지만 제독은 다른 생각을 갖고 있는 것 같다. 스피나 얘기가 나오면, 또다시 해군 시절에 '길을 잘못 들고 만' 젊은이들이 생각나는지 우울한 얼굴로 침묵한다.

다카시와 모즈미에 관해서는 여전히 경과 관찰 중이다. '롯지'도 애를 먹고 있다. 드레크슬러 박사는 셴이 걱정한 만큼은 흥분하지 않았다. 학대를 받고 있는 아이를 어떻게 도울 것인지에는 별로 흥미가 없는 모양이고, 조건이 갖추어지면 D · P와 탈주범이 공존할 수도 있다는 사실을 꽤 예전부터 예상하고 있었다고 말했다. 다른 사례도 알고 있다고 한다.

"그 정도 일로는, 내 마음은 두근거리지 않아."

박사는 여유를 부렸다. 그 말에 안도하는 반면, 셴은 약간 부아가 치밀었다. D · B는 많이 있고 미쿠바 시 이외에도 지부가 두 개나 있다. 거기에서 모인 방대한 보고 데이터를, '롯지'는 한 손에 쥐고 있는 것이다. 그저 셴이 가까운 곳에서 그런 체험담을 들은 적이 없을 뿐이고, 거기에는 믿을 수 없을 정도의 '필드' 전개가 많이 감추어져 있을 것이다.

뇌가 만들어내는 전기적 환상의 세계에는 무엇이든지 있을 수 있으니까.

7

친애하는 쥬나.

지난번에는 고마웠어. 쥬나는 여전히 요리 솜씨가 좋더라. 집에 돌아와서 체중계에 올라가 봤더니 나, 2킬로그램이나 찐 거 있지!

어머니를 뵙고는 마음이 아팠어. 괴로운 증상이 조금이라도 사라져 주기를 기도할 수밖에 없겠지. 수술은 어렵다고 했지만, 그건 결국 수술비의 문제니까 다시 한 번 의료보조 신청을 해 보면 어떨까? 이르 시에서 안 된다면 연방의료국의 특별보조를 기대해 보는 방법도 있어. 물론 경쟁률이 엄청난 모양이지만, 어머니는 난치병 지정을 받았으니까 우대 조치를 취해 줄지도 모르잖아?

너희 집에서 하룻밤 묵으면서 밤새 실컷 수다를 떤 후인데도 이렇게 편지를 쓰고 있는 건, 알려주고 싶은 게 있어서야. 솔직히 말해서 망설였어. 쥬나에게 쓸데없는 걱정만 끼치는 건 아닐까 하고. 하지만 쥬나, 여전히 소식이 끊겨 있는 오빠가 역시 마음에 걸리지?

지난 주말이었는데, 교수님이 학회에 출석해야 해서 나도 같이 고리아테에 다녀왔어. 까다로운 사람이라서 호텔 선정이라든지 여러 가지로 귀찮은 일이 많지만, 막상 학회가 시작되고 나면 비서가 할 일이라고는 없거든. 나는 교수님의 연구 내용 같은 건 너무 어려워서 하나도 모르고 말이야. 그래서 두세 시간 자유 시간이 생겨서, 거리에 나가 봤어.

역시 이르 시와는 딴판으로 북적거리더라. 계급 게이트의 수도 많아서 3급 시민인 나는 들어갈 수 없는 곳도 있었지만, 그냥 여기저기 관광만 하기에는 괜찮았어. 날씨도 좋았고.

그런데 쥬나. 그렇게 한가롭게 걷다가, 네 오빠를 발견했지 뭐야.

물론 나는 최근의 오빠 얼굴을 사진으로밖에 보지 못했어. 어릴 때는 자주 나랑 놀아주었지만, 가장 마지막으로 직접 만난 건 내 결혼 피로연 때였으니까 벌써 3년 전의 일이네. 3년이면 사람은 변해. 살이 찌기도 하고 마르기도 하고, 얼굴이 변한다 해도 이상하지 않지.

하지만 그건 역시 오빠였던 것 같아. 쥬나, 분명히 그건 스피나 씨였을 거야.

말을 빙빙 돌리고 있다고 생각하지? 그래, 미안해. 하지만 여기에는 이유가 있어.

고리아테의 중심부를 정처 없이 걷다가, 나는 이상한 곳으로 나와 버렸어. 관광용 지도는 갖고 있었지만 거기에는 실려 있지 않더라. 그냥 '공용 지역'이라고 씌어 있을 뿐이었어. 출입 금지 구역인 건 아니지만, 관광객들이 갈 만한 곳은 아니었어.

네모나고 하얀 건물이 가득 서 있었어. 인기척도 없고 으스스해서 이거 곤란하게 됐다고 생각하고 있는데, 작은 공원이 나오더라고. 거기에는 사람도 많이 있었어. 나는 안심해서, 길을 가르쳐달라고 하려고 가까이 다가갔어.

그리고 간신히 깨달았지. 쥬나, 공원에 삼삼오오 흩어져서 산책을 하거나 벤치에 걸터앉아 햇볕을 쬐고 있는 사람들은, 폐인이었어.

똑같은 모양의 하얀 옷을 입고 있었고, 휠체어에 앉아 있는 사람도 있었어. 남녀 합해서 서른 명 정도는 있었던 것 같아.

모두 공허한 눈을 하고 있었어. 영혼이 없는 것 같은……. 잘 표현을 못 하겠다. 그냥 멍하니 허공을 바라보고 있었어. 나이 든 사람이 많았지만, 젊은 사람도 섞여 있었어. 어린아이는 눈에 띄지 않더라.

당혹스러워져서 우두커니 서 있는데, 누가 말을 걸었어. 생글생글 웃는, 인상이 좋은 남자였어. 젊고 체격이 좋고. 무슨 일이세요? 라고 물어서 길을 잃었다고 대답했더니, 굉장히 친절하게 우리가 묵고 있는 호텔 쪽으로 돌아가는 길을 가르쳐주었어.

이 가엾은 분들은 환자로군요, 그리고 당신은 의사 선생님이신가요? 하고 물어봤어. 환자들을 인솔해서 산책하고 계시나 봐요, 하고. 그랬더니 인상 좋은 남자는 웃으면서, 그 말이 맞긴 한데 자기는 의사가 아니라 간호사라고 하더라.

"이곳은 연방의료국 직속의 병원 구역이랍니다. 대재앙으로 부상을 입고 심신에 무거운 후유증이 남은 분들을 돌보는 게 저희가 하는 일이지요."

아아, 그렇구나, 하고 그제야 납득했어. 그 하얀 건물은 전부 의료기관이었던 거야. 중요한 일을 하시는군요, 수고가 많으시네요 —— 그렇게 말하고, 나는 그 자리를 떠났어. 미안하지만, 산 채로 유령처럼 되어 있는 사람들을 보고 있을 수가 없어서 빨리 도망치고 싶었거든.

하지만 그렇게 공원에서 나가려고 했을 때, 가까운 벤치에 앉아 있는 남자의 얼굴을 보고 걸음을 멈추고 말았어.

그게 스피나 씨였던 거야. 쥬나, 네 오빠였어.

오빠는 혼자 앉아 있어서, 나는 천천히 다가가서 말을 걸었어. 그렇게 하지 않을 수가 없었어. 스피나 씨, 저는 동생의 친구 민스예요. 그렇게만 말하고, 그다음 말을 이을 수가 없었어. 오빠의 눈은 날 보고 있지 않았으니까. 아무것도 보고 있지 않았으니까.

쇼크로 그 자리에 서 있는데, 아까와는 다른 간호사가 서둘러 다가와서 이번에는 조금 무서운 얼굴을 했어. 당신 여기서 뭘 하는 거냐고, 환자에게 멋대로 말을 걸지 말라고 꾸중을 들었어. 나는 가슴이 두근거려서 꾸벅꾸벅 고개를 숙여 사과하고, 죄송합니다, 이분이 제가 아는 사람이랑 많이 닮아서요, 하고 설명했어. 제 친구의 오빠인데, 최근에 소식을 알 수 없게 된 사람이에요, 하고.

그 간호사는 정말 쌀쌀맞은 사람이더라.

"당신의 착각이겠지요. 그냥 닮은 사람이에요. 여기에 수용되어 있는 환자들은 친척도 없고 의지할 곳도 없어서 정부의 보호를 받고 있어요. 게다가 대부분은 '폭발의 중심지'였던 구(舊)연구도시 아스라의 주민들입니다."

그렇다면——그렇지. 스피나 씨에게는 너도 있고 어머니도 계셔. 친척이 없다니 말도 안 되지. 오빠는 연구 도시 아스라에 발을 들여놓은 적도 없을 테고. 무엇보다, 대재앙이 일어났을 때는 오빠도 우리도 아직 어린아이였는걸. 12년이나 지난 일이니까.

하지만 쥬나, 정말로 그 환자는 스피나 씨를 꼭 닮았더라. 내 눈에는 그렇게 보였어.

오빠의 소식을 알 수 없게 된 건 두 달쯤 전이라고 했지? 미쿠바시에서 오빠랑 같이 활동하던 D · B가 네 PP로 직접 연락을 했다지. 오빠가 어젯밤에 모습을 감추었다, 당신에게 연락할지도 모른다고 알려주었다며? 그 후로 소식을 알 수 없는 거고.

나는 간호사에게 쫓겨나서 곧바로 호텔로 돌아갔어. 하지만 그 후로도 계속 생각하고 있었어. 머리에서 떠나질 않았거든. 스피나 씨를 꼭 닮은, 공허한 눈을 한 남자가.

지난 두 달 사이에, 혹시 오빠가 사고를 당해서 기억을 잃어버렸다거나 그랬을 가능성은 없을까? 동료 D · B에게는 편지를 남겼다고 했으니까, 그때는 멀쩡했을 거야. 그 후에 무슨 사고가 일어난 거지. 그리고 스피나 씨는 네가 기다리는 집으로 돌아가지도 못하고 힘들게 방황하며 여기저기 떠돌다가, 간신히 어디에선가 보호를 받고 고리아테의 그 병원에 수용된 거야——.

하지만 그렇지, 설령 기억을 잃었다 해도 오빠는 신분증을 갖고 있었을 텐데. 그렇다면 신원은 금방 알 수 있었을 테니까, 만일 보호를 받았다면 네게 그 정보가 전해지지 않았을 리 없을 거야.

아아, 정말 미안해. 역시 편지를 쓰는 게 아니었어. 이렇게 불길한 상상을 하다니, 내가 제정신이 아닌가 봐. 미안해, 쥬나.

하지만 닮았었어——정말로 꼭 닮았었어, 스피나 씨를.

——3권에 계속

[개정판]

우부메의 여름

교고쿠 나쓰히코 지음
김소연 옮김

1950년대 도쿄,
유서 깊은 산부인과 가문의 한 남자가 밀실에서
연기처럼 사라져 버린다.
임신 중이던 그의 부인은 그 후로 20개월째 출산하지 못하는
기이한 상태가 이어지고, 우연히 이 일에 말려든 삼류 소설가와
고서점 주인의 손에 의해 사건은 예상치 못한 충격적인 결말로 치닫는데――.

※ ※ ※

"원래 이 세상에는 있어야 할 것만 존재하고, 일어나야 할 일만 일어나는 거야. 우리들이 알고 있는 아주 작은 상식이니 경험이니 하는 것의 범주에서 우주의 모든 것을 이해했다고 착각하고 있기 때문에, 조금만 상식에 벗어난 일이나 경험한 적이 없는 사건을 만나면 모두 입을 모아 저것은 참 이상하다는 둥, 그것참 기이하다는 둥 하면서 법석을 떨게 되는 것이지. 자신들의 내력도 성립과정도 생각한 적 없는 사람들이, 세상을 이해할 수 있을 것 같나?"

※ ※ ※

1994년에 간행된 교고쿠 나쓰히코의 데뷔작 '우부메의 여름'은 일본의 정통 미스터리계에 찬반양론의 대선풍을 불러일으켰다. 이 작가는 '우부메의 여름'에 이어서 '망량의 상자', '광골의 꿈', '철서의 우리'등 추젠지 아키히코가 탐정으로 등장하는 대장편소설을 발표했다. 일명 '요괴 시리즈'로도 불리는 백귀야행 시리즈는 현재 수많은 독자의 사랑을 받고 있으며, 미스터리의 시야를 넓히는 데에 크게 공헌했다.
현대의 본격 미스터리는 '있는 것은 보인다'는 일상적 세계의 지평을 내부에서부터 파괴하기 시작하고 있다. 탐정소설의 전제 조건을 철저하게 회의함으로써, 가까스로 현대적인 탐정소설은 가능하다는 역설. 이 역설을 정면에서 들이대는 '우부메의 여름'은 야마구치 마사야의 '살아 있는 시체의 죽음'이나 마야 유타카의 '여름과 겨울의 소나타'와 어깨를 나란히 하는, 현대 본격 미스터리의 기념비적 걸작이다.

옮긴이 | 김소연

한국외국어대학교에서 프랑스어를 전공하고, 일본어를 부전공하였다. 현재 출판기획자 겸 번역자로 활동하고 있으며 옮긴 책으로 다카무라 가오루의 〈리오우〉, 교고쿠 나쓰히코의 〈백귀야행 음, 양〉, 〈우부메의 여름〉, 〈망량의 상자〉, 〈광골의 꿈〉, 〈철서의 우리〉, 〈무당거미의 이치〉, 〈도불의 연회〉 등 백귀야행 시리즈와 〈서루조당 파효〉, 〈웃는 이에몬〉, 〈싫은 소설〉, 유메마쿠라 바쿠의 〈음양사〉 시리즈와 하타케나카 메구미의 〈샤바케〉 시리즈, 미야베 미유키의 〈드림 버스터〉, 〈사라진 왕국의 성〉, 〈십자가와 반지의 초상〉, 〈마술은 속삭인다〉, 〈외딴집〉, 〈혼조 후카가와의 기이한 이야기〉, 〈괴이〉, 〈흔들리는 바위〉, 덴도 아라타의 〈영원의 아이〉 등이 있으며, 독특한 색깔의 일본 문학을 꾸준히 소개, 번역할 계획이다

드림 버스터 2

1판 1쇄 발행 2016년 11월 11일

지은이 미야베 미유키
옮긴이 김소연

발행인 박광운
편집인 박재은

발행처 손안의책
출판등록 2002년 10월 7일 (제307-2015-69호)
주소 서울 성북구 화랑로 214, 102동 601호
전화 02-325-2375 팩스 02-6499-2375
카페 http://cafe.naver.com/bookinhand
이메일 bookinhand@hanmail.net

ISBN 979-11-86572-16-0 04830

정가는 뒤표지에 있습니다.
파본이나 잘못된 책은 구입하신 곳에서 교환해 드립니다.

* 이 도서의 국립중앙도서관 출판예정도서목록(CIP)은 서지정보유통지원시스템 홈페이지 (http://seoji.nl.go.kr)와 국가자료공동목록시스템(http://www.nl.go.kr/kolisnet)에서 이용하실 수 있습니다.(CIP제어번호: CIP2016024261)